THE MOMENTS

# 헤세가

HESSE

# 사랑한 순간들

LOVED

헤세가 본 삶, 사람 그리고 그가 스쳐 지나간 곳들

THE MOMENTS

# 헤세가

HESSE

# 사랑한 순간들

LOVED

**헤르만 헤세** 지음 배수아 엮음·옮김

❀ 을유문화사

헤세가 사랑한 순간들

발행일
2015년 10월 25일  초판 1쇄
2022년  1월 30일  초판 7쇄

지은이 | 헤르만 헤세
옮긴이 | 배수아
펴낸이 | 정무영
펴낸곳 | (주)을유문화사

창립일 | 1945년 12월 1일
주   소 | 서울시 마포구 서교동 469-48
전   화 | 02-733-8153
팩   스 | 02-732-9154
홈페이지 | www.eulyoo.co.kr
ISBN  978-89-324-7324-6  03850

## 2. 헤세, 그리고 사랑

## 3. 헤세가 본 사람들

# 4. 헤세의 생각

THE MOMENTS

HESSE

LOVED

# 1.
# 헤세의
# 방랑

"사랑의 편지에서 흔히 쓰이는 문구와는 달리, 나는 내 마음을 이곳에 두고 떠나지 않는다. 절대로 아니다, 나는 마음을 갖고 길을 떠난다. 산 너머 저 먼 땅에 가서 살 때도 나는 마음이 필요하다. 나는 유목민이지 농민이 아니기 때문이다."

# 가을이 오면

올해도 변함없이 여름은 시들어 간다. 하늘을 지나는 태양의 경로는 나날이 짧아지고, 아침마다 계곡의 짙은 안개를 뚫고 솟아나는 숲은 매일 조금씩 황금빛 색채가 짙어지고 매일 조금씩 앙상한 모습을 띤다. 금빛으로 물든 밤나무 숲 여기저기에는 아직 푸르름의 자취가 살짝 남아 있어서 짙은 여름의 흔적을 유지하고 있다. 그것은 축축한 바닥에서 자라기 때문에 수분을 오래 머금고 있는 아카시아 나무들이다. 그렇기 때문에 아카시아들은 일단 시들기 시작하면 무서운 속도로 급격하게 시들어 버린다. 둘씩 나란히 붙어 있던 이파리들이 단 하룻밤 사이에 노랗게 변해 버리고, 바람이 불어올 때마다 대지라는 거대한 무덤을 향해 날아가는 금빛 물방울처럼, 곱고 나른한 자태로 하나하나 떨어져 내린다.

그러면 나는 이제 여행을 떠날 계절이 다가왔음을 안다. 봄부터 시작하여 어느 날 밤 최초의 찬바람이 불어올 때까지, 나는 매일 책상 앞에서 시간을 보낸다. 그렇게 작업에 몰두하는 기간에는 살고 있는 거주지를 멀리 떠나는 법이 없다. 내가 사는 곳은 숲과 산들이 있는 고장이고, 꽃과 도마뱀들을 가까이 볼 수 있으며, 나비와 뱀들을 몰래 관찰하는 것이 가능하고, 오래된 테신Tessin[스위스 남부의 쥐의 마을들을 스케치하고, 화려한 색채를 자랑하며 풍성하게 우거진 숲의 뒤편 푸르른 호수의 풍광을 화폭에 담을 수 있기 때문이다. 돌 사이를 재빨리 돌아다니는 갈색 도마뱀이나 검푸르게 번들거리는 공작새의 목을 가진 청록색 큰 도마뱀은 내게 익숙한 동물이다. 또한 유리처럼 투명한 날개의 잠자리, 시냇가에서 발견되는 조그마한 계피 빛깔의 물뱀, 햇빛 환한 산비탈 돌무더기 사이에 서식하는 통통한 몸집의 큰 뱀도 마찬가지다. 나는 어치나 녹색 딱따구리가 둥지를 트는 장소를 알고 있으며 산호랑나비나 산누에나방, 흔히 '스페인 깃발'이라고 불리는 러시아 곰나방이 좋아하는 장소를 안다. 대지를 걸어서 방랑하며, 다리가 아프면 앉아서 쉬고, 그림을 그리고, 한껏 느릿느릿하게, 하지만 그러면서도 부지런히, 나는 해마다 숲과 들판과 산비탈의 포도밭, 그리고 이 고장 사람들과 들판에 핀 야생화들을 하나하나 살피고 관찰해 왔다. 한데 몰려서 아무 생각 없이 돌아다니기만 하는 단체 관광 여행자들의 눈에는 이런 아름다운 자연도 그림엽서 풍경 사진과 하나도 달라 보이지 않겠지만 말이다. 그러나 해가 갈수록 이 남쪽 지방의 겨울이, 부드럽게 내리쬐는 겨울 햇살이 나오는 날조차도 점차 견디기 힘든 시간으로 바뀌었다. 우기는 마음을 우울하게 만든다. 천지가 온통 얼어붙었던 경제 공황의 네 해 겨울을 나는 여기서 조그만 벽난로의 불꽃만 쳐다보면서 보냈고 덕분에 건강이 돌이킬 수 없이 악화되고 말았다. 그래서 이후로, 주머니 사정이 다시 좀 넉넉해진 다음부터는 겨울 한철은 이곳을 떠나 있는 편을 택한다. 더 아름다운 곳을 찾아가는 것은 아니다. 그것은 불가능하기 때문이다. 그보다는 차라리 기분 전환을 위해서 떠난다는 편이 더 정확하다. 자연은 권태를 모른다. 권태는 도시의 산물이다. 하지만 나는 겨울 동안 따뜻한 온천지로 피신한다. 문과 창문에 바람이 스며들 틈새가 없고 마룻바닥은 온기가 있으며 좋은 난로에 의사와 마사지사가 있는, 말하자면 도시로 여행을 간다. 겨울이면 찾아오는 통증을 좀 완화시키려고 그런 곳으로 가다 보면 이런저런 부수적인 장점들도 덩달아 얻게 된다. 친구들을 방문할 수 있고, 좋은 음악을 들으며, 도서관과 미술관에서 장서와 그림에 푹 파묻히는 것도 가능하다. 그런데 이렇게 도시에 살고 있으면, 나를 실제로 만나기가 쉽지 않음에도 불구하고 늘 각양각색의 사람들이 내 집을 방문하곤 한다. 화단에서 인정받지 못하는 화가는 화첩에 스케치를 가득 담아서 들고 온다. 그리고 자의식 충만한 젊은 어문학 전공자들이 나를 주제로 박사 논문을 쓸 계획이라며 찾아온다. 그들은 나 자신뿐 아니라 내가 삼십 년 동안 해 온 작업을 용감무쌍하게 갈기갈기 분해하고 대학은 그 대가로 그들의 영특한 머리통 위에 박사모를 씌워 주는 것이다. 때론 술에 취한 예술 집시들도 몰려온다. 그들은 뭔가 그럴듯한 이야깃거리들을 가지고 있는 경우가 많고, 따라서 다른 종류의 '그럴듯한' 집단보다는 어쨌든 마주할 만하다. 재능이 유별난 인간들, 비범한 혜성(慧星)들도 찾아온다. 강박과 망상에 사로잡힌 천재들, 신흥 종교의 창시자, 마법사들까지도 나를 보려고 온다. 항상 열에 살짝 들떠 있는 젊은 얼굴에 할 말이 엄청나게 많고 호기심도 엄청나게 많았던 가엾은 시인 클라분트가 얼마 전까지도 자주 찾아왔고, 가방도 없이 차를 잘못 타 버린 금발 요정 에미 헤닝스*가 잠시 들렀다면서 몇 시간 동안 앉아 있다가 가곤 했고, 예전에는 비쩍 마른 얼굴에 키가 작은 한스 모르겐탈러도 종종 들르곤 했다. 그는 말수가 적고 혼자 킥킥거리는 습관이 있는데, 올 때마다 무섭도록 절망적인 시를 주머니에서 꺼내곤 했다. 심각한 병에 걸려 있던 그도 클라분트와 마찬가지로 올해 죽었다. 그들 모두에게 나는 일종의 삼촌과 같은 위치이며, 우리는 서로 좋아한다. 그들의 눈으로 볼 때는 내가 경탄스럽게도 시민 사회의 한가운데서 살아가면서도 동시에 그들의 세계에도 속하는 그런 사람인 것이다. 그들은 나를 자신들과 완전히 같은 부류, 뿌리를 상실한 부류로는 여기지 않는다. 하지만 내가 모차르트나 피렌체의 마돈나 같은 예술만 사랑하는 것이 아니라, 궤도를 벗어난 문학, 황야의 늑대 또한 사랑하는 것을 잘 알고 있다. 우리는 각자의 시와 그림들을 나누며, 출판사의 주소를 서로 교환하고, 서로 책을 빌려 주고, 함께 모여 포도주 병을 비운다. 간혹 교양에 대한 욕구로 허덕이는 어떤 아름다운 도시의 부름이 있을 때 나는 그 유혹에 넘어갈 때가 있다. 매년 한 번씩 그렇게 방문하게 되는 이런저런 도시에서 나는 여행 경비와 강연료를 받고, 사람들은 나를 그 도시의 오래된 명소와 볼거리로 안내해 준다. 그 보답으로 내가 해야 하는 일은 하루 저녁 불편하

..............

* 반예술을 표방한 다다이즘의 창시자이자 헤르만 헤세의 50세를 기념해 집필한 『헤르만 헤세. 그의 생애와 작품』의 작가로 알려진 후고 발(Hugo Ball, 1886~1927)의 아내이자 예술적 동지.

고 어색한 낭독회장에 앉아서 낯선 사람들에게 내 시를 읽어 주는 것이다. 매번 그런 행사는, '두 번 다시는 하지 말아야겠다!' 하는 느낌으로 끝나곤 한다.

하지만 그런 도시와 여행, 그리고 집시의 삶을 시작하기 이전에 나는 먼저 이 고장과 작별을 고해야 한다. 이곳의 대지에 파고든 내 뿌리를 걷어 내야 한다. 여행 가방을 싸야 하고, 나탈리나와 마리, 그리고 아눈치아타와 이별의 악수를 나누어야 한다. 여행 가방을 들고 일단 루가노까지 가서 그곳에서 기차를 타야 한다. 하지만 루가노는 집에서 완전히 멀어졌다고 할 수는 없다. 아직은 내가 예속된 장소를 벗어나지는 않았다. 그러다가 차창 밖으로 장밋빛 산들의 모습이 전부 사라지고, 전나무 숲이 고트하르트*를 향해 길게 뻗어 있는 모습을 볼 때, 그때 비로소 갑작스러운 이질감과 해방감이 나를 엄습한다. 나는 다시금 뿌리 없는 식물이 된다. 집시가 된다.

벌써 3일 전부터 내 방에는 입을 벌린 큰 여행 가방이 놓여 있다. 나는 다시 짐을 싸야 하는 형편이다. 최소 6개월은 걸릴 여행이므로 아주 신중히 생각해서 짐을 꾸려야 한다. 옷가지, 장화, 속옷류. 이런 것을 챙기는 일은 간단하다. 서랍에서 꺼내 가방에 넣으면 그만이다. 그리고 가방을 닫고 그 위에 주저앉은 다음 지퍼를 잠그면 끝이다. 하지만 그 밖의 다른 물건을, 작고 소소한 것들, 작업이나 여가를 위해서 필요한 것들은 절대 쉽지 않다! 책은 무조건 챙겨 가야 한다. 그림 도

..............
* 스위스 중부의 괴셰넨(Göschenen)과 남부의 아이롤로(Airolo) 사이에 있는 고개.

구들과 스케치북도 마찬가지다. 삭막한 호텔 방에 마법을 부릴 만한 그림 몇 점도 반드시 챙겨야 한다. 그 밖에도 갖가지 자질구레한 것들이 있다. 사람은 대개 여행길에 전혀 필요 없는 것을 꼭 챙겨 가는 경향이 있다.

여행 가방을 쌀 때 사람은 실용성에 지나치게 얽매이고 실용성을 지나치게 염려하게 된다. 그런데 바로 그런 '실용성'을 목적으로 하는 물건들은 사실 전혀 중요하지 않다. 그런 물건은 어디서나 구입이 가능하며 어디에서 구입하건 차이가 없기 때문이다. 하지만 실용성과 무관한 것들, 개인의 취향에 따라 신중하게 선별된 물건들이야 말로 여행 가방을 가치 있고 흥미롭게 만든다. 하나의 부적, 박제된 새, 한 뭉치의 오래된 편지. 에미 [헤닝스]는 이것을 놀랄 만큼 잘 이해하고 있다. 그녀는 훌쩍 여행을 떠나면서 신발도 속옷도 가져가지 않는다. 대신 마돈나 그림 한 점과 둥근 모양의 오르골을 챙긴다. 이미 예전에도 그 오르골의 원통 안에 저장된 세 곡의 노래가 좌절한 문학의 형제들을 한 시간 동안 즐거운 기분으로 만들어 준 적이 종종 있었다.

나는 많은 것들과 작별을 나눈다. 읽고 있던 책들도 모두 치운다. 요즘 읽은 책들이 얼마나 좋았는지! 그중 하나는 인젤 출판사에서 나온 E. 펜졸트의 『가엾은 채터튼』인데 정말로 읽는 재미가 좋다. 집시들, 그리고 울타리 밖에서 삶을 구경하는 구경꾼들을 위한 책이라고 할 수 있다. 클라분트가 남긴 유작 소설 『보르지아』(빈의 파이돈 출판사)도 있다. 좋은 작품이다. 클라분트의 다른 작품들과 마찬가지로 어딘지 모르게 허세를 부리는 척하고는 있지만 그건 사실은 허세가 아니라 열병으로 인한 증세이다. 항시 과도하게 뜨거워져 있는 병자의 체온인 것이다. 그러나 그의 작품은 부드럽게 유영하는 상상력과 예술적이며 음악적인 언어의 향연으로 충만하다. 또한 에른스트 글래저의 『1902년』(키펜호이어 출판사)도 읽어 볼 만하다고 생각한다. 문학 작품이라기보다는 시대적 기록물의 성격이 강한 면도 있지만 그 안에 깃든 내용이 우리의 심금을 울릴 때가 많다. 이제 이 모든 책들은, 비록 다들 참 좋은 책이긴 하지만, 여기 남아 있어야 한다. 내가 여행에 가져갈 책들은 따로 있다. 휴고 발과 슈티프터의 작품들, 그리고 괴테의 작품집 한 권이다. 그러면 이제 여행 가방을 닫는다. 이 정도면 내 낡은 가방에는 더 이상 물건이 들어갈 틈이 없어져 버린다. 이 가방을 들고 참으로 많이 돌아다녔다. 가방은 여러 나라에서 온갖 외국어를 들었고, 인도와 말레이시아의 항구에서는 우람한 덩치의 중국인 짐꾼들이 배에서 배로, 그리고 배에서 호텔로 가방을 지고 날랐다. 네덜란드령 인도에서는 작은 배에 실려 며칠 동안이고 원시림 한가운데의 강물을 거슬러 올라가기도 했다. 가방이여, 제발 앞으로도 계속해서 버티어다오. 나는 진정으로 죽는 날까지 너와 함께 여행하기를 원한다.

이제 곧 나는 여행 준비를 마칠 것이다. 소망하건데 지금 취리히에서 모차르트의 오페라나 오트마르 쇼엑의 「펜테질레아」가 공연 중이면 좋겠다. 그러면 나는 그곳에서 며칠은 머물 것이다. 소망하건데 바덴의 온천 호텔들이 비어 있으면 좋겠다. 그러면 나는 그곳에서도 한동안 머물 것이다. 온천물 속에 몸을 담그고, 탁자 앞에 앉아서 그림을 그리고 글을 쓰면서, 겨울의 시작을 청결한 무위의 시간으로 채울 것이다. 그리고 어쩌면 그곳의 누군가가 내게 몇 주일 동안 금붕어가 든 어항을 빌려 줄지도 모른다. 그러면 나는 지나치게 무료하지도 않고 지나치게 고독하지도 않을 것이다. 내 여자 친구는 여행 중인데, 이 시기에 그녀는 빈이나 크라카우에서 편지를 보내올 것이다. '얼른 돌아와요, 사랑하는 철새님!' 벌써 나는 여행의 불안으로 손발이 마비되는 것 같다. 방에 가만히 앉아 있을 수도 없고, 그렇다고 밖으로 산책을 나갈 수도 없다. 속옷이란 속옷은 정신없이 모조리 다 가방 속에 쑤셔 넣고 있는 중이다. 초록색 셔츠 한 벌도 따라 들어간다. 내 여자 친구가 선물해 준 셔츠다. 초록색 셔츠여, 너는 나와 함께 어디로 떠나려 하는가? 우리는 곧 출발하게 될 것이다. 우리는 일시적인 고향과 고향을 떠다니며 머물게 될 것이다. 호텔에서, 그리고 하숙집에서. 약간의 세탁과 다림질만 있으면 우리는 매번 다시 기운을 차리고 새로운 모습으로 태어날 것이다. 물론 잠시만 지나면 다시 주름이 자글자글 잡히고 볼썽사나운 외양으로 변하긴 하겠지만. 그러다 보면 셔츠여, 우리는 종국에는 완전한 변신을 하게 될 것이다. 언젠가 너는 더 이상 셔츠가 아닌 넝마가 될 것이다. 그러다 더 시간이 지난 어느 날, 어쩌면 너는 한 장의 깨끗한 하얀 종이로 변신할지도 모른다. 사랑에 빠진 남자가 젊은 애인에게 이국에서 편지를 적어 보내게 될 종이. 그리고 나 또한 언젠가는 더 이상 병든 여행자이자 작가가 아니게 될 것이다. 대신 다른 종류의 자연을 순환하게 될 것이다. 다른 종류의 소용돌이 속에서 휘날리고 있을 것이다. 어쩌면 나는 다시 이 세계로 되돌아올지도 모른다. 어문학을 전공하는 학생이 되어 박사 논문을 쓰거나 아니면 이런저런 재밋거리를 찾아다닐지도 모른다. 만약 내가 인간의 생이라는 연옥을 완전히 마친 것이라면, 그러면 나는 다시는 인간으로 오지 않으리라. 대신 여윈 몸집의 붉은 여우, 혹은 영리하고 민첩한 담비, 혹은 땅바닥을 기어가는 침묵의 검은 뱀이 될 것이다. 나는 그 뱀을 정말로 사랑하므로.

(1928)

# 발코니의 여인

얼마 전 아주 뜨거운 여름날 밀라노 인근을 여행하고 있을 때, 나는 그 기억이 다시 떠올랐다. 그것은 이미 한참 전에 겪은 일이다.

1911년, 불타는 듯이 무더운 날씨에 온 세상이 하얗게 이글거리던 그해 늦여름, 나는 말라붙은 강바닥이 하염없이 이어지는 길을 따라서 여행하던 중이었다. 더위 때문에 시달리기는 했지만 덕분에 평소라면 이 지역에서 들끓고 있을 관광객 무리는 피할 수가 있었다. 들판에는 사람의 모습이라곤 보이지 않았고 지나치는 역들은 마치 죽어 버린 듯이 고요했다. 기차에는 북독일 출신의, 나이가 좀 든 신사가 한 명 타고 있었다. 이미 이틀 전부터 나는 우연한 계기로 그와 여러 번 마주친 적이 있었다. 그는 일등석 승객이었고 나는 삼등칸을 타고 있었지만, 식당 칸을 비롯해서 기차 여기저기에서 그의 모습이 자꾸만 내 눈에 들어왔다. 냉철하면서도 독특하고 냉소적인 그의 화법이 내 마음에 들었다. 아마도 그는 얼추 지금의 내 나이 정도 되었으리라. 당시의 나는 그 앞에 서면 마치 어린 소년이 된 기분이었다.

밀라노는 황량했다. 역에는 어떤 시끄러운 소음도 들려오지 않았고, 거리에도 사람이라곤 없었으며 심지어 마차 한 대도 지나다니지 않았다. 먼지투성이 블라인드 뒤편의 실내에서 셔츠 차림의 사람들이 그림자처럼 느릿느릿 움직이는 것이 보였다.

두 시간 전에 식당 칸에서 다시 마주쳤던 노신사 역시 기차에서 내렸다. 호텔에서 나온 짐꾼이 그의 짐을 받아 들었다. 노신사는 나에게 가볍게 고개를 끄덕거리며 "안녕히 가십시오" 하고 인사를 건넨 뒤, 공원 옆의 어느 우아한 호텔 안으로 사라져 버렸다. 나는 전차에 올라타고, 첫 번째 이탈리아 여행 이후 매번 이곳에 올 때마다 늘 머물곤 하는 오래된 여관으로 찾아갔다.

골목길은 죽은 듯이 고요했고, 연기로 시커멓게 그을린 여관 앞길에도 사람의 모습은 보이지 않았다. 단지 누더기를 걸친 음울한 늙은 거지 하나만이 등을 구부정하게 숙이고는 땅바닥에 하얗게 쌓인 흙먼지를 막대기로 헤치면서 담배꽁초를 찾고 있을 뿐이었다. 여관 주인은 어디에 있는지 보이지 않고 대신 하인이 나를 방으로 안내했다. 옷을 벗고 몸을 씻은 나는 오후 내내 덧창을 내린 방 안에서 셔츠 차림으로 레모네이드를 마시며 책을 읽었다. 그런데 저녁이 되자, 더위는 조금도 식은 기색이 없긴 했으나 수많은 인파가 밖으로 몰려나왔고, 나 역시 그들과 함께 휩쓸려 공원 산책로로 나갔다. 신문팔이들이 사방에서 목이 터져라 외쳐 댔고, 오렌지 상인들과 물기 많은 조각 멜론을 파는 상인들도 거기 합세하며 거리에 활기를 더했다. 상류층의 마부들은 주인들이 여름휴가를 떠난 틈을 타 으리으리한 마차에 자기 친구들을 싣고 돌아다녔다. 아직은 거리에 자동차가 많이 없던 시절이었다.

  거의 잠을 이루지 못하는 바람에 녹초가 되었고 별다른 흥밋거리를 발견하지 못한 상태로 나는 다음날 오후 다시 길을 떠났다. 열기와 먼지, 그리고 피곤 때문에 아주 힘든 여행이었다. 나는 독일로 돌아가기 전에 최소한 하룻밤은 편하게 자고 싶었고, 또한 여유 있는 분위기에서 이탈리아의 공기를 만끽하고 싶었다. 그래서 코모에서는 기차에서 내려야겠다고 결심했다. 햇빛이 환하게 쏟아지는 역을 빠져나와 한손에 여행 가방을 들고 시내로 막 접어들자마자, 이틀 전에 헤어졌던 그 노신사가 이륜마차 위에 앉아서 나에게 고개를 끄덕이며 인사를 보내는 것이 아닌가.

  '저 사람은 어딜 가나 마주칠 수밖에 없군' 하고 나는 생각했다. 그렇지만 노신사를 여기서 다시 마주친 것이 싫지만은 않았다. 노신사를 태운 마차는 부드러우면서도 탄력 있는 움직임으로 모퉁이를 돌아 빠르게 사라졌고, 나는 대성당을 향해 걷다가 다시 호숫가의 아름다운 소광장으로 방향을 바꾸어 숙소를 찾아보았다. 그것은 어려운 일은 아니었다. 코모는 텅텅 비다시피 했고 여관마다 빈방이 충분했기 때문이다. 해가 기울자 풍요롭고 충만한 저녁이 호수에서 솟아올랐으며 멀리 보이는 호수 기슭에는 보랏빛 먼지 구름이 아스라이 떠돌았다. 행복감이 나를 채웠다. 고국으로 돌아가기 전에 한 번 더 이탈리아의 여름 대기를 호흡할 수 있게 되어 참으로 기뻤다. 벅찬 마음으로 나는 아름다운 작은 도시의 곳곳을 구경하며 돌아다녔다. 집집마다 낮잠을 실컷 즐긴 사람들이 저녁 시간을 만끽하기 위해 밖으로 나오고 있었다. 성당으로 향하는 여인들은 저물어 가는 태양 빛이 눈부셔 눈을 가늘게 떴고, 유복한 집안의 청소년들을 태운 마차가 요란한 소리와 함께 도시 외곽으로 달려갔다. 젊은이들은 밀짚모자를 쓰고 흰색 바지에 노란 구두, 단추 구멍에는 카네이션을 한 송이 꽂고 입에는 버지니아 담배를 문채 꿈틀꿈틀 활기가 살아나는 골목길을 누비고 있었다. 어디선가 하모니카 소리가 울렸다. 구두닦이는 이제 그늘이 된 자신의 자리에 앉아 밀려들어 오는 손님을 맞기 시작했다. 작은 카페의 주인들은 차양을 올리고 상점 앞에 내다 놓은 대리석 테이블을 닦는다. 죽은 듯 잠들어 있던 도시가 겨우 15분 만에 생기를 되찾으면서 완전히 다른 모습으로 바뀌었다. 아이스크림과 베르무트 술병을 양손에 든 웨이터는 손님들로 가득한 테이블 사이를 요령 있게 돌아다닌다. 무리를 지어 다니는 소녀들의 웃음소리가 거리에 길게 퍼진다. 마치 세상이 자신들 눈 아래 있다는 듯 모두 예외 없이 한껏 도도하게 굴던 소녀들은, 사내아이들이 나타나자 순식간에 부끄러워하면서 달아나 버렸다. 갑자기 광장 한 모퉁이에서 누군가 손풍금을 연주했다. 서툴고 요란한 그 음악에 맞추어 아름다운 젊은이들이 춤을 추기 시작했다. 아름답고 눈부신 광경이었다.

이 모든 것은 내가 잘 알고 있는 어떤 광경과 느낌을 다시 불러 일으켰다. 즐거움이 피어나기 시작하는 저녁, 거리의 그늘을 따라 하염없이 홀로 걷기, 거리 모퉁이에서의 춤, 먼지가 뽀얗게 덮인 대리석 탁자에 놓인 베르무트 술병, 소녀들의 아름다운 자태, 춤곡의 가사를 노래하는 소녀들의 대담하고 기대에 들뜬 목소리가 저녁의 대기를 멀리멀리 퍼져나가는 바로 이런 느낌. 이 순간, 북쪽에서 온 젊은 여행자는 꿈을 꾸듯이 황홀한 기분으로 좁은 골목과 골목을 누비며 다닌다. 춤추는 소녀들의 뒷모습을 바라본다. 거리의 충만함과 유혹에서 쓴맛이 느껴질 때까지. 젊은이의 고독이 너무도 크고 깊어져서, 지금 당장 한 시간만이라도 이 허영과 사랑의 시장(市場)에 동참하고 흥겨움을 나눌 수만 있다면 뭐든지 할 수 있겠다는 생각이 들 때까지. 그러면 젊은 독일인은 서둘러 조용하고 작은 주점으로 찾아들곤 한다. 그리고 리조또와 베르무트 한 병을 주문하고는 저녁 내내 커다란 병에 든 베르무트 술을 마시며 생각에 잠겨 보내곤 한다.

이 모든 것은 나에게 익숙하다. 나는 아름답고 분방하게 즐기는 무리들을 통달한 자의 미소로 지켜보면서, 내가 알고 있는, 이와 비슷했던 수많은 저녁을 생각했다. 그러다 어느 레스토랑에 들어가서 리조또를 먹고 그 지방의 포도주도 몇 잔 마셨다. 배고픔이 가시자 다시 아무런 기대도 없는 객관적 방관자의 눈으로 저녁의 들뜬 분위기를 둘러볼 힘이 솟아났다. 나는 호숫가 매혹적인 광장 귀퉁이의 한 야외 카페에 자리를 잡고 앉았다. 어둠이 내리는 호수를 바라보면서 얼음물 한 잔을 천천히 마셨다. 호숫가 산들은 차가운 푸른빛으로 변해 갔다. 나는 브리사고 담배를 한 대 피웠다. 그리고 가볍게 배회하는 군중과 종달새처럼 노래하는 소녀들, 춤추는 무리의 왁자한 웃음소리가 불러일으키는 달콤한 유혹에 넘어가지 않도록 나를 단단히 붙잡았다.

"안녕하시오." 누군가 내 옆에서 이렇게 인사를 건넸다. 그것은 놀랍게도 그동안 그토록 자주 마주쳤던 그 노신사였다. 밝은색 여름 양복 차림의 그는 참으로 근사한 고급 수입 시가를 피우고 있었다. 그는 매우 냉철하게 들리는 북부 지방 악센트의 독일어로 말했다. 그를 다시 만나니 정말이지 이루 말할 수 없이 반가웠다. 노신사는 내 옆자리에 앉았다. 그는 레모네이드를 주문했고, 나는 네비올로 포도주를 마시기로 했다. 우리는 곧 대화를 시작했다. 영리한 이 노신사는 내가 생각한 것, 경험한 것을 모두 이미 오래전에 전부 생각하고 경험한 사람이었다. 단지 좀 더 영리하고, 좀 더 냉철하고 좀 더 분명하게 생각하고, 경험했다는 것이 차이라면 차이였다.

"당신은 분명 이탈리아에서 연애를 해 본 경험이 있을 것 같군요" 하고 문득 그가 호의적인 목소리로 이렇게 말했다. "그것도 여행의 일부니까요."

내 대답은 도취 속에서 느리게 흘러나왔다. "그게, 그렇긴 하죠."

노신사는 미소를 지었다. "그럼요. 유감스럽게도 항상 똑같은 일이 일어난답니다. 이처럼 아름다운 저녁에 젊은이는 이탈리아 여인들의 뒤를 쫓을 수밖에 없지요. 여인들이 모두 아름다워 사랑에 빠지지 않기가 불가능해요. 그런데 만약 운이 좋아서 젊은이가 한 여인을 품에 안게 된다면, 그 순간 즉시 그는 알아차리는 거죠. 결국 그녀의 목적은 돈이라는 것을. 참으로 안타까운 일입니다."

나는 좀 울적해져서 침묵을 지켰다. 이 노신사는 사랑의 환상을 믿지 않는 사람이다. 나는 맛이 뛰어난 포도주를 한 모금 마시고 저녁의 광장 너머를 바라보았다. 그때 광장 반대편 어느 호텔의 위층에서 한 여인이 좁다란 발코니로 걸어 나왔다. 흰 옷을 입은, 창백한 얼굴에 머리칼이 검은 키가 큰 여인이었다. 이미 어둠이 내리기 시작했으므로 절반쯤은 그늘에 싸인 실루엣으로만 보였다. 조금 앞으로 걸어 나온 그녀는 두 팔을 철제 난간에 올렸다. 여유로우면서도 기품 넘치는 그녀의 움직임은 나를 사로잡았다.

"포도주 맛이 괜찮은가요?" 노신사가 친절하게 물었다. 나는 아주 좋으니 한 잔 맛보라고 권하며 그를 위해서 잔을 하나 가져오게 했다. 그는 한 모금 마시더니 그 맛을 칭찬했다. 나는 그의 잔을 채워 주었다. 그런데 내가 잔을 채우고 있는 중에, 노신사 역시 발코니 위의 여인을 보고 있었다. 하지만 그는 아무 말도 하지 않았다. 그렇게 한동안 우리는 말없이 의자에 등을 기대고 앉아서, 점점 짙어 가는 어둠 속에서 하얗게 서 있는 고독하고 날씬한 여인의 자태를 가만히 지켜보고만 있었다.

"저 여인도 혼자인가 보군요." 노신사가 입을 열었다. 나는 대답하지 않았다. 우리 둘은 나란히 그녀를 올려다보았다. 사이사이에 우리는 맛 좋은 포도주를 한 모금씩 음미했다.

"그렇죠." 잠시 후 노신사는 다시 입을 열었다. "어쨌든 저 위로 올라가야만 하는 거죠. 그리고 여인을 위해서 뭔가 노력을 기울여야만 합니다. 안 그런가요? 제대로 된 잘생긴 젊은이라면 저런 아름다운 젊은 여인이 저녁 내내 3층 발코니에 혼자 서서 사람들이 춤추고 즐기는 광장을 내려다보기만 하는 걸 그대로 두지는 않을 겁니다."

나는 말없이 포도주를 한 잔 마셨다. 이제 병은 비었다. 나는 한 병을 더 주문했고, 노신사와 내 잔에 술을 따랐다. 이제 밤이 깊었다. 광장은 현저하게 조용해졌지만 야외 카페의 테이블은 아직 사람들로 가득했다. 아직도 광장에서는 한두 쌍의 젊은이들이 남아서 춤을 추고 있었다. 아직도 발코니 위에는 낯선 여인이 희고 고독하게 서 있었다.

노신사는 생각에 잠긴 표정으로 잔을 비웠다. "이 포도주는 정말로 맛이 좋군요" 하고 그는 분명하고 명확한 발음으로 말했다. 그것은 극히 사소한 진실까지도 자신이 직접 최종 확인의 선언을 해야만 직성이 풀리는 그런 명확함이었다. 순간 나는 그를 증오하기 시작했다. 이 늙은 훈수꾼 같으니.

그때 노신사는 갑자기 내 어깨에 손을 얹었다. 대개의 늙은 인간이 자신의 지나가 버린 청춘에 대해서 젊은이에게 복수할 때 사용하는 그런 뻔뻔스러운 호의의 몸짓이었다.

"이제 난 그만 돌아가야겠소" 하고 그는 말했다. "이제는 충분히 선선해졌으니 잠들 수 있을 것 같아요."

"그렇겠네요." 나는 멍하게 대꾸했다.

"물론이죠. 그런데 당신은 아마 잠시 더 여기 앉아 있으면서 포도주를 더 마실 것 같은데, 저 위도 쳐다보면서요. 그렇지 않나요? 행운을 빕니다! 아름다운 여자예요. 분명 그럴 겁니다. 하지만 이것만은 잊으면 안 돼요, 젊은 친구. 나는 나이든 사람입니다. 그래서 잠 하나는 잘 잘 수 있어요. 하지만 항상 그랬던 건 아닙니다. 내가 젊은 나이였을 때, 나는 당신과 같은 부류의 젊은이였죠. 오늘 저녁 당신을 살펴보니, 내 젊은 시절이 그림처럼 또렷하게 떠오르는군요. 우리는 둘 다 여자를 정복하고 모험을 즐기는 남자가 아니에요. 우리는 그저 발코니를 올려다보는 남자인 겁니다. 아래에서 슬픔에 잠겨 포도주를 마시면서 말이죠. 아마 지금은 내 말을 이해하기가 좀 힘들 겁니다. 그래도 내 말을 믿으세요. 천성은 바뀌지 않습니다. 수없이 많은 경우를 보아 왔으니까요. 아주 젊은 나이라면 아마 한 번쯤 반항을 시도해 보긴 할 겁니다. 교육을 통해서라면 천성의 변화가 가능할 수도 있겠죠. 하지만 그러려면 우리를 진정으로 행복한 존재로 키워 내려는 그런 교육자가 반드시 필요합니다. 그렇지 않으면 인간은 그냥 원래 자신의 천성 그대로 남아요. 내일이나 아니면 다른 날, 당신이 다른 발코니를 올려다본다고 해도 오늘 저 발코니를 바라보면서 한 행동과 달라질 일은 없을 겁니다. 나 역시 마찬가지였어요. 젊은 시절에 나는 내가 수줍은 이유가 단지 가난 때문이라고 믿었습니다. 그렇지만 부자가 된 다음에도 나는 전혀 변하지 않았지요. 그럼 난 이제 갑니다. 편한 밤 되시기를!"

그리고 그는 갔다. 저주받을 늙은이는 가 버렸다. 그가 자신의 진리를 지껄이는 동안 나는 수십 번도 넘게 그의 입을 틀어막고 싶었다. 하지만 그러지 못했다. 마치 저주에라도 걸린 것처럼 꼼짝도 할 수 없었기 때문이다. 사탄이 따로 없지 않은가! 나는 웨이터를 소리쳐 불렀다. 노신사는 자신이 직접 주문한 레모네이드 값은 정확하게 지불하고 갔다. 대신 두 병의 포도주 값은 내 몫이었다.

자리에서 일어섰을 때, 내 시선은 의지를 배반한 채 다시 한 번 발코니를 향했다. 어두운 호텔의 파사드* 위에서 발코니는 작고 흐릿하게

..............

* 건물 전체의 인상을 단적으로 나타내는, 건축물의 주된 출입구가 있는 정면부를 말한다.

보일 뿐이었다. 여인의 모습은 이미 사라진 후였다.

(1913)

# 여행에 대하여

　　　　　　　　여행의 서정에 대하여 글을 쓸
기회가 생길 때마다 가장 처음에 떠오르는 생각은, 현대식 산업이 되
어 버린 관광 여행에 대한 환멸이다. 의미 없이 떠들썩하기만 한 여행
에 대한 열기, 삭막한 현대식 호텔, 인터라켄과 같은 생소한 도시, 영국
인과 베를린 사람들, 흉측하게 변한 데다 엄청나게 비싸진 슈바르츠발
트* 바덴 지역, 대도시에서 떼로 바글바글 몰려와서 알프스에서도 자
기들 집에서 하던 것과 똑같이 하려고 드는 인간들, 루체른의 테니스
코트들, 식당 주인과 웨이터, 호텔 분위기와 숙박비, 지역 상표를 붙인
가짜 와인과 민속 의상에 대해서 신랄하게 비판하고 싶다는 거센 유
혹이 밀려온다. 하지만 언젠가 베로나에서 파두아로 향하는 기차에서
도저히 참지 못하고 한 독일인 가족에게 이런 비슷한 견해를 내보였
다가 입을 다물어 달라는 냉담하고 예의 바른 요청을 받은 적이 있다.

...............

* 독일 남서부 (스위스 국경 지대에 있는)라인 강 동쪽에 북북동~남남서 방향으로 뻗어 있는 산맥.

그리고 루체른에서는 어떤 비열한 웨이터의 뺨을 갈긴 적이 있는데, 그때는 요청을 받는 것이 아니라 아예 실제 완력으로 당하는 바람에, 불쾌한 모양새로 황급히 나와야만 했다. 그런 일을 겪은 이후로는 속마음을 드러내지 않는 법을 배웠다.

그렇지만 한편으로는, 자주 다녔던 작고 소소한 여행에서는 참으로 큰 즐거움과 만족을 맛보았으며, 매번 크든 작든 소중한 보물들을 발견하곤 했다. 그러니 여행을 비판할 이유가 무엇이란 말인가?

현대인의 여행법에 대해서 조언해 주는 책자들은 수없이 많다. 하지만 적어도 내가 아는 한 정말 좋은 책은 한 권도 없다. 여행을 떠나고 싶은 사람이라면, 우선 왜 여행을 떠나는지, 여행에서 무엇을 할 것인지를 스스로 알고 있어야 한다. 그런데 요즘 도시인들은 그걸 모른 채 여행을 한다. 도시인은 단지 여름에 도시가 너무 덥기 때문에 여행을 떠난다. 도시인은 분위기를 전환하고 싶어서, 일에 찌든 일상을 벗어나 다른 종류의 환경과 다른 종류의 사람들을 구경하면서 휴식을 취하고 싶은 마음으로 여행을 떠난다. 자연과 대지, 초목이 그립다는 막연한 동경과 정체불명의 욕구에 시달리는 도시인은 산으로 간다. 교양을 얻는 데 도움이 될 거라는 믿음을 가지고 로마로 가기도 한다. 하지만 도시인이 여행을 떠나는 가장 큰 이유는 친구들과 이웃들이 모두 여행을 떠나기 때문이다. 그래야 나중에 다들 여행 이야기를 할 때 자신도 끼어들 수 있으며, 그 자리에서 잘난 척도 할 수 있기 때문이다. 그래야 유행에 뒤떨어지지 않기 때문이다. 그래야 나중에 집에 돌아왔을 때 전과 마찬가지로 편하고 안락한 기분을 누릴 수 있기 때문이다.

이 모든 솔직한 이유들은 다 충분히 이해할 만하다. 그런데 왜 크라카우어 씨는 베르히테스가덴으로 여행을 가고 뮐러 씨는 그라우뷘덴으로 여행을 가고, 쉴링 부인은 상트 블라지엔으로 여행을 가는가? 크라카우어 씨는 자신이 아는 사람들 상당수가 베르히테스가덴으로 여행을 가니까 자신도 그리 가는 것이고, 뮐러 씨는 그라우뷘덴이 베를린에서 멀리 떨어진 곳인데다가 최근 유행하는 여행지라서 그리 가는 것이고, 쉴링 부인은 상트 블라지엔의 공기가 좋다는 말을 들었기 때문에 그곳으로 가는 것이다. 그런데 이 세 사람은 각자의 여행 목적지와 계획을 서로 바꾸어도 상관이 없다. 달라지는 것이 없으니까. 아는 사람이야 어느 곳에 가서나 만들면 되고, 돈을 쓰는 것이 목적이라면 장소에 전혀 구애받을 필요가 없으며, 유럽에는 공기 좋은 장소가 셀 수도 없이 많다. 그런데 왜 하필이면 베르히테스가덴이어야 하고 그라우뷘덴이어야 하고 상트 블라지엔이어야 하는가? 여기에 바로 잘못이 있다. 여행이란 경험을 의미한다. 그런데 가치 있는 경험이 이루어지려면 주변 환경과의 정신적 유대가 필요하다. 가끔 야외로 떠나는 즐거운 소풍, 야외 식당 테이블에서의 흥겨운 저녁, 호수 위에서의 증기선 여행 자체는 경험이라고 할 수 없다. 그것만으로 삶이 풍요로워지지도 않고 지속적으로 영향을 미치는 자극제도 되지 못한다. 물론 경우에 따라서는 그런 역할을 해 줄 수도 있겠지만, 크라카우어 씨나 뮐러 씨에게는 그렇지 못할 것이다.

아마도 그런 사람들은, 세상의 어떤 장소와도 특별히 깊은 정신적 유대를 맺지 못할 수도 있다. 그들은 어떤 나라, 어떤 해안이나 섬, 어떤 산, 어떤 고대 도시에 가더라도 알 수 없는 예감을 느끼거나 유난히 끌린다는 감정이 들지 않으며, 꿈속에서조차 보기를 갈망하는 그런 환상의 풍경은 존재하지 않고, 단지 한 번 가 보기만 해도 보물을 얻은 듯한 큰 기쁨을 주는 그런 장소도 없다. 하지만 그런 사람일지라도 일단 여행을 떠나야 한다면 더 행복하게, 더 멋지게 여행할 방법은 있다. 여행을 떠나기 전에 지도상으로 최소한 대충이라도 여행지의 중요한 정보들을 알아 두는 것이다. 그곳의 위치와 지형, 기후 그리고 현지 민족 등이 여행자 자신에게 익숙한 고향의 환경과 얼마나 다른지 미리 조사해 두는 것도 필요하다. 또 낯선 고장에 머무는 동안 그 지역의 풍토에 적응하고 어울리려는 노력도 해야 한다. 그곳의 인상적인 산과 폭포, 도시들을 지나갈 때마다 마음을 다해 오래 바라볼 뿐만 아니라, 그 지역이 당연히 품고 키워 온 모습이기 때문에 아름다운 풍경이라고 충분히 인식할 줄도 알아야 한다.

　이쯤에 이르면 선의를 지닌 자들은 큰 어려움 없이 저절로 소박한 여행의 비밀과 기술을 터득하게 된다. 그는 시라쿠스에서 뮌헨 맥주를 마시려고 하지 않으며, 설사 거기서 뮌헨 맥주를 구한다고 해도 김빠진 맛에 비싸기만 하다는 느낌을 받는다. 외국 여행하기 전에 반드시 그 나라의 언어를 최소한 어느 정도 이해할 수 있을 만큼은 공부한다. 외국의 자연, 인간, 풍습, 음식 그리고 포도주를 자기 나라의 기준으로 판단하지 않는다. 베네치아 사람이 더 민첩하기를, 나폴리 사람이 더 조용하기를, 베른 사람이 더 예의 바르기를, 키안티 사람이 더 상냥하기를, 리비에라가 더 시원하기를, 석호 해안이 더 가파르기를 바라지 않는다. 그는 자신의 생활방식을 여행지의 특성과 관습에 맞추려고 노력할 것이다. 그래서 그린델발트에서는 일찍 일어나고 로마에서는 늦게 일어날 것이다. 특히 어디에서나 그곳의 평범한 사람들에게 가까이 다가가고 그들을 이해하려고 할 것이다. 그러므로 국제 단체 관광에 섞여 다니거나 세계적인 이름을 가진 호텔에서 묵는 일은 피할 것이다. 대신 주인과 종업원 모두 현지인인 여관을 이용하거나, 혹은 더 좋은 방법으로, 서민들의 생활상을 직접 볼 수 있는 현지인의 가정집에 숙박할 것이다.

만약 아프리카를 여행하는 여행자가 양복과 실크 해트silk hat로 차려입고 낙타를 탄다면 다들 웃기다고 생각할 것이다. 하지만 체르마트나 벵겐에서 파리식 옷차림을 하거나, 프랑스의 도시에서 독일어를 사용하거나, 괴세넨에서 라인 포도주를 마시거나, 오르비에토에서 라이프치히 음식을 먹으면 전혀 이상하게 보지 않는다. 이런 유형의 여행자에게 베른의 고지대가 어땠느냐고 물으면 그들은 매우 흥분하면서 융프라우철도[스위스의 등산 철도] 가격이 너무 비싸다고 화를 낸다. 그런 사람들을 시칠리아에서 우연히 만나 이야기를 나누다 보면, 그곳에는 난방 시설을 갖춘 방이 없다는 것, 그리고 타오르미나에 가면 꽤 괜찮은 프랑스 요리를 먹을 수 있다는 등의 정보를 얻게 될 것이다. 그런데 시칠리아 주민들에 대해서나 그곳의 삶에 대해서 물어보면, 그들은 이렇게 대답할 것이다. 그곳 주민들은 다들 똑같이 우스꽝스러운 옷을 입고 다니며, 사투리가 심해서 말을 하나도 알아들을 수 없다고.

이 정도 말했으면 충분한 것 같다. 나는 여행의 아름다움에 대해서 이야기하려는 것이지 다수의 한심한 여행자들에 대한 불평을 늘어놓으려는 건 아니다.

여행의 서정은 일상의 단조로움, 일과 스트레스를 벗어나 휴식을 취하는 데 있지 않다. 다른 사람들과의 우연한 만남과 교제에 있지 않으며, 색다른 풍경을 감상하는 데 있지 않다. 그렇다고 호기심의 충족에 있는 것도 아니다. 여행의 서정은 경험에 있다. 그것은 더욱 풍요로워지는 것, 새로운 획득물을 내 안에 유기적으로 받아들이는 것, 다양성 속의 조화를 이해하고 대지와 인류라는 거대한 조직을 이해하는 것, 옛 진리와 법칙을 완전히 새로운 시각 안에서 재발견하는 데 있다.

거기에 더해서, 내가 특별히 여행의 낭만이라고 부르고 싶은 요소들이 있다. 다양한 인상들, 늘 가슴 두근거리면서, 혹은 가라앉은 심정으로 기대하는 어떤 놀라움과 충격, 특히 우리에게 낯설고 익숙하지 않은 사람들과 나눌 수 있는 소중한 교류가 그것이다. 사람을 유심히 훑어보는 문지기나 웨이터의 시선은 베를린이나 팔레르모나 별 차이가 없다. 그러나 그라우뷘덴의 쓸쓸한 황무지에서 갑작스럽게 마주치는 바람에 깜짝 놀란 래티엔 목동 소년의 눈빛을, 그대는 잊지 못하리라. 그대가 피스토이아 지방에서 2주간 숙박했던 집의 어느 조촐한 가족들도 잊지 못할 것이다. 어쩌면 그들의 이름을 잊어버릴지도 모르고, 그들 한 명 한 명이 갖고 있던 소소한 걱정거리나 운명의 내용도 분명히 기억나지 않을지도 모른다. 하지만 그 가족들과 가까워진 순간들을, 처음에는 아이들과 친해지고 다음에는 창백하고 몸집이 작은 어머니, 그리고 다음에는 아버지 혹은 할아버지와 친해질 수 있었던 행복한 시간들을 그대는 결코 잊지 못한다. 그들과는 서로가 잘 아는 이야 깃거리를 찾아내야 할 필요가 없었고, 대화의 실마리가 될 옛날이야 기나 서로 간의 공통점을 찾아내야 할 필요도 없었기 때문이다. 그대의 눈에 그들이 그런 것처럼 그들의 눈에도 그대가 완전히 낯선 이방인이므로, 그들에게 말을 걸기 위해서는 구태의연하고 인습적인 화법은 모두 버리고 그대 자신의 뿌리로 되돌아가 온전히 그대 자신의 목소리를 내기만 하면 된다. 아마도 그대가 그들과 나눈 대화는 별것 아닌 시시한 내용이었으리라. 하지만 그것은 인간이 인간에 대해 갖는 순수한 궁금증과 이방인을 조금이라도 알고 이해하고자 하는 마음이며, 상대방의 본성과 삶의 작은 한 조각을 배우고 간직하고자 하는 간절한 바람을 담은 대화였다.

외국의 풍광과 도시를 직면할 때 유명하거나 눈에 확 들어오는 것만 찾지 않고 본원적이고 좀 더 심오한 것을 발견하고 사랑으로 이해하려는 여행자들이 있다. 그런 사람의 기억에는 대개 우연히 마주친 작은 사건들이 특별한 광채를 빛내며 담겨 있기 마련이다. 피렌체를 생각할 때 내 머릿속에 가장 먼저 떠오르는 장소는 대성당이나 중세의 궁전이 아니라 자르디노 디 보볼리에 있는 작은 금붕어 연못이다. 처음으로 피렌체를 방문했던 날 오후, 나는 그곳에서 몇몇 부인들이랑 아이들과 이야기를 나누었고 처음으로 피렌체의 언어를 몸소 체험했다. 나는 그동안 수없이 많은 책을 통해서 피렌체라는 도시를 잘 안다고 생각하고 있었다. 하지만 거기서 나눈 피렌체 사람들과의 대화로 인해 나는 그 도시가 정말로 실재하는 것임을, 대화하고 손으로 만질 수 있는 살아 있는 대상임을 비로소 느낄 수 있었다. 그 덕분에 대성당과 중세의 궁전 등 피렌체의 다른 명소들도 기억에서 사라지지 않았다. 그것은 다른 여행자들처럼 관광 안내 책자를 손에 들고 부지런히 명소를 돌아다니는 일보다 더 나은 경험이었고, 덕분에 나는 진심으로 그 도시를 내면에 간직했다고 믿는다. 특별히 계획하지 않고 부딪힌 사소하고 우발적인 체험들이 그 믿음을 한결같이 더욱 군건하게 해 주었다. 우피치 미술관에서 본 아름다운 그림들은 잊어버릴지라도 부엌에서 여주인과 나누었던 대화, 작은 술집에서 와인을 마시며 다른 손님들과 담소하던 밤은 잊지 않는다. 또 자기 집 문 앞에 앉아서 내가 입은 바지의 찢어진 부분을 기워 주던, 손으로는 바느질을 하면서 입으로는 정치적 의견을 열렬하게 토로하는가 하면 뛰어난 노래 실력으로 오페라의 아리아와 유쾌한 민요를 불러 주던 교외(郊外)의 수다스러운 재단사도 잊을 수 없다.

아주 하찮은 일들이 종종 소중한 기억을 형성하기도 한다. 여관집 딸을 사랑하는 한 젊은이와 권투 시합을 하는 바람에 오래 있지 못하고 겨우 두 시간 만에 떠나와야 했지만, 작고 어여쁜 소도시 초핑엔도 내게는 잊을 수 없는 여행지이다. 바덴 지방 블라우엔 남쪽의 매혹적인 마을 함머슈타인, 그날 내가 오랫동안 숲 속에서 길을 잃고 힘들게 헤매다가 늦은 밤 전혀 예상치 못하게 그곳에 도착하지 않았더라면 그 마을의 아름다운 지붕과 골목길의 모습을 이토록 생생히 기억하고 있지는 못하리라. 아무런 생각도 기대도 없이 단지 산모퉁이를 한 번 돌았을 뿐인데, 갑자기 저 계곡 아래에 마을의 모습이 나타났다. 서로

다닥다닥 몸을 붙인 채 조용히 잠든 집들 뒤편으로 막 달이 떠오르고 있었다. 편안한 국도를 따라 걸으면서 여행을 했더라면 이런 광경은 결코 마주치지 못했으리라. 나는 그곳에 겨우 한 시간밖에 머물지 않았지만, 덕분에 일생 동안 마음속에 간직할 고즈넉하고 아름다운 이미지를 소유하게 되었다. 그리고 그 이미지 덕분에 함머슈타인 마을만의 고유하고 독특한 풍광까지도 눈앞에서 보듯이 생생하게 모두 그려 낼 수가 있다.

젊은 시절, 약간의 돈만 지닌 채 짐도 없이 멀리 돌아다녀 본 사람은 이런 느낌을 이해할 것이다. 클로버 들판이나 잘 말린 건초더미 속에서 보낸 밤, 외딴 방목지 오두막에서 얻어먹은 한 조각의 빵과 치즈, 마을 여관에 도착했는데 마침 결혼식이 열리고 있어서 뜻하지 않게 하객으로 초대받은 일 등이 인상적인 기억으로 남게 된다.

다만 우연한 마주침 때문에 본질적인 것이, 낭만적인 경험 때문에 서정 자체가 망각되어서는 안 된다. 발길 닿는 대로 방랑하면서 우연에 모든 것을 맡기는 여행은 분명 아주 좋은 방법 중 하나이다. 하지만 여행이 즐거우면서도 보다 심오한 경험이 되려면, 확고하고 뚜렷한 내용과 의미를 갖고 있어야 한다. 그냥 지루하다는 이유로, 막연하게 호기심이 생긴다는 이유로 여러 낯선 나라를 그 내면의 본모습을 이해할 줄도 모르면서 생각 없이 돌아다니기만 하는 것은 한심하고도 파렴치하다. 우리가 사랑과 우정을 위해서 정성을 들이고 때로는 제물도 바치는 것처럼, 우리가 책을 심사숙고해서 고르고 돈을 주고 구입해 읽는 것처럼, 관광 여행이나 교육 여행 또한 애정을 기울이고, 배우고,

몰두해야 하는 대상이다. 어떤 나라와 민족, 도시나 자연을 여행자의 영혼에 담겠다는 목표가 있어야 한다. 낯설고 생소한 것들에게 사랑으로 몰두하며 귀 기울여야 한다. 그것들의 본질과 비밀에 다가가기 위하여 인내심을 갖고 노력해야 한다. 허영심에 사로잡혀서, 또는 교양이란 것을 잘못 이해하는 바람에 파리나 로마로 떠나는 부유한 소시지 상인은 그런 생각은 전혀 하지 않는다. 그러나 뜨겁고 기나긴 청소년 시절 내내 알프스와 바다, 이탈리아의 고대 도시를 동경하며 마음에 품고 있다가 마침내 여행을 할 수 있는 시간과 빠듯한 경비를 손에 넣은 자는, 이국의 길가에서 마주치는 표지석에, 덩굴장미로 뒤덮인 양지바른 수도원의 담장에, 눈 덮인 산봉우리에, 바다 멀리 보이는 수평선에 언제나 열정적으로 사로잡히며 앞으로도 영영 마음에서 내려놓을 수 없으리라. 그러다 보면 여행자는 자신이 사로잡힌 사물들의 언어를 이해하게 되고, 이미 죽은 것을 살아 있는 듯 느끼며, 침묵이 말하는 소리를 듣게 될 것이다. 하루 동안의 여행으로도 몇 년 동안이나 여유로운 유람 여행을 다닌 자보다 훨씬 더 충만한 체험을, 훨씬 더 많은 즐거움을 얻게 될 것이다. 그리고 일생 동안 기쁨과 깨달음, 충족과 행복감이라는 보석을 지니고 살게 될 것이다.

반면에 돈과 시간을 절약할 필요 없이 여행을 즐기는 자들이 있다. 그들은 갈망과 매혹의 나라를 찾아다니며 하나하나 눈과 마음으로 소유하고 싶은 욕구, 여유 있게 즐기면서 느리게 배워 나가는 방식으로 세계의 일부를 획득하고 많은 나라에 자신의 뿌리를 내리고자 하는 욕구, 대지와 대지의 생명들을 포용하고 이해하는 멋진 건물을 쌓기 위해 동서양의 돌들을 수집하려는 욕구로 불타는 자들이다.


　오늘날 관광 여행자의 대다수가 피곤에 찌든 도시인들이며, 그들이
여행에서 바라는 것은 단지 한동안이라도 싱그러운 자연에 최대한 가
까이 머물면서 마음의 위안을 얻고자 함이라는 것을 나는 모르지 않
는다. 그들은 '자연'을 즐겨 화제에 올리며, 어느 정도는 두려워하고 또
어느 정도는 보호자인 양 생색내는 기분으로 자연을 사랑한다. 그런데
그들은 어디서 자연을 찾는 것일까? 과연 그중에서 얼마나 많은 이가
정말로 자연을 발견하게 될까?
　아주 널리 퍼져 있는 대표적인 착각이 있는데, 그것은 '자연'과 가까
이 하고 '자연'의 치유력을 만끽하기 위해서는 아름다운 경치만 있으
면 된다는 생각이다. 물론 햇볕에 달구어진 뜨거운 포장도로를 피해
서 달아난 도시인에게 바닷가나 산 속의 시원하고 깨끗한 공기가 도움
이 되는 것은 분명하다. 그것만 있으면 도시인은 만족한다. 그는 상쾌
한 기분으로 깊이 심호흡하며 밤에는 잠도 더 잘 잔다. 그리고 자신이
'자연'을 한껏 향유했으며 '자연'을 내면에 가득 품었다는 감사한 믿음
을 안고 집으로 돌아온다. 자신이 자연의 가장 피상적인 껍데기만을
받아들이고 이해했으며, 정작 가장 가치 있는 핵심은 길바닥에 버려두
고 왔음을 그는 알지 못한다. 그는 보고, 찾고, 여행하는 법을 이해하
지 못하는 것이다.
　여행자가 피렌체나 시에나를 둘러보고 마음에 참된 인상을 새기는
것보다 스위스의 한 지방이나 티롤, 북해나 슈바르츠발트를 이해하는

편이 더 쉽고 간단하다고 믿는데, 이건 근본적으로 잘못된 생각이다. 피렌체에서 베키오 궁전이나 대성당의 둥근 지붕만을 기억할 줄 아는 사람은 슐리어제 호수에 가더라도 벤델슈타인 산의 윤곽만 쳐다보고 말 것이며, 루체른에서도 필라투스 산의 정경과 호수의 푸른 안개만을 기억할 것이다. 그러다 보면 여행에서 돌아온 지 몇 주일이 지나면 그의 영혼은 여행을 떠나기 전과 별 차이 없는 빈한한 상태로 회복될 것이다. 자연은, 문화나 예술과 마찬가지로, 그리 간단하게 자신을 내어주지 않는다. 아무것도 모르는 미숙한 도시인이 참으로 많은 것을 버리고 희생한 다음에, 그제야 자연은 베일을 벗고 스스로를 선물로 바치는 것이다.

기차를 타거나 우편 마차를 타고 고트하르트를, 브렌네르Brenner를, 심플론을 거쳐 가는 여행길은 참 아름답다. 리비에라 해안을 따라 제노바에서 리보르노까지 가거나 혹은 베네치아 석호에서 배를 타고 치오자로 가는 여행도 멋지다. 하지만 그런 여정에서 받은 인상은 잠시 후면 거의 사라져 버린다. 그렇게 슥 지나가는 풍경에서 유난히 돋보이는 특징을 포착하고 간직할 수 있는 여행자는, 뛰어나게 섬세하거나 그런 방면으로 훈련이 아주 잘 된 사람뿐이다. 대부분의 사람들은 그냥 바닷가의 공기, 푸른 물빛, 해안선의 윤곽 등 일반적인 풍경만 기억하게 되고 그마저도 연극의 한 장면처럼 빠르게 휘발되어 버린다. 한창 인기 있는 지중해 단체 관광 여행이 바로 그러하다.

뭐든지 다 보겠다고, 뭐든지 다 알아야겠다고 욕심 부릴 필요가 없다. 스위스 알프스의 두 개의 산과 두 개의 계곡을 찬찬히 둘러본 사람은 같은 기간 동안 정기권을 끊어서 스위스 전체를 두루 돌아다닌 사람보다 스위스에 대해서 더 잘 알고 있다. 나는 루체른과 비츠나우를 적어도 다섯 번은 가 보았다. 그럼에도 여전히 피어발트슈테터 호수를 마음 깊숙이 간직하고 이해하지는 못했다. 하지만 이번에 일주일이 채 못 되는 기간 동안 혼자 배를 타고 노를 젓고 다니면서 호수의 모든 움푹한 기슭을 찾아가 보고 호수 곳곳에서 모든 전망을 음미한 다음에야 나는 호수를 안다고 말할 수 있게 되었다. 그때부터 호수는 내게 속했다. 그때부터 나는 그 어떤 순간에도, 지도나 사진이 없어도 호수의 아주 사소한 부분까지 모두 머릿속에 확실하게 그릴 수 있으며, 호수를 매번 새로이 사랑하고 새로이 향유할 수 있다. 호수 기슭의 모양과 식물들, 주변 산들의 형태와 높이, 교회 탑과 선착장이 있는 호숫가 마을들, 단 한순간도 똑같지 않은 물의 빛깔과 수면에 반사되는 색채들. 이런 이미지들을 감각 속에 간직한 다음에야 나는 그곳 주민들을 이해할 수 있었고, 그들의 행동과 사투리를 이해했으며, 그 지방 특유의 외모와 이름들, 호숫가 각 소도시나 지역의 특성과 역사를 구별할 수 있게 되었다.

나는 베네치아를 열렬히 사랑하기는 하지만, 만약 어느 날 그냥 멍하니 쳐다보기만 하는 것에 싫증난 나머지 토르첼로 섬 한 어부의 집에서 그와 함께 여드레 밤낮을 지내면서 침대와 빵과 그의 보트를 나눈 경험이 없었다면, 베네치아는 여전히 나에게 낯설고 이상하고, 도저히 이해할 수 없는 기이함 그 자체로 남아 있었을 것이다. 나는 섬과

섬을 따라 노 저어 갔으며, 뜰채를 들고 갈색 진흙 속을 철벅거리며 걸었다. 석호의 물과 식물, 동물을 알게 되었고, 석호 특유의 공기를 호흡하고 관찰했다. 그 이후로 베네치아의 석호는 나에게 익숙하고 친근한 것이 되었다. 나는 그 여드레의 시간을 티치아노나 베로네제의 그림을 보면서 보낼 수도 있었다. 하지만 아카데미나 도젠 궁전이 아닌 갈색 삼각돛이 달린 어부의 고깃배에서, 나는 티치아노나 베로네제를 더욱 잘 이해하는 법을 배웠노라고 말할 수 있다. 내 경험은 그림을 몇 점 본 것이 아니라 베네치아 전체를 체험한 것이다. 덕분에 베네치아는 더 이상 아름답고 불길한 수수께끼의 사물이 아니라, 이전보다 훨씬 더 아름다우면서 나에게 속한 실제의 것으로 다시 태어났고, 나는 그것을 이해하는 자의 권리를 향유하게 되었다.

금빛으로 물든 여름 저녁의 풍경을 한가롭게 감상하거나 맑고 신선한 산 공기를 들이마신다고 해서, 그것이 곧 자연을 내면으로 이해하고 받아들인다는 의미는 결코 아니다. 따뜻한 햇볕이 쏟아지는 초원에 누워 아무 생각 없이 즐기는 휴식의 시간은 근사하다. 그러나 초원뿐 아니라 그 너머의 산과 시냇물, 오리나무 숲과 멀리 솟아 있는 산봉우리들까지 친숙한 대지의 한 부분으로 잘 알고 있는 자는 그러한 휴식을 수백 배나 더 충만하고 심오하게 누릴 수 있다. 자신이 발을 딛고 선 땅에서 대지의 법칙을 읽고, 대지가 지닌 형체와 식생에서 자연의 불가피성을 파악하며, 그런 법칙과 불가피성을 현지인들의 언어와 의복, 그들의 역사와 그곳의 기후와 건축과 관련하여 느끼려면 애정과 헌신 그리고 연습이 필요하다. 그리고 그런 노력은 충분히 가치가 있다. 그대가 열성과 사랑으로 사귀어 마침내 그대의 것으로 만든 나라는, 그대가 휴식하는 모든 초원과 기대는 모든 바위가 그대에게 자신의 비밀을 털어놓는다. 그리고 다른 여행자에게는 베풀지 않는 특별한 힘으로 그대를 성장시킨다.

그러면 아마 이렇게 말하고 싶을 것이다. 일주일 휴가를 떠나는 모든 여행자가 다 지질학자가 되고 역사학자가 되고 방언연구가가 되고 식물학자나 경제학자가 되어 그 고장을 연구할 수는 없는 일 아니냐고. 그야 물론이다. 중요한 것은 느낌이지 모든 이름을 샅샅이 알아야 한다는 건 아니다. 학문 자체는 그 누구도 축복해 주지 않았다. 하지만 공허하게 돌아다니는 여행을 원하지 않는다면, 전체성과 하나가 되어 살아 있다는 지속적 느낌, 세계라는 내부에 직조되는 느낌을 갈망한다면, 그런 여행자에게는 어디에서든지 그곳 특유의 색채, 진정한 성격과 모습이 쉽게 눈에 들어올 것이다. 그는 우연히 눈에 보이는 것들을 추종하는 대신에 한 나라의 흙과 나무와 산의 모양, 동물과 인간을 관통하는 공통성을 찾아내어 이를 믿고 따를 것이다. 더구나 이런 공통성과 전형성을 이름 모를 작은 꽃들, 지극히 희미한 대기의 색조, 지역의 토속어에 깃든 가벼운 억양, 집들의 모양과 민속춤, 노래에서 나타나는 작은 뉘앙스에서 발견하게 될 것이다. 그리고 여행자 자신의 기질에 따라 토속적 농담이, 나뭇잎의 냄새가, 교회 탑이, 혹은 진기한 작은 꽃이 핵심적인 양식을 형성할 것이다. 그것은 어느 한 나라의 본질 전체를 간단하지만 확실하게 포괄하는 양식이다. 여행자는 그런 양식을 한 번 갖게 되면 영원히 잊지 않는다.

이 정도면 충분하다. 다만 요즘 유행하는 전문 용어인 '여행 능력'이
란 것을 나는 믿지 않는다는 말을 덧붙이고 싶다. 여행 중에 낯선 것
에 빨리 적응하고 친해지는 사람, 진실하고 가치 있는 것을 볼 줄 아는
사람은 결국 삶에서 의미를 찾아낸 사람, 자신의 별을 따라갈 줄 아는
사람과 동일인이다. 삶의 근원에 대한 뜨거운 그리움, 모든 살아 있는
것, 창조하는 것, 자라나는 것과 하나 되고 싶고 벗하고 싶다는 갈망이
바로 세계의 비밀로 들어가는 그들의 열쇠이다. 그들은 먼 나라를 여
행할 때뿐만 아니라 반복되는 일상의 삶과 리듬 속에서도 그러한 비밀
을 열렬히 추구하면서 행복을 느낀다.

(1904)

# 구비오

나는 느리게 달리는 시골 열차를 탔다. 객차 안은 장터에서 집으로 돌아가는 농부들로 가득했다. 그렇게 치타디카스텔로<sup>Citta di Castello</sup>에서 출발하여 저녁 무렵에는 구비오<sup>Gubbio</sup>에 도착했다. 여관에 배낭을 내려놓고 커다랗고 황량한 광장을 슬렁슬렁 돌아다니다가 프란체스코회 수도사 앞을 지나 저녁이 시작되는 시내로 들어섰다.

날은 춥고 비까지 부슬부슬 내렸다. 기묘한 형태의 산악 도시 여기저기 뻗어 있는 좁다란 골목길 안에는 벌써 밤이 스며들었다. 여행을 하고 있으면 간혹 난데없이 아주 괴상하면서도 아무 쓸데없는 상념에 빠지게 되는 일이 종종 있는데, 바로 그날이 그런 날이었다. 도대체 왜 나는 여행을 떠나왔는가, 도대체 왜 나는 오늘 하필이면 이탈리아에, 그것도 다른 도시가 아닌 구비오에 있는가 하는 질문이 떠올랐기 때문이다. 도대체 왜인가? 나는 여기서 무엇을 찾으려 하는가?

몸은 비록 피곤했지만 나는 좀처럼 지워지지 않는 그 질문을 파고

들면서, 어떻게든 답을 생각해 보려고 노력했다. 14일 전에 나는 집을 떠나왔다. 이탈리아를 다시 한 번 여행하고 싶었고, 다른 민족과 다른 언어가 지배하는 환경을 내 주변에 두고 싶었다. 낯선 도시, 아름다운 건축물, 과거의 예술품들도 보려는 생각이었다. 그런데 왜 그래야 했을까? 왜 나는 가족들이 있는 집에서 글을 쓰면서 지내지 않았던 걸까? 휴식을 원했기 때문이다. 하지만 여행하면서 휴식하는 사람이 어디 있는가? 없다. 이미 예전부터 다 알고 있는 내용이었다. 그러니 내가 휴식을 목적으로 여행을 떠나오지 않은 것은 분명했다.

그러면 예술의 정신을 느끼기 위해서? 아마도 이것은 진실에 상당히 근접한 대답일 것이다. 나는 피렌체의 대성당, 아름다운 산 미니아토San Miniato, 프라 안젤리코의 그림과 도나텔로의 조각품을 다시 보고 싶다는 소망이 있었던 것이다. 피렌체를 떠나 여행을 계속하면서 새로운 예술 작품들을 감상했고, 화려한 광장과 골목들, 높은 탑이 솟은 성들과 도시들을 만났다. 나는 구비오에 대해서 들었다. 숨 막히게 아름다운 도시라고, 가파른 산비탈 위에 우뚝 자리 잡은, 동화 속 같은 궁전과 드높은 탑들이 하늘을 찌르며 당당하게 서 있는, 대담한 건축의 도시라고 말이다.

그러면 나는 왜 그 말을 따라 이곳으로 온 것일까? 단순한 호기심 때문은 아니며 그렇다고 뭔가를 연구하려는 목적도 없었다. 나는 역사학자도 아니고 화가도 아니기 때문이다. 그리고 '견문'을 넓히는 일에 부지런 떨고 싶은 생각도 결코 없다. 그래도 어쨌든 내 안의 무언가가 갈증을 느꼈고 욕망에 시달렸기에, 그래서 내가 집으로부터 수백 마일 떨어진 이곳 작은 고대 도시에 와 서 있는 것이 아니겠는가. 그것은 어떤 욕망이었을까? 어떤 다급함이 나를 이리로 이끌었을까?

생각을 서서히 정리해 보았다. 나는 산 미니아토를 떠올렸다. 피렌체 대성당의 종탑과 돔형 지붕에 대해서, 그리고 나를 그 예술 작품들로 향하게 만든 것에 대해서 생각했다. 그것들은 왜 나를 행복하게 해 주었던 걸까? 그것들을 보고 있으면, 한 인간의 고된 작업과 헌신은 무가치하지 않으며, 모든 인간들이 짊어지고 갈 수밖에 없는 각자의 고독 너머에, 인류 공통의, 바람직하고 귀하고 소중한 보편성이 존재함을 깨닫기 때문이다. 오랜 시대를 거쳐 오는 동안 수백 명의 예술가들이 인간의 마음을 어루만지는 이러한 보편성에 가시적인 형체를 부여하기 위하여 고독한 작업에 몰두했다. 수백 년 전, 예술가와 제자들이 삶의 다른 것을 포기한 채 꾸준한 작업으로 이룩해 놓은 것이 그 당시나 지금이나 수많은 사람들에게 훌륭한 영감을 주고 있다면, 오늘 우리가 글을 쓰거나 다른 가능한 일에 생애를 바치면서 겪는 고독과 나약함 또한 전부 헛되지만은 않을 것이다.

이런 생각으로 나는 스스로를 위로하려고 했다. 물론 그 보편성에 대해서도 나는 오래전부터 알고 있었다. 그러나 사람은 실제 체험을 반복할 필요가 있다. 과거의 것을 스스로의 감각을 통해 현재적으로 느껴야 한다. 멀리 사라진 것을 가까이, 아름다운 것을 영원하게 느껴야 한다. 그 느낌은 언제나 행복한 놀라움이다. 미켈란젤로와 프라 안젤리코는 작업을 하는 동안 자신의 예술을 감상할 사람을 의식하지 않았고, 다른 그 어떤 누구도 의식하지 않았다. 창작은 그들 자신을 위한 것이었다. 각자가 각자를 위한 각자의 일을 한 것이다. 일부는 생계를 위해서 싫증이 나거나 힘들어도 꾹 참고 힘들게 일을 계속했을 것이다. 그들 모두는 자신의 창작품이 마음에 들지 않았던 경험을 수천 번이나 겪었다. 기를란다요는 더 많이 웃고 있는 그림을, 미켈란젤로는 훨씬 더 힘찬 건축물과 기념비를 꿈꾸었다. 우리가 지금 볼 수 있는 것은 그들이 남긴 작품이 전부이다. 그러나 우리는, 그들이 더 높은 것을 이루기 위해 애썼다는 사실, 그 점을 소중하게 여긴다. 그로 인해 우리는 앞으로 나갈 용기를 얻는다.

우리 모두가 선택받는 것은 아니다. 누구나 다 위대한 예술가가 되지는 못한다. 하지만 그것은 그리 중요하지 않다. 예술가이든 아니든, 아무리 평범하고 낮은 인간이라 해도 우연과 대결하여 거둔 영원의 승리는 커다란 기쁨이다. 인간적인 것 자체의 가치를 반대하고 의심하는 것들과 꾸준한 대결을 벌이기 위해 우리는 바로 그런 위로가 필요하다.

그리하여 나는, 지금 구비오에 있다. 인간이 이룬 위대한 예술품을 보면서 용기와 신념을 얻기 위하여. 나는 이렇게 생각하면서, 경사가 더욱더 가팔라지는 골목길을 다 올라 이제 거의 편평한 샛길로 접어들었다. 그러자 갑작스럽게 내 눈앞에는, 이 도시에서 가장 큰 건축물인 중세의 콘솔리 궁전이 나타났다. 생각이 딱 끊겨 버렸다. 거대한 테라스로 올라갔다가 다시 내려와, 충격과 놀라움 속에서 바라보고 또 바라보았다. 오늘까지도 그날의 놀라운 느낌만은 고스란히 간직하고 있다. 엄청난, 거의 혐오스러울 만큼 무지막지한 이 건축물은 한마디

로 기가 막힌다고밖에는 할 수가 없다. 여기에는 뭔가 도저히 믿기 힘든 선동적인 요소가 있었다. 꿈을 꾸고 있는 거라고, 혹은 영화 세트를 보고 있다고 생각할 수밖에 없는 요소이다. 이곳을 방문하는 자는 누구나, 이 모두가 분명 석조이며, 땅에 단단히 발붙이고 서 있는 건축물이라고 끊임없이 스스로에게 확인시켜 주어야만 한다.

엄청난 충격으로 정신이 반쯤 마비된 채 나는 그곳을 떠났고, 족히 한 시간 동안은 혼미한 기분에서 깨어나지 못한 상태로 도시를 여기저기 돌아다녔다. 끝없이 이어지는 골목과 골목들이 나를 품었다. 골목들은 모두 예외 없이 조용했고, 저항적일 만큼 가팔랐으며, 길가에는 맨살을 드러낸 석조 집들이 늘어섰고, 길바닥을 딛는 내 발걸음 소리는 맑게 울렸다. 곳곳에 아주 작은 정원이 눈에 들어왔다. 높은 담장 위에 흙을 가져다 인공적으로 꾸며 놓은, 겁먹은 듯이 조그마한 한 뼘 정원이었다. 위쪽으로는 가파른 길이 한없이 이어지고, 아래로는 현기증 나는 경사의 계단이 있었다. 바닥에 징을 박은 내 신발은 비에 젖어 매끈매끈한 포도 위에서 몇 번이나 미끄러졌는지 모른다. 이토록 가파른 산비탈에 이토록 힘들게 지어 올린 이 도시의 발치에서 겨우 몇 시간 정도 떨어진 곳에, 인간이 거주할 수 있는 드넓은 초록 평원이 편안하게 펼쳐져 있다는 것은 웃을 수밖에 없는 아이러니다. 게다가 규모에 비추어 볼 때 말도 안 되는 엄청난 수고를 들여 건물과 성벽을 쌓아 만든 이 도시 전체는 그만큼 화려하고 빛나는 인상을 주는 것이 아니라, 도리어 침침하면서 뭔가 탐욕스러운 급박감에 의해서 생겨난 듯한 느낌이 들었다.

지치고 당황스러운 기분으로 내가 여관으로 돌아왔을 때는 이미 밤이 시작되고 있었다. 식당에서 저녁을 주문하고, 이후 잠자리에 들 때까지 나는 이 지역 생산물인 붉은 포도주를 마시면서 골똘히 생각에 잠겼다. 그동안 내가 갖고 있던 이론이 더 이상 들어맞지 않는 것 같았다. 이 기괴한 도시가 주는 인상에는 아무리 생각해도 쉽게 이해되지 않는 무엇이 있었다. 그래서 나는 여행을 떠나는 이유에 대해서 '해명의 필요가 없는 경탄을 느끼기 위하여, 한동안이라도 책임감을 벗어던지고 순수한 방관자로 살기 위하여'라는 이유를 추가했다. 하지만 또다시 아무런 쓸모도 없는 생각에 골똘히 빠져 있었음을 깨달은 나는 실소를 지어야만 했다.

내 침실은 얼음처럼 추운데다가 공기는 축축했다. 그러나 침대만은 아주 훌륭했다. 나는 아홉 시간 동안 한 번도 깨지 않고 아주 편안하게 숙면을 취할 수 있었다. 그래서 다음날은 성과도 없는 불필요한 생각에 골몰하지 않고 아침부터 길을 나서서, 모험하는 기분으로 이 신기한 도시를 둘러보았다. 나는 도시에 가득한 격렬하고 비장한 분위기를 실제로 느끼면서 걸어 다녔다. 과거에 지어진 환상적인 건축물들이 미친 듯한 몸짓으로, 수 세기 전에 이 도시에서 들끓었겠지만 지금 시대의 주민들에게서는 자취조차 찾아볼 수 없는 뜨거운 삶을 연기하고 있다는 인상을 받았다. 수많은 장애물과 싸우면서 이 가파른 산비탈에 도시를 건설하고, 아무것도 없던 맨땅에 현기증 나게 높은 탑과 웅장한 궁전 성벽을 쌓아 올렸으며, 그보다 더욱 높고 경사가 심한 산속에 대규모의 수도원과 요새를 세웠던 끈질긴 저항 정신은 가히 전설적인 태고의 이야기를 연상시켰다.

　도시 구비오는 산비탈의 3분의 1가량의 높이를 차지하고 있었다. 가장 위쪽에 있는 성벽과 최고도에 위치한 성문 바로 뒤편은 깎아지른 듯이 솟아오른 산봉우리였다. 거기서 정상까지의 거리 절반 높이쯤에 반짝거리는 붉은 벽돌로 지은 오래된 교회당이 서 있었고 그보다 한참 더 위에는 요새를 닮은 커다란 수도원 건물이 자리 잡았다. 높이가 약 천 미터가량 되는 산이 나를 유혹했다. 중세풍의 도시를 구경하면서 마음에 벅찬 흥분을 얻은 나는, 탁 트인 자연으로 나가 펼쳐진 산줄기들을 바라보고 싶었다. 저 위에서 이곳의 산악 지형을 직접 내려다본다면 고대 건축가들의 집요하고도 용기 넘치는 개척 정신을 어느 정도 실감할 수 있을 거라는 기대도 품었다.

　마지막 성문을 통과한 나는 느린 걸음으로 산을 올라갔다. 그리고 얼마 지나지 않아 발아래 드넓게 펼쳐진 초록의 평원을 한눈에 바라볼 수 있었다. 크게 커브를 그리면서 산허리를 돌아가는 도로가 수도원까지 잘 닦여 있었는데, 어느 구간은 길 한쪽에 사이프러스 나무들이 죽 늘어서 있었다. 이미 말했던 그 붉은 교회당은 상당히 심하게 낡아 빠져서 금방이라도 무너질 태세였다.

　위협적일 만큼 육중해 보이던 도시는 내 발아래서 점차 작아졌고, 이상하게도 평화스러운 모습으로 변하더니 마침내는 산 아래에 겸손한 자세로 깊게 엎드린 양상으로, 거의 평지나 다름없어졌다. 무시무시하던 성곽과 탑들도 저 아래편에서 장난감처럼 작고 허약해 보였다. 산 위에는 차가운 눈보라가 세차게 휘몰아쳤다.

길이 끊겼다. 나는 짐승들이 만들어 놓은 불명확한 보행로를 따라 황무지를 지나고 바위투성이 오르막을 지나 정상을 향했지만 그 길도 나중에는 사라져 버렸다. 춥고 고독했다. 머리 위에서는 알프스 산처럼 바람이 불었다. 이제 도시의 모습은 거의 보이지도 않았다.

마침내 나는 큰 고개를 넘었다. 거기서 충격을 받은 나는 우뚝 멈춰 서고 말았다. 맞은편에서 장엄하고 웅장한 산맥이 당당히 모습을 드러 냈고, 내 바로 앞에는 현기증 나게 까마득한 협곡이 날카롭고 험준한 입을 딱 벌리고 있었다. 좁고 무시무시한 협곡이었다. 협곡의 양 벽은 전체가 가파르고 황량한 붉은색 바위 비탈이었다. 비탈의 중간쯤에 작은 덤불과 풀 몇 포기가 자라고 있는데, 그곳에 염소 몇 마리가 양치기 소년과 함께 한데 자그맣게 몰려 서 있었다. 마치 압도적인 계곡과 산 가운데서 겁을 집어먹은 듯이. 거기서 조금 더 올라가자 정상이었다. 정상에는 오직 눈만 쌓여 있었다.

초록색 평원, 과실이 주렁주렁 열린 양지바른 언덕, 궁전과 고대 도시 등 그때까지 내가 알고 있던 이탈리아의 이미지는 모두 사라졌다. 내가 서 있는 곳은 낯설고 거칠며 황량할 뿐이었다. 그 어디를 둘러보아도 집이나 마을은 없었고, 비탈에 서 있는 양치기 소년과 저 아래 붉은 협곡 바닥에서 외투와 뾰족한 모자 차림으로 당나귀를 타고 계곡 위쪽 쉐기아 방향으로 가고 있는, 등에 엽총을 멘 사냥꾼을 제외하면 사람의 그림자도 보이지 않았다.

(1907)

# 베른 고지대의 오두막에서

　　　　　　　　　　　　오늘 아침도 나는 가득 쌓인 눈을 헤치고 고지로 올라간다. 길가의 오두막과 과실나무들은 점점 수가 적어지면서 마침내는 보이지 않는다. 내 머리 위의 울창한 전나무 숲은 커다란 산을 가득 채우고, 더 이상 수목이 자라지 못하는 가장 높은 봉우리 바로 아래까지 뻗어 있다. 그곳에는 여름에도 눈이 조금도 녹지 않은 채 깨끗하고 고요하게 쌓여 있으며, 바람이 불어오면 눈은 깊은 저지대를 향해 벨벳처럼 매끈하게 쓸려 내려가다가 암벽 비탈에서 신비로운 외투 자락과 차양 모양을 만들면서 매달려 있게 된다.

　나는 배낭과 스키를 등에 지고 가파른 숲길을 한 걸음 한 걸음 조심스럽게 디디며 산 위로 올라간다. 길은 미끄럽고 군데군데 얼음으로 덮여 있다. 대나무 지팡이의 뾰쪽한 쇠 끄트머리가 빠지직 하는 기분 나쁜 소리와 함께 길 표면을 파고든다. 걷다 보면 몸은 따뜻해질 것이고, 수염에는 숨결이 얼어붙을 것이다.

　천지는 희고, 푸르다. 세계 전체가 차가운 흰빛으로, 냉랭한 푸른빛으로 광채가 난다. 나무 우듬지들의 날카로운 윤곽이 찬란한 하늘을 싸늘하게 찌르고 있다. 나는 나무들이 촘촘하게 들어선 어두운 침엽 수림으로 들어선다. 등에 멘 스키가 나뭇가지 위에 남은 자그마한 눈더미들을 건드린다. 무지하게 춥다. 나는 잠시 멈추어 서서 겉옷을 다시 껴입는다.

숲 위쪽 비탈에는 눈이 가득 쌓여 있다. 길은 점점 더 좁아지고 걷기 힘들어진다. 나는 몇 번이나 미끄러지는 바람에 허리까지 눈에 파묻히고 만다. 숲에서 나온 여우가 지나다닌 흔적이 변덕스럽게 이어진다. 한 번은 길 오른쪽으로 한 번은 길 왼쪽으로 마치 장난치듯이 이리저리 날렵하게 리본을 그리더니, 어느 지점에선가 산 위쪽으로 방향을 틀고 있다.

이 위에서 나는 점심을 먹을 생각이다. 산의 가장 마지막 오두막이 여기 좁은 방목장에 서 있다. 문과 창들은 주의 깊게 막아 놓았지만 오두막 앞에는 남쪽을 향한 작은 벤치가, 건너편에는 가득 쌓인 눈 아래서 희미하게 맑은 물소리를 내는 우물도 하나 있다.

알코올램프에 불을 붙이고, 냄비에 눈을 가득 담는다. 물건들이 빼곡히 들어찬 배낭 속을 더듬어 차 봉지를 찾아낸다. 흰 알루미늄 그릇에 부딪힌 햇빛이 눈부시게 번득인다. 따뜻하게 데워진 버너 아래쪽의 공기가 부글거리는 기포 모양으로 아른아른 흔들린다. 눈 아래 가라앉은 우물이 희미하게 구르륵거린다. 그 밖에는 아무 소리도 들려오지 않고 어떤 움직임도 없다. 희고 푸른 겨울 세상은 고요하다.

오두막을 빙 둘러 가면서 처마 아래쪽 눈에 덮이지 않은 땅에는 전

나무 널빤지, 막대기, 쪼개 놓은 장작 등을 여기저기 쌓아 두었다. 오직 황량하기만 한 눈 벌판의 한가운데서 매우 기이한 모습이다. 고요, 오직 깊은 고요만이 있다. 버너의 불꽃에 눈송이 하나라도 닿아서 피식거리는 소리가 터지거나 저 산 아래 나무 위에서 까마귀가 커다란 울음을 내지르면, 고독해진 청각에게는 엄청난 굉음으로 들린다.

그러나 갑자기─그때 난, 얼마 동안인지는 모르겠지만 몇 분, 길어야 15분 정도 반쯤 졸면서 기분 좋은 몽상에 잠겨 있는데─아주 희미한 소리가, 아주 희미하면서 가냘프고 약한 소리가, 마법의 봉인이 풀리는 듯한, 처음 들어 보는 기묘한 소리가 귓가를 스친다. 도무지 정체를 알 수 없는 소리다. 그런데 그 소리가 들리자마자 순식간에 주변의 세계도 따라서 변해 버린다. 눈빛은 차가운 광채를 잃고, 대기는 느슨해지며, 햇빛은 더욱 달콤해지고, 세계는 더 따뜻해진다. 소리가 다시 들려온다. 그리고 아주 짧은 사이를 두고 다시 또 한 번 더. 이제 나는 소리의 정체를 알아차린다. 입가에 저절로 미소가 떠오른다. 이것은 처마의 얼음이 녹아서 떨어지는 물방울 소리가 아닌가! 한꺼번에 세 방울, 여섯 방울, 때로는 열 방울씩 동시에 사이좋게, 재잘거리면서, 바지런하게. 이제 세계의 경직이 풀린다. 지붕의 얼음이 녹는다. 갑옷으로 무장한 단단한 겨울 안에서 작은 벌레가 한 마리 꼬물거린다. 작고 작은 파괴자이자 두드리는 자, 그리고 경고자가. 똑, 똑, 똑…….

땅바닥의 얼음도 녹기 시작하여 부분 부분 물기가 번들거린다. 모양 좋고 둥그스름한 몇몇 포석이 반들거리며 모습을 드러낸다. 바닥이 패여 형성된, 손바닥보다 더 작은 물웅덩이에 가느다란 전나무 이파리가 몇 개 떠서 빙글빙글 돌고 있다. 점심 때 햇빛을 받은 오두막의 한 쪽 면 전체에서 무거운 물방울이 느긋하게 뚝뚝 떨어진다. 한 방울은 눈 위로, 한 방울은 냉랭하고 깨끗한 돌 위로, 한 방울은 둔한 소리와 함께 마른 판자 위로 떨어지고 판자는 허겁지겁 물방울을 집어삼킨다. 그리고 한 방울은 흙이 드러난 맨땅에 떨어져 넓고 흥건하게 퍼져 버린다. 속속들이 얼어붙은 흙은 물방울을 아주 느리게, 아주 서서히 빨아들인다. 앞으로 4주에서 6주가량 지나면 대지는 자신을 열고, 지금 땅속에서 잠들어 있는 창백한 풀씨가 여기저기 무성하게 작은 싹을 틔울 것이다. 돌 틈에서는 키 작고 어여쁜 야생화들이 나오고, 조그만 미나리아재비, 광대나물, 연한 이파리의 가락지나물 그리고 부스스한 모습의 민들레가 필 것이다.

이 작은 장소가 한 시간 만에 이렇게 달라지다니! 사방에는 여전히 사람 키 높이의 눈이 쌓여 있고 앞으로도 한동안 그런 상태로 있겠지만, 오두막을 둘러싼 주변으로는 풀려난 생명의 기운이 살려는 욕망으로 꿈틀거리고 있다!

판자 위의 눈 더미가 가장자리에서 서서히 조금씩 조금씩 물방울로 변해 간다. 그리고 물을 흡수하는 목재 속으로 소리 없이 스며들어 간다. 지붕의 눈은 전혀 줄어드는 기미가 없지만 물방울은 계속해서 명랑하게 찰싹거리며 떨어져 내린다. 오두막 입구의 축축한 바닥은 한낮의 태양빛을 받아 아스라한 수증기를 피워 올린다.

점심을 다 먹은 나는 겉옷과 조끼를 벗어 버리고 햇볕을 쬔다. 이 조그만 봄의 영토에 함께 속해 버린다. 내 신발 사이에 놓인 거울처럼 맑은 작은 호수와 반짝이며 떨어지는 물방울들은 이제 몇 시간 뒤면 죽어서 얼음으로 변해 버릴 테지만, 그래도 나는 봄이 작동을 시작했음을 안다.

가여울 정도로 빈약한 산중의 봄은 위협하는 적들이 너무도 많아 생명을 부지하기가 힘겹다. 그래도 산중의 봄은 살아남으려 하고 자신의 일을 마치고자 한다. 스스로를 느끼고자 원한다! 달리 방법이 없을 때, 한 포기 풀도, 꿀벌도, 앵초꽃도, 작은 개미 한 마리도 가질 수 없는 상황일 때, 봄은 주어진 환경에 만족하는 어린 소년처럼 몇 안 되는 주변의 빈약한 사물들에 열광적으로 매달린다.

그리고 이곳에서 봄의 즐거운 놀이가 시작되는 것이다. 봄이 가진 장난감이라곤 오두막과 주변의 좁은 땅덩어리뿐이다. 나머지는 아직 전부 깊은 눈 속에 파묻혀 있다. 그래서 봄은 거기 있는 유일한 생명체인 목재에 달라붙는다. 봄은 서까래와 문, 지붕의 널빤지, 장작 부스러기, 그리고 판자 지붕 아래 나무뿌리와 장난친다. 봄은 한낮의 태양을 듬뿍 퍼부어 목재가 갈증을 느끼도록 만든다. 그래서 눈 녹은 물방울을 허겁지겁 빨아먹게 한다. 봄은 목재의 느슨한 땀구멍을 연다. 그리하여 생과 사의 순환에서 제외된 채 영원히 죽어 있을 것만 같았던 목재는 비로소 생명의 기운을 느끼기 시작한다. 나무와 태양을 기억하고, 머나먼 어린 시절과 성장기를 기억한다. 목재는 꿈속에서 희미하게 숨을 쉰다. 목재는 수분과 태양빛을 맛있게 빨아들인다. 딱딱하게 굳은 섬유를 뻗어 기지개를 켠다. 여기저기가 삐걱거린다. 목재는 느릿느릿 몸을 비튼다. 나는 판자 위에 누워 막 혼몽한 잠 속으로 빠져드는 참이다. 반쯤 죽어 있는 목재에서 마음을 움직이는 신비한 향기가 살짝 풍겨 온다. 희미한 어린 시절처럼, 가슴을 뭉클하게 만드는 대지의 순결한 향기, 봄과 여름, 이끼와 시냇물, 그리고 동물들과의 유대를 연상시키는 향기가.

고독한 스키 여행자인 나는, 인간과 책과 음악과 시와 여행에 익숙하며, 인간의 삶이 주는 풍요로움 덕분에 철도와 우편 마차를 타고, 스키와 도보로 여기까지 올라왔다. 그런 내 영혼이 유년기의 냄새인 목재의 은은한 향기를 맡는다. 마음에 아련한 파문이 인다. 태양열에 데워지는 목재의 향기는 점점 더 강렬하게, 점점 더 깊이 내 안으로 파고들면서 인간의 제국이 내게 주었던 어떤 향유보다 더욱 절실하면서 아득한 어린 시절의 기억을 불러일으킨다.

(1914)

# 고향

브레멘과 나폴리, 빈과 싱가포르 등지를 여행하면서 나는 해변의 도시와 높은 산 위에 자리 잡은 도시를 비롯하여 수많은 아름다운 도시들을 보았다. 순례자가 된 나는 많은 도시의 우물에서 한 모금의 물을 떠 마셨다. 그리고 그 물은 내 안에서 고향에 대한 그리움이라는 독을 키웠다.

내가 아는 도시 중에서 가장 아름다운 도시는 나골트* 강변의 작고 오래된, 슈바벤 지방 슈바르츠발트의 도시인 칼브Calw이다. 칼브에 가게 되면, 나는 우선 역으로 향하는 길을 천천히 내려간다. 교회 앞을 지나고 아들러 식당과 발트호른 식당을 지나, 비숍 거리를 통과하고 나골트 강변에서 포도나무 오솔길까지, 혹은 소택지까지 갔다가 거기서 강을 건너 아래쪽의 가파른 돌길인 레더가세를 통해 장터 광장까지 올라가서, 시청 건물 1층을 통과하고 두 개의 커다란 낡은 우물

.............
* 독일의 바덴뷔르템베르크 주에 있는 도시.

을 지날 때는 라틴어 학교의 오래된 건물을 한번 올려다보는 것도 잊지 않는다. 카넨비르츠 여관의 마당에서는 닭들이 꼬꼬댁거리는 소리도 듣는다. 다시 내리막길로 접어들어 사슴 식당 앞을 지나쳐 다리 위에 이르면, 나는 한참 동안 가만히 서 있는다. 그곳은 이 도시에서 내가 가장 사랑하는 장소다. 피렌체의 대성당과도 바꿀 수 없다.

아름다운 석조 다리 위에서 강물의 흐름을 눈으로 쫓는다. 흘러가는 강물과 흘러오는 강물을 본다. 누가 사는지 알지 못하는 집들을 바라본다. 어느 한 집에서 어여쁜 소녀가 창밖을 내다보아도(칼브에는 항상 어여쁜 소녀들이 있었다), 나는 그 소녀의 이름이 무언지 알지 못한다.

그러나 삼십 년 전에는, 그 많은 창문 뒤편에서 보이는 그 어떤 소녀도 그 어떤 남자도 그 어떤 노파도 심지어는 개나 고양이까지, 내가 이름을 모르는 이는 아무도 없었다. 다리 위를 지나다니는 모든 마차나 말이 누구의 것인지 나는 잘 알고 있었다. 나는 모든 것을 알았다. 학교 친구들 모두와 그들 각자가 좋아하는 놀이와 별명, 빵집들과 거기서 파는 상품들, 정육점과 거기서 기르는 개들, 꽃들과 무당벌레, 새들과 새둥지, 그리고 정원에는 어떤 종류의 구스베리 열매가 열리는지.

칼브에는 묘한 아름다움이 있다. 여기서 그 아름다움을 굳이 다시 이야기할 필요는 없다. 내가 쓴 거의 모든 책에 이미 다 나와 있기 때문이다. 만약 내가 그 아름다운 칼브에서 계속 살고 있었더라면 그런 이야기를 책에 쓸 필요도 없었을 것이다. 그런데 내 운명은 그렇지 못했다.

지금(전쟁이 터지기 전까지는 몇 년에 한 번은 반드시 했던 일인데), 다시 한 번 칼브로 가서, 소년 시절 수천 번이나 낚싯대를 드리웠던 그 다리 난간에 십오 분 동안 걸터앉아 있게 된다면, 이 경험이 나에게 이토록 아름답고 이토록 인상적이었구나, 또다시 가슴이 저밀 만큼 깊고 기이한 감동을 느낄 것이다. 그 느낌, 한때 고향을 가졌었다는, 그 느낌! 한때 나는 세상의 어느 작은 장소에 있는 모든 집들과 모든 창들과 그 안에 사는 모든 사람들을 알고 있었다! 한때 나는 이 세상의 어느 특정 장소와 연결되어 있었다. 뿌리와 생명으로 자신의 장소와 연결되어 있는 한 그루 나무처럼.

내가 나무라면 지금도 여전히 그 자리에 서 있을 것이다. 그러나 이미 사람으로 태어난 사실을 바꾸어 달라고 할 수는 없다. 실제에서는 나무가 되기를 원하지는 않지만, 나는 꿈속에서 그리고 글 속에서 종종 그것을 원한다.

칼브를 그리워하며 잠을 이루지 못하는 밤이 있다. 그러나 지금 칼브에서 산다면, 나는 밤낮으로 과거의 아름다웠던 칼브를 그리워해야 할 것이다. 낡은 아치형 다리 아래로 이미 오래전에 흘러가 버린 삼십 년 전의 칼브를. 그것은 슬픈 일이리라. 이미 내디딘 발걸음과 이미 일어난 죽음은 아무도 후회할 수 없다.

단지 인간은 간혹 그리움의 시선을 보낼 수 있을 뿐이다. 레더가세를 천천히 지나가, 십오 분 동안 다리 위에 서 있는다. 비록 그것이 꿈속에서 일지라도, 그리고 비록 자주 꾸지는 못하는 꿈이라 해도.

(1918)

# 다리

　　　　　　　　　　　　　길은 골짜기 시냇물 위를 건너 폭포 곁으로 이어진다. 나는 이미 이 길로 한 번 지나간 적이 있다. 물론 정확하게는 여러 번이지만, 그중에서도 단 한 번의 경험이 정말 특별했기 때문이다. 그때는 전쟁 중이었다. 휴가가 끝이 났고, 그래서 나는 다시금 길을 떠났다. 자동차와 기차를 타고 시골길을 달렸다. 제 시간에 부대로 복귀하기 위해서는 서둘러야 했다. 전쟁과 직책, 휴가와 소집, 붉은 영장과 초록색 영장, 각하, 장관, 장군 그리고 사무실, 이 얼마나 비현실적인 그림자의 세계란 말인가! 하지만 그것들은 살아 있었고, 뿐만 아니라 대지에 독을 살포하고 큰 소리로 나팔을 불어 원래는 방랑자이며 수채화가로 살던 나 같은 사람마저도 은신처에서 기어 나오게 할 만큼 위력이 막강했다. 그날 나는 초원과 포도밭을 지나갔다. 때는 초저녁이었는데, 다리 아래로는 냇물이 흐느끼는 소리를 내며 흘렀다. 젖은 관목들이 몸을 떨었고, 그 위로는 빛이 사그라드는 저녁 하늘이 서늘한 장밋빛으로 펼쳐져 있었다. 잠시 후에는 어둠 속에서 개

똥벌레들이 나타날 터였다. 이곳의 돌멩이 하나라도, 내가 사랑하지 않는 사물은 없었다. 폭포에서 떨어지는 물 한 방울 한 방울에 나는 감사를 느꼈다. 그것은 모두 신의 침실에서 곧장 흘러내리는 물방울이었다. 그러나 그 모든 감정은 사실 공허했다. 낮게 휘어지며 물에 잠긴 관목을 사랑하는 마음은 내 감상일 뿐이었고, 현실은 완전히 달랐다. 현실에서는 전쟁이 벌어지고 있었다. 장군이나 상사의 입에서 무슨 지시라도 떨어지기가 무섭게 나는 달려야만 했다. 전 세계의 모든 골짜기에서 수천의 사람들이 튀어나와서 달렸다. 떠들썩한 시대가 열렸던 것이다. 그래서 우리 같은 가엾은 짐승들은 달리고 또 달리는 수밖에 없었다. 하지만 시대는 점점 더 떠들썩해지기만 했다. 그러나 그 여행 내내 다리 아래에서 흘러가던 시냇물의 흐느낌 같은 노래는 내 귓가를 떠나지 않았고, 서늘한 저녁 하늘 달콤한 피곤의 색채가 잊히지 않았다. 모든 것이 한없이 바보스럽고 한없이 울적하기만 했다.

그 길을, 지금 나는 다시 걷는다. 우리는 누구나 다 자신의 시냇물을 지나고 자신의 길을 걸으면서, 옛날의 세계와 관목과 산등성이 초원을 피곤에 지쳐 고요해진 눈길로 응시한다. 우리는 땅속에 묻힌 친구들을 생각한다. 돌이킬 수 없다는 것을 우리는 알고 있으며, 그 사실을 슬프게 견디면서 간다.

그러나 아름다운 물줄기는 여전히 희고 푸르게, 갈색 산줄기를 따라서 흘러내린다. 물은 옛날의 노래를 부른다. 수풀에는 지빠귀들이 가득하다. 먼 곳에서 들려오는 나팔소리도 없다. 떠들썩하던 시대는 이제 다시 마법의 낮과 밤으로, 여명의 새벽과 한낮으로 돌아왔다.

인내심 강한 세계의 심장은 다시 고동친다. 귀를 대지에 갖다 대고 초원에 누우면, 다리 위에서 물을 향해 몸을 구부리면, 혹은 환한 하늘을 오래오래 바라보면, 그러면 우리는 침착하게 고동치는 위대한 심장 소리를 듣는다. 그것은 우리 모두의 어머니, 그 가슴에서 들려오는 소리이다.

이곳에서 작별을 고하던 그날 저녁을 떠올리면, 멀리 아득한 곳에서 슬픔의 소리가 들리기 시작한다. 전쟁과 비명이라고는 전혀 알지 못하는 그런 하늘 저 멀리서부터.

언젠가는, 내 삶을 갈기갈기 찢어 놓고 괴롭히며 나를 무겁게 억누르고 두렵게 했던 모든 것들이 더 이상 존재하지 않으리라. 언젠가는, 최후의 피로감을 동반한 평화가 찾아오고 그때 어머니 대지는 나를 품어 주리라. 그것은 종말이 아니며 새로운 탄생이 될 것이다. 그것은 욕조 속에서 나른하게 즐기는 가벼운 잠과 같으리라. 낡은 것, 시든 것이 멀리 사라지고 대신 젊음과 새로움이 호흡을 시작한다.

그때 나는, 지금과는 다른 생각에 잠긴 채, 이런 길들을 걷고, 시냇물 소리에 귀 기울이며, 저녁 하늘을 그리움으로 바라볼 것이다. 하루, 또 하루 그리고 계속해서 이어지는 또 다른 하루에.

(『방랑』 중에서)

# 물의 동화

　　　　　　　　　　　　　　　나는 사랑하는 여인과 함께 다
시 한 번 더 가고 싶다. 어제 팔렘방*을 떠나 조그만 쪽배를 타고 수로
를 거슬러 갔던 그 길을.

　우리가 탄 흔들거리는 보트는 물속에 잠기는 부분이 한 뼘 깊이에
도 미치지 못했다. 그래서 아주 얕은 수로에서도 운항이 가능했다. 저
녁 무렵 우리는 만조의 갈색 강물과 함께 좁다란 지류를 거슬러 올라
갔다. 강기슭에 늘어선 수상 가옥들에서는 소박한 일상이 그대로 펼
쳐졌다. 새 사냥과 노 젓기와 더불어 말레이인들이 세상에서 가장 뛰
어나게 잘하는 어망 고기잡이가 여기저기서 벌어졌고, 발가벗은 아이
들이 시끄럽게 법석을 피웠고, 소다수와 시럽을 파는 행상들이 조그
만 배를 타고 돌아다녔고, 조그만 이슬람 기도서와 코란을 파는 상인
들이 작은 소리로 손님을 불러 모았으며, 사내아이들이 강물에서 물

................
* 인도네시아 수마트라 섬에 있는 도시.

장구를 쳤다. 싸우는 모습은 거의 보이지 않았고 술 취한 사람은 하나도 없었다. 이런 점을 알아차리면서 서구에서 온 여행자는 부끄러움을 느낀다.

우리는 서서히 나아갔다. 수로는 점점 좁아지고 얕아졌다. 물가의 오두막들은 어느덧 자취를 감추었고 초록색 늪지와 우거진 수풀이 우리를 둘러싸고 있었다. 소리 없이 고요한 세계였다. 나무들이 물가에, 그리고 물속에 뿌리를 내린 채 서 있었다. 전혀 알아차리지 못하는 사이 나무들은 은밀하게 수가 늘어났으며, 수천 겹으로 뒤엉킨 뿌리들을 내뻗어 우리를 뒤쫓아 왔다. 우리의 머리 위에는 나뭇잎과 가지들이 우거져 초록의 궁형 지붕을 이루었고, 그것은 점점 더 무성하고 빽빽해졌다. 얼마 지나지 않아서 더 이상 나무들을 한 그루 한 그루 구분할 수 없게 되었다. 뿌리와 뿌리, 가지와 가지가 뒤엉킨 나무들은 거대한 덩어리를 이루었고, 서로 얽히며 무섭게 번식한 수백여 종의 양치류와 덩굴, 갖가지 기생식물들이 그 위를 뒤덮었다.

간혹 이 고요한 야생의 한가운데 현란한 색채를 반짝이면서 한 마리 물총새가 날아오른다. 이 부근은 물총새의 주요 서식지이다. 작은 도요새 한 마리가 푸드덕 날아간다. 혹은 까치처럼 검고 흰 몸을 가진, 지빠귀를 연상시키는 통통한 명금류 한 마리가 원시림에서 모습을 나타낼 때도 있다. 그밖에는 온 세상이 침묵이었다. 계속 자라나면서 두텁게 뒤엉킨 나무들이 서로의 안으로 더욱 깊이 파고들 때 내는 호흡 소리 말고는 그 어떤 다른 소리도 없었다. 점점 좁아진 수로는 이제 보트의 폭과 같아졌는데, 거의 매분마다 전혀 예상하지 못한 방향으로 구부러지곤 했다. 크기나 거리에 대한 감각이 완전히 사라졌다. 우리는 멍한 가운데 아무 말 없이 초록의 혼미한 영원 속을 서서히 통과해갔다. 두터운 천장을 이룬 나무들 아래, 수상 식물들의 거대한 이파리를 헤치며 갔다. 모두들 벙어리처럼 입을 다문 채, 경이로운 풍경을 놀란 눈으로 지켜볼 뿐이었다. 그것은 도저히 깨어지지 않을 듯한 마법의 세계였다. 그런 상태로 우리가 얼마나 배를 타고 나아갔는지, 반 시간인지 한 시간인지 아니면 두 시간인지, 나는 기억하지 못한다.

그런데 어느 순간 우리를 사로잡고 있던 마법이 산산조각 났다. 갑자기 머리 위에서 나뭇가지들이 사납게 흔들리면서 수많은 목소리들이 뒤섞인 날카로운 외침이 들려왔기 때문이다. 침입에 화가 난 커다란 회색 원숭이 무리가 우리를 무섭게 바라보고 있었다. 우리는 그 자리에서 배를 멈추고 더 이상 앞으로 나가지 않았다. 그러자 원숭이들은 다시 자기들끼리 어울려 서로 쫓아다니며 놀기 시작했다. 그런데 어디에선가 다른 원숭이 무리가 왔다. 이어서 또 다른 원숭이 무리도 왔다. 그래서 곧 사방은 커다란 회색 긴꼬리원숭이들로 가득 차게 되었다. 원숭이들은 가끔씩 적의와 불신을 담은 시선으로 우리를 내려다보았고 성난 소리로 깍깍거리고 사슬에 묶인 개처럼 으르렁댔다. 우리 머리 위에 몰려든 원숭이가 백여 마리 넘어가고, 공격의 소리를 내지르는가 하면 아주 가까운 곳에서 이빨을 번득이게 되자, 팔렘방의 가이드는 조용히 손짓으로 우리에게 주의하라는 신호를 보냈다. 우리는 사방을 경계하면서 움직임을 멈췄고, 나뭇가지 하나도 건드리지 않게 극히 조심했다. 팔렘방에서 한 시간 떨어진 이곳 습지대에서 원숭이 떼에게 목 졸려 죽는다면, 그 죽음은 큰 수치까지야 아니겠지만 그다지 아름답거나 명예로운 종말이라고 할 수도 없기 때문이다.

아주 조심스럽게, 말레이인 가이드는 짤막하고 가벼운 노를 물속에 살짝 담갔다. 우리는 몸을 수그린 채 조용히 그 자리를 빠져나왔다. 빽빽한 나무들과 원숭이들의 눈이 우리를 내려다보는 가운데. 물가의 오두막과 집들을 통과하여 마침내 커다란 강과 합류하게 되었을 때 이미 태양은 지평선 아래로 기운 다음이었다. 성급하게 밤이 내렸다. 그러자 거대한 강의 양 옆으로 신비스러운 도시의 모습이 떠올랐다. 수천 개의 작고 희미한 불빛을 반짝이면서.

# 눈의 호사

　　　　　　　　　　　지금, 웨이터가 막 마개를 따고 있는 저 병 속에서 탑처럼 커다란 요괴 하나가 튀어나와 나에게 세 가지 소원을 묻는다면, 나는 주저 없이 이렇게 대답하리라. 건강, 나와 동행할 젊고 아름다운 애인, 그리고 마음대로 쓸 수 있는 만 달러의 여유 자금.

　그러면 나는 당장 인력거를 불러 집어타고, 나중에 짐을 실어 나를 여유 인력거도 하나 예약한 다음 시내로 나갈 것이다. 일단 처음에 쓸 수천 달러를 주머니에 슥 집어넣고서. "오 아버지 나의 아버지!(O Father, my father!)" 하고 맹렬하게 소리 지르는 아이들이 내 주변으로 구름처럼 몰려들면 내 애인은 깜짝 놀랄 것이다. 하지만 나는 구걸하는 아이들의 소리에는 귀도 기울이지 않으리라. 대신 매일 호텔 앞에서 장난감 행상을 하는 열한 살 난 중국 소녀에게 1달러를 줄 것이다. 이미 말했듯이 그 소녀는 열한 살이지만 외모나 체격은 그보다 한참 더 앳돼 보인다. 그런데도 길거리에서 행상을 한 지는 벌써 6년이

나 된다고 한다. 이건 내가 소녀에게서 직접 들은 말인데, 그래도 만약 그때 옆에 있던 싱가포르 노인이 그 말이 맞다고 확인해 주지 않았더라면 이렇게 글로 써서 옮길 생각까지는 하지 않았으리라. 작고 가냘 픈 소녀의 얼굴은 아기처럼 귀엽다. 외모가 좋은 중국인들은 그런 어리고 아기 같은 얼굴을 나이 들어서도 유지하는 경우가 종종 있다. 반면에 소녀의 눈동자는 총기가 넘치고 서늘하다. 아마도 소녀는 싱가포르 전체에서 가장 영특하고도 유망한 인물일지도 모른다. 그도 그럴 것이, 이미 몇 년 동안이나 소녀는 혼자서 다섯 식구를 먹여 살리고 있는 셈이니. 더군다나 소녀의 어머니는 조금의 기회만 생기면 일요일에 조호르Johore로 놀러 간다고 들었다. 소녀는 머리를 참으로 어여쁘게 땋았고 통이 넓은 검은 바지와 색 바랜 낡은 블라우스 차림이다. 아무리 나이 많은 여행자가 물건 값을 흥정하거나 농담을 건넬지라도 소녀는 조금도 당황하거나 부끄러워하지 않는다. 소녀가 가진 자본은 유감스럽게도 시장에 어떤 영향을 미치기에는 아직 많이 미약하다. 하지만 언젠가는 반드시 그렇게 되리라. 아마도 지금 소녀가 하필이면 아이용 장난감을 팔고 있는 것도, 가냘픈 아이의 몸매와 아기처럼 매끈한 얼굴의 암시적 효과를 감안한 계산일 수도 있다. 하지만 나중에는 부유한 젊은 신사들이 원하는 물건을 팔게 되리라. 그리고 결혼한 다음에는 도자기와 청동 골동품을 다루는 상점을 낼 것이다. 하지만 최종적으로는 오직 투기와 대부업에만 열중할 것이다. 재산의 반을 투자하여 믿을 수 없을 만큼 호화스러운 저택을 짓고 수많은 방마다 수많은 램프의 불빛으로 환하게 만들 것이다. 집 안에 모신 제단은 으리으리하게 황금으로 꾸밀 것이다.

그러므로 나는 소녀에게 1달러를 희사한다. 소녀는 놀라지도 않고, 크게 고마워하지도 않으면서 돈을 받아 든다. 그리고 나와 애인은 인력거를 타고 시내 중심가를 향해서 올라 갈 것이다. 하지만 그 전에 최고급 라탄 가구 상점이 있는 골목길에서 일단 멈출 것이다. 거기서 나와 애인을 위해 긴 의자를 몇 개 주문할 것이다. 흠 하나 없이 유연하고 완벽한 재료를 사용하여 최고급 장인의 손으로 만들어진 의자는 우리의 몸에 편안하게 딱 들어맞는 최상의 곡선을 갖는다. 의자 옆 부분에는 찻잔을 올려 두는 자리가 있고 작은 책 보관대와 담배 케이스도 달려 있다. 거기다 가느다란 라탄 살을 꼬아서 만든 새장까지 부착시킨다면 더욱 재미있으리라.

시내 중심가에 도착한 우리는 맨 처음 인도인 보석상을 방문할 것이다. 인도인 상인들은 유럽과 너무도 왕래가 흔한 나머지 이제는 예전과 같은 순수하고 고귀한 그들 자신의 세공법을 거의 잊어버렸다. 그들은 영국과 프랑스의 도안에 따라서 물건을 만들고, 이다르와 포르츠하임에서 디자인 잡지를 구독한다. 하지만 그래도 인도인의 보석 제품은 대부분 아름다우며, 인내심을 갖고 유심히 살펴보면 최소한 루비가 박힌 고급스러운 금팔찌, 아주 희미하게 푸르스름한 월장석이 달린 가늘고 섬세한 목걸이 정도는 찾아낼 것으로 믿는다. 어쨌든 우리는 시간이 많다. 아시아의 상인들은 아시아아인의 방식대로 하도록 내버려 두자. 어쨌든 그들은 시간과 인내심을 충분히 갖고 있으니까. 그러니 두 시간 동안 상점의 물건들을 샅샅이 둘러보고 모든 상품의 가격을 물어본 다음에 아무것도 사지 않고 나와도 별 문제는 없다.

그리고 우리는 웃으면서 중국인 상점으로 들어간다. 입구 쪽에는 양철 트렁크와 칫솔 등이 쌓여 있고 그 안쪽 방에는 완구와 종이 제품들, 그리고 더 안쪽 방에는 청동 골동품과 상아 세공품이 있으며 상점의 가장 깊숙한 곳에 자리 잡은 방에는 신상과 꽃병이 진열되어 있다. 이곳에는 유럽식의 오페레타[대중적] 스타일이 상점의 중간 정도까지만 침투해 있고, 그보다 더 뒤쪽은 비록 물건들이 모조품이거나 위조품이긴 하지만 그래도 형태만은 진짜다. 그런 물건들은 중국인이 느끼는 모든 종류의 감정을 나타낸다. 냉혹한 위엄에서부터 기괴한 쾌락에의 열광까지. 우리는 여기서 코를 위로 치켜든 쇠[鐵]코끼리 하나와 녹색이나 청색 용 혹은 공작이 그려진 두세 개의 오래된 도자기 접시, 가족의 일상이나 고대 전쟁화가 그려져 있는 적갈색과 황금색이 섞인 다기 세트를 산다.

그리고 우리는 일본인 상점으로 간다. 현기증이 가장 심하게 나는 곳이기도 하다. 우리는 은제품도 도자기도 사지 않고 그림도 목판화도 건드리지 않는다. 대신 별 값어치는 없으나 재미있는 소품들을 다량으로 사들인다. 얇은 나무 살이 붙은 익살스러운 부채, 손가락으로 살짝 건드리면 열리는 비밀스런 어여쁜 잠금 장식이 달린 향기 나는 나무 상자, 매우 공들여서 고안된 나무와 뼈로 만든 퍼즐 조각들, 건드리면 서른 개로 조각나 버리고 그걸 다시 맞추려면 남은 여행 기간을 모조리 써야만 하는 공 모양의 장난감, 그리고 인간과 동물의 미니어처. 독일의 공예가들을 모두 긁어모아도 이 정도로 풍부한 표현력을 가진 미니어처를 만들기는 어려울 텐데 가격은 50센트밖에 하지 않는다.

이제 자바와 타밀인의 상점으로 갈 차례이다. 새와 나뭇잎, 달팽이와 삼각형 무늬가 들어간 낡은 바틱 사롱,* 남수마트라산 비단천이 석양빛처럼 광채를 발하는 묵직하고 풍성한 사롱 그리고 중국산 혹은 인도산 비단으로 만든 머릿수건과 허리띠가 있는데, 황금색과 적갈색 그리고 초록 카레curry 색깔이다. 딱딱한 재질의 여성용 신발, 구두코는 바늘처럼 뾰쪽하며 가운데는 일본식 나무다리처럼 둥그스름하게 휘어진 모양인데 은과 진주가 박혀 있다. 내가 입을 옷으로는 초록색 사롱과 갈색 사롱용 바지를 살 것이다. 거기다가 초록색 벨벳 모자와 공기처럼 가벼운 노란 비단 잠옷과 가운도 산다. 그러면 이제 레이스 차례인데, 나는 레이스에 대해서는 아는 것이 없어서 돈도 가장 많이 드는 품목이다. 상아 세공품도 사야한다. 코끼리와 사원, 붓다와 우상들, 겉옷 단추와 지팡이 손잡이, 통째로 파는 코끼리의 이빨, 주사위와 장난감, 미니어처와 상자들.

그리고 중국인 거리로 가는 걸 잊으면 안 된다. 교외로 한참 나가서 노스 브리지 로드north bridge road에서 내려야 한다. 그곳은 골동품점과 고물상이 즐비하게 늘어서 있다. 장화와 선원용 은제 회중시계, 중고품 신사복과 놋쇠 담뱃대 외에도 골동품인 오래된 청동 사발과 꽃병도 눈에 띈다. 시간을 들여 오래 찾아보면 진품 도자기도 발견할 수 있다. 이곳의 어떤 가게든 어두침침한 한구석 비밀스러운 유리 진열장 안에

...............

* 이슬람교도들이 남녀 구분 없이 허리에 둘러 입는 옷

놀랄 만큼 아름다운 중국 장신구들이 은은하게 빛을 발하고 있다. 보석이나 진주를 단순하지만 아름다운 세공으로 박아 넣은 금반지와 은반지, 모든 종류의 길고도 가느다란 금 목걸이. 이들은 모두 유쾌하고 밝은 느낌의 연한 황금색 중국산 금으로 만든 제품이다. 그리고 조금 더 굵은 종류의 목걸이가 있다. 거기에는 노란색 황금 물고기 장식이 달려 있다. 수천 개의 섬세한 비늘을 반짝이며 괴상한 모양으로 꼬리를 흔드는 물고기는 불쑥 튀어나온 오팔 눈동자로 우리를 빤히 응시한다. 금팔찌, 우윳빛 섞인 연녹색 옥팔찌, 이런 제품들은 모두 하나의 원석으로 통째로 깎아서 만든 것이다. 옛 중국 금화를 이용한 브로치는 색이 모두 희미하게 바랜 데다 모양도 고풍스러웠는데 금화 하나하나가 전부 감탄스러울 만큼 정교하게, 기발하고 재미있는 세공이 되어 있다. 다른 나라에서도 소박한 서민들이 흔히 그렇듯이, 이곳에서도 옛날 동전을 무조건 값나가는 장신구로 사용한다. 독일 슈바르츠발트의 농부들은 옛날 은화를 재킷의 단추로 사용해 왔고 지금도 그렇게 하고 있다. 샴 왕국의 티카알 은화도 현재 같은 용도로 쓰인다. 심지어 나 자신도 흰색 재킷에 티카알 단추를 달고 다니지 않는가. 아름다운 문자 장식이 새겨진 고대 샴 금화는 인기가 많아 브로치나 커프스 단추로 자주 활용된다. 이곳 한 상점에서 나는 현대적 디자인의 싸구려 브로치 컬렉션을 본 일이 있는데, 그것들은 모두가 각 나라의 다양한 동전으로 만든 것이었다. 그중에는 옛 독일의 20페니히짜리 동전도 있었다. 이미 오래전에 폐지되어 사라져 버린 그 형편없이 작고, 종이처럼 얇은 은색 동전 말이다.

쇼핑이 모두 끝나면 나는 빈털터리가 되고, 애인은 나를 떠날 것이다. 하지만 그래도 나는 간혹 상점들의 거리로 와서 돌아다닐 것이다. 진열대 앞에 서서 구경하고 쇼윈도 안을 기웃거릴 것이다. 향기로운 고급 목재의 냄새를 들이마시고 부드러운 직물을 만져 볼 것이다. 내가 아주 자신 있는 분야인 '인내심 갖고 헛생각하기'의 재능을 마음껏 발휘할 것이다. 그러면서 동양이 주는, 동양이 보여 줄 수밖에 없는 눈의 호사를 마음껏 누릴 것이다. 아시아에서 돈으로 살 수 있는 것은 모두 의심스럽다. 침대부터 음식, 하인부터 환전까지 어느 것 하나 믿을 수가 없다. 그러나 또한 아시아의 풍요와 예술이 도처에서 영원한 광채를 발휘하고 있는 것도 사실이다. 사방에서 핍박을 받고, 약탈당하고, 도굴당하고, 강간당했으며, 지금 심각하게 허약해져서 아마도 생의 기로에 있을지도 모르지만, 그럼에도 여전히 우리 서구인이 꿈에서 볼 수 있는 것보다 훨씬 더 풍요롭고 다채로운 문화가. 어디로 시선을 돌려도 감탄할 만한 보물이 산재하는데, 보물의 아름다움은 그 가치를 볼 줄 아는 자들의 소유나 마찬가지다. 백 달러를 주고 산 물건이건 만 달러를 주고 산 물건이건, 그 돈으로 내가 소유할 수 있는 것은 보기 좋은 하나의 파편일 뿐이고 그 물건은 언젠가는 매력을 잃게 될 것이다. 이곳에서 나는 가득 쌓인 진귀한 보물, 화려하고 알록달록한 아시아의 바자르*를 눈에 담지만, 그것들을 추억 속 이미지로 간직할 뿐, 실제로 고향으로 가져갈 수는 없다. 중국과 인도에서 값진 기념품을 한

..............

* 지붕이 덮인 시장이라는 뜻으로, 아랍 지역에 있는 우리나라의 재래식 시장과 비슷한 곳이다.

상자만큼 집으로 가져가든 열 상자에 가득 채워서 가져가든, 그것은 바닷물을 한 병 혹은 스무 병 담아 가는 것과 다를 바가 없다. 설사 수백 톤의 바닷물을 집으로 실어 간다고 해도, 그것은 결코 바다가 아닐 것이다.

# 귀향

또다시 몇 주일이고 이어지는 낮과 밤을 검푸른 바다 위에서 보내게 되었다. 좁아터진 선실 안에서 지내며, 저녁이면 뱃전에 하염없이 기대서서 검고 광막한 바다 표면이 저녁 햇살을 받아 밝게 빛나는 것을 지켜본다. 초록색 저녁 하늘 위로 경이롭게도 위치가 뒤바뀐 별자리가 빛을 발하고 보트처럼 완전히 수평으로 누운 반달이 눈부시게 번쩍이며 검은 하늘을 항해한다. 영국인들은 갑판 의자에 누워 오래된 영국 잡지를 뒤적이고 독일인들은 흡연실에서 가죽 통을 이용한 주사위 놀이에 열중한다. 나도 간혹 놀이에 끼어든다. 숨 막히게 튼실한 체격에 짙은 갈색 피부를 가진, 호랑이를 연상시키는 호놀룰루 출신 여인이 지나갈 때면 갑판 위에는 침묵과 긴장이 감돌곤 한다. 용수철 같이 탄력 있는 그녀의 걸음걸이는 생명력과 동물적인 자신감으로 넘쳤다. 누구도 그런 그녀에게 사랑을 느끼지 않았다. 그녀를 사랑할 자신이 있는 사람은 아무도 없었다. 사람들은 마치 뇌우나 지진 같은, 아름답지만 압도적인 위력의 자연 현상을 바라보듯이 그렇게 그녀의 뒷모습을 눈으로 쫓을 뿐이다. 대부분의 사람들이 사랑에 빠진 대상은 따로 있다. 몸매가 날씬하게 가늘고 나긋나긋한, 키가 거의 2미터는 되어 보이는 영국 아가씨다. 어린 소년 같은 그녀의 얼굴은 미소를 지을 때면 천사를 닮는다. 블라디보스토크를 거쳐 중국에 있는 친척을 방문했다가 이제 수에즈를 통과하여 영국으로 돌아가는 길이라고 했다. 그녀는 낮에는 고급스럽지만 점잖고 실용적인 여행복 차림이었으나 저녁이 되면 화려하게 치장한다. 보아하니 그녀는 지구상의 모든 바다와 땅들 위에 스스로의 사랑스러움을 마음껏 뿌리고 다니는 일로 청춘의 즐거움을 만끽하는 중이다.

내 마음은 이미 고향을 향한 갈망과 그리움으로 가득하다. 그렇지만 고향은 아득하게 먼 곳에 있어서, 어느 정도는 비현실적인 대상인 것이 사실이다. 그에 비하면 지난 몇 달간 내가 체험한 엄청난 경험들은 여전히 신선하고도 생생하게 내 감각을 장악하고 있다. 아시아에서 내가 보고들은 것들을 찬찬히 생각해 보면, 사실 정말로 '이국적'인 면은 거의 없었다. 대부분의 경험은 이국적이라기보다는 순수하게 인간적인 본성의 발견이었다. 외국의 낯선 모습 때문이 아니라 내 본성과의 동질성, 그리고 인류 전체 본성과의 동질성을 발견했으므로 나에게 소중하고 좋은 인상으로 남았던 것이다.

신기하고 이국적인 광경이라면 지금도 마치 눈앞의 현실인 듯이 생생하게 떠오르는 것이 많다. 야자수들이 우거진 페낭의 해변, 흰 모래사장, 어부의 노란색 움막들, 말레이 주와 해변 도시에서 보이는 파랑게 조명이 반짝이는 중국인 거리, [인도네시아] 리아우 군도에 구릉처럼 펼쳐진 수많은 섬들, 원시림의 원숭이 떼, 그리고 악어들이 득실대는 수마트라의 강. 그중에서 가장 최근의 것은 누와라 엘리아 고지의 기억이다. 그곳의 모든 사물은 고향처럼 소박하면서 풍경은 거칠고 황량했다. 사원도 없고 야자나무 따위도 없었다. 그러나 첫 산책길에서 아름답고 흰 꽃 한 송이가 나에게 말을 걸었다. 그 경험은 나에게 참으로 크나큰 감동이었고, 오래전 어린 시절에 느꼈던 강렬하고 유일했던 감정, 너무도 특별한 나머지 이후 세계 어느 곳의 그 어떤 대양에서도 그 어떤 산맥에서도 얻지 못했던 그 보물 같은 감정으로 거슬러 올라갈 수 있었다. 그동안 나는 낯설고 신기한 풍물과 환경이 만들어 내는 피상적인 인상에 둘러싸여 수 주일을 보냈다. 그런데 이 한 송이 꽃이 나의 가장 깊은 내면을 건드렸고, 까마득한 옛날의 기억을 되살리게 한 것이다. 자세히 살펴보니 그 꽃은 어린 시절 내가 어머니의 방에서 보았던, 커다란 꽃받침을 가진 칼라<sup>calla</sup> 종류임을 알 수 있었다. 그런데 산책을 계속하다 보니 그와 똑같은 커다란 흰 꽃들이, 어린 시절 슈바르츠발트의 고향집에서 진귀한 식물로 귀한 대접을 받던 그 꽃들이 마치 4월이면 고향 들판에 지천으로 깔리는 민들레처럼 수백 수천 송이 무리지어 피어 있는 것을 발견했다. 아름답고도 풍성한 광경이었다. 하지만 내 기분은 그다지 유쾌하지 않았다. 한때 내 어머니의 자랑거리였고 정성의 대상이었던 식물이 이곳 실론 섬에서는 아무도 주의를 기울이지 않는 잡초나 마찬가지로 자라고 있었으니 말이다.

기나긴 항해 동안 가장 아름답고 인상적인 것은 아마도 북쪽에서 바라본 소코트라<sup>Sokotra</sup> 섬이었을 것이다. 하얗게 탈색된, 죽은 모래 언덕과 거칠고 날카롭게 쪼개진 암벽들이 우뚝우뚝 솟은 석회질의 산맥들. 그 다음에는 칼라브리아 남쪽 끝이 인상적이었는데, 그곳의 거친 바위틈에는 세상과 단절된 도시들이 수천 년 동안이나 외롭게 자리 잡고 있었다. 부드러운 장밋빛 속에서 견고한 자태로 장엄한 윤곽을 드러내던 시나이 산맥과, 이번 귀향길에 이집트의 온갖 오묘한 색채를 배경으로 마음껏 감상했던 수에즈 운하도 잊을 수 없다.

하지만 이런 아름다운 광경보다 더욱 깊고 강렬하게 내 기억 속에 각인된 것은 평범하고 가난한 사람들의 실제 살아가는 모습이었다. 주인의 침실 문지방 앞에 깔개를 깔고 잠을 자던, 깡마르고 말이 없는 중국인 하인. 그는 한밤중에 주인이 뭔가 사소한 일로 불편하다고 야단을 치면 당장 잠에서 깨어나야 한다. 잠에 겨운 눈꺼풀이 잠시 떨리면서 그가 피곤한 고개를 돌린다. 하지만 곧 영리하고 참을성 있는 갈색 눈동자를 뜨고 몸을 일으킨다. 체념과 함께 잠에서 완전히 깨어난 그는 충실한 목소리로 나직하게 "투안*!" 하고 대답하는 것이다.

바탕하리 강가의 숲에서 노동자들을 지휘하던 말레이인 십장도 기억에서 사라지지 않는다. 매우 구슬픈 인상의, 깡마르고 아름다운 얼굴을 가진 그는 예전 왕의 친척이면서 귀족 출신이었다. 나는 어느 날 저녁 그가 소리 없이 우리 숙소의 베란다로 들어서는 것을 보았다. 그는 들고 온 랜턴을 끄고 집주인을 찾았다. 그의 몸집과 행동에는 우리 유럽의 신분 높은 귀족 장교들에게서조차 보기 힘든 고귀함과 단정함

--------------

* sir(선생, 나리, 각하), mister(선생, 아저씨)에 해당하는 말레이어의 존칭.

이 배어 있었다.

그리고 원시림 마을에서 뛰어노는 거무스름한 원주민 아이들이 있다. 우리가 탄 보트가 도착하면 호기심과 기대로 눈을 반짝이는 아이들이 가득 몰려들어 우리를 뚫어져라 바라본다. 그러다 우리가 땅에 첫 발자국을 내디디면, 아이들은 혼비백산하여 작은 짐승처럼 그 어떤 소리도 내지 않고 순식간에 숲 속으로 몽땅 사라져 버린다.

또한 저녁 무렵 중국인 거리에서 산책하는 젊은 커플들은 얼마나 보기 좋은지. 마르고 섬세한 몸매와 아름다운 갈색 눈동자의 젊은이들, 환한 표정의 명랑하면서도 이지적인 얼굴들, 완전히 흰색 혹은 검정인 복장, 이루 말할 수 없이 화사하고 가늘며 고상해 보이는 손. 한 친구의 왼손이 다른 친구의 오른손을 가볍게 잡고, 혹은 친구의 어깨에 팔을 살짝 걸친 채, 그들은 다정하게, 그리고 유쾌하게 걸어간다.

군도의 수많은 섬에 흩어져 살고 있는 말레이인들, 선량하고 예쁘장한 외모의 그들은 네덜란드의 혹독한 식민 통치를 당하고 있지만 천성이 양순하고 순종적이다. 실론 섬의 주민인 싱할리족도 온순하고 상냥하다. 꾸짖음을 당하면 얼굴이 아이처럼 슬프게 일그러지고, 명령을 내리면 과장되게 부지런 떨며 일을 시작하고, 농담이라도 한마디 건네면 얼굴 전체가 환하게 활짝 피어나며 소리 내어 웃는 사람들이다. 그들 모두는 한결같이 아름다우면서도 애원하는 듯한 눈동자를 지녔으며 그들 모두는 쉽게 감동받는 기질 속에 야성적인 순수함과 해명하지 않는 본성을 지니고 있다. 밥을 먹다 보면 중요한 일을 잊어버리기도 하고, 노름을 하다가 너무 심각하게 몰입한 나머지 살인까지도 일으킬 정도이다. 하지만 반면에 진짜 현실이나 진짜 중요한 일을 직면하면 겁을 먹고 움츠러든다. 누렐리아에서 내가 만난 한 노동자는 건설 현장에서 쫓겨난 데다 감독관에게 잡히기만 하면 몇 번이고 반복해서 매를 맞는 신세였다. 뭔가 나쁜 짓을 했기 때문이라고 한다. 그런데 그는 기꺼이 벌을 받고 싶지, 절대 그 일자리를 떠나고 싶지 않았다. 죽어도 거기 있고 싶었다. 일자리가 있고, 빵이 있고, 명예가 있으며 동료들이 있는 그곳에. 그래서 이 건장한 젊은이는 거세게 밀침을 당하고 밧줄 끄트머리로 두들겨 맞아도 아무런 저항을 하지 않았으나, 마침내 더 이상 폭력을 견딜 수 없는 단계에 이르자 점차 매질을 피하면서, 상처 입은 짐승이 광란하듯 큰 소리로 울부짖었다. 그의 검은 얼굴 위로는 굵은 눈물이 뚝뚝 떨어졌다.

이런 모든 다양한 인간들이 힌두교, 이슬람교 그리고 불교 등 각자의 종교적 관습을 지키는 모습은, 감동적이면서도 오래 두고 생각할 만한 지상의 풍경이었다. 도시의 부유한 주택 소유주에서부터 가난한 일꾼이나 하찮은 천민까지 모두 예외 없이 종교를 갖고 있다. 그들의 종교는 열등하고 타락했으며 겉치레를 중시하고 조잡했으나, 그래도 위대했고 태양이나 공기처럼 사방 어디에나 깃들어 있었다. 그들의 종교는 생명의 흐름이고 마법의 대기 자체였다. 바로 그들이 가진 종교 때문에, 우리는 이 초라한 식민지의 백성들을 질투할 수 있는 것이다. 합리적 지성과 개인성을 중시하는 문화에 젖은 우리 북유럽인들은 아주 드물게, 예를 들면 바흐의 음악을 듣거나 할 때만 느낄 수 있는 감정이 있다. 어떤 정신의 공동체에 소속되는 몰아의 느낌, 결코 마르지 않

는 영원의 샘에서 에너지를 퍼 올리는 느낌 말이다. 그런데 세계의 가장 먼 구석에서 저녁마다 기도와 절을 올리는 이슬람 신자들, 그리고 사원의 서늘한 법당에서 예불을 바치는 불교 신자들은 매일 그런 느낌을 갖는다. 우리가 한층 고양된 형태로 이런 느낌을 획득하지 못한다면, 우리 유럽인들은 동양에 대해서 더 이상 아무런 권리도 주장할 수 없게 되리라. 영국인들은 국가관이 강하고 자국의 종족을 엄격하게 관리하기로 유명한데, 그것들은 일종의 대체 종교이기도 하다. 따라서 그들은 해외에서 권력을 휘두르고 문화를 파급시키는 데 성공한 유일한 서구인이기도 하다.

내가 탄 배는 계속해서 항해한다. 그저께만 해도 무자비한 아시아의 태양이 갑판을 달구었고 우리는 엷은 여름옷 차림으로 앉아 차가운 얼음 음료수를 마셨는데, 이제는 유럽의 겨울을 가까이 느낄 정도이다. 포트사이드를 지나자 벌써 냉랭한 대기와 소나기가 우리를 맞이한다. 그러면 동양의 섬들과 뜨거운 해변, 이글거리는 싱가포르의 한낮은 기억 속에서 더욱 화려한 광채를 발할 것이다. 하지만 그 모든 광채를 합한다 해도, 내가 인도인, 말레이인, 중국인 그리고 일본인들을 만나면서 알게 된 감정, 모든 인간을 서로 연결하며 하나로 묶어 주는 강렬한 감정만큼 사랑스럽고 소중하지는 않으리라.

(1912)

# 여행하는 아시아인

인도의 항구 도시에서 처음 보았던 어떤 광경이, 내가 동양을 여행하는 내내 매일매일 점점 더 강하게 눈에 들어왔다. 그토록 많은 아시아인들이 여행을 하고 있는 것이다! 유럽과 아메리카 같은 서구 사람들은 여행 즉 '현대적 방식의 이동'을 서구의 전유물로 생각하는 경향이 있다. 전체 유럽의 평균적 시민 계층에게는 여섯 시간 내지 여덟 시간 정도 기차를 타고 가는 거리라면 여행이라고 불릴 만하지만, 파리, 제네바, 니스나 나폴리의 상사(商社) 점원이나 호텔 문지기라면 전 세계 멀리서 찾아오는 손님들에게 익숙하다. 아시아에서는 사정이 좀 다르다. 인도, 인도차이나와 동남아시아, 중국 대다수 지방 사람들은 우리 유럽과는 비교도 할 수 없이 긴 여행을 다닌다. 신분이 낮은 가난한 사람들에게도 이틀, 사흘, 엿새, 열흘 정도의 여행은 전혀 특별할 것이 없다. 우리들 중 누가 콜롬보에서 바타비아*

.............

\* 자카르타의 옛날 이름.

로 여행하려면 단단히 마음을 먹어야 한다. 그런데 3주일이나 배를 타고 다시 며칠은 기차를 타야 하는 그 여정을 아시아인들은 아무렇지 않게 생각하는 것을 보면 깜짝 놀라고 만다.

싱가포르 항구에서 짐을 들어 주는 쿨리들은 중국 한커우 출신들이다. 페낭이나 쿠알라룸푸르에서 당신이 수영복이나 복대를 사게 되는 작은 가게의 상인들은 고향이 베이징이다. 그런가 하면 수마트라에서 당신에게 바지 멜빵이나 장화를 파는 말레이인 상인들은 하지, 즉 메카로 순례 여행을 떠났던 사람들이다. 그곳에서 메카까지는 가는 길만 해도 약 20일이 걸린다. 유럽에서 아메리카 대륙으로 가는 것보다 세 배 정도 더 긴 시간이다.

유럽의 농부가 자신이 수확한 감자나 사과를 인근 대도시에 내다 팔려면 세 시간 동안 기차를 타고 가야 한다. 농부로서는 큰일을 하는 셈이다. 그런데 형편없이 가난하고, 절반쯤은 원시적인 상태로 사는 말레이 섬의 원주민은 쪽배에 라탄 목재나 약간의 목화를 싣고 나흘, 엿새 경우에 따라서는 열흘이나 원시림의 강물을 거슬러 가장 가까운 항구 도시로 간다. 물론 돌아올 때도 그만큼의 시간이 걸린다. 어떤 인도 상인들은 몇 년마다 한 번씩 북인도에서 출발하여 티베트를 지나 중국으로, 혹은 바이칼 호수와 모스크바까지도 간다. 참으로 위험하고 거친 고난의 여정이다. 잠비(남부 수마트라)의 작은 마을 팔레이앙에서 일하는 중국인 요리사는 상하이에서 살고 있는 자신의 가족을 자주 만나러 간다고 했다! 해협 인근이나 자바 등지의 중국인 도매상들은 거의 대부분이 고향에도 재산을 갖고 있으며 아내와 아이들이 남아 있는 경우도 많아서, 거리로 계산하자면 나폴리에서 모스크바만큼이나 먼 고향을 자주 왔다 갔다 하면서 살고 있다. 콜롬보나 봄베이에서 시작해 멀리 베이징까지 지점을 낸 인도나 아랍 상인들에게 3주일간의 항해는, 그냥 흔하게 있는 일상적인 출장에 불과하다.

뿐만 아니라 엄청난 수의 순례자들을 잊으면 안 된다! 시암siam과 버마의 순례자들은 실론으로 향하고, 자바와 수마트라의 신자들은 메카로 간다. 신앙심 깊은 남인도인들은 바라나시Varanasi를 향해 올라간다. 그런 여행에 비하면 보덴 호수의 가난한 시골 농부가 남프랑스 루르드로 순례 길을 떠나는 것은 정말로 별 것 아니다.

이런 아시아인 여행자 중에 내가 마지막으로 목격한 유형은 자바에서 온 두 명의 이슬람교도였다. 그들은 한 이슬람 공동체로부터 부여받은 임무를 수행할 목적으로 싱가포르에서 우리 배에 올라타고 수에즈까지 항해했다. 수에즈에서 트리폴리로 간 다음에 거기서 믿을 만한 전쟁 소식들을 수집하고, 전쟁 수행자인 신앙의 동지들을 도덕적으로 그리고 재정적으로 지원할 수 있는 최선의 방법에 대한 정보를 집으로 가지고 가야 한다는 것이다.

(1913)

# 동아시아에 대하여

　　　　　　　　　　　내가 주로 연구해 왔고, 최대의
존경을 품는 두 종류의 '유색' 인종은 인도인과 중국인이다. 둘 다 정신
과 예술 문화의 창조자인데, 유럽보다 이른 시기에 탄생한 그들의 문
화는 내용과 아름다움에서는 유럽 문화에 결코 뒤지지 않는다.
　인도 사상의 전성기는 내가 생각할 때 유럽의 전성기와 거의 일치한
다. 그것은 대략 호머와 소크라테스 사이에 놓인 수백 년 동안이다. 그
당시 인도에서는 그리스와 마찬가지로 인간과 세계에 대한 최고의 성
찰이 이루어졌으며 그것은 위대한 사상과 믿음의 체계로 발전했다. 당
시에는 풍요한 수확을 거두지 못했으나 크게 아쉬워하지도 않았을 것
이다. 오늘날 그들은 활짝 만개하였고 수억 인구에 힘입어 생명력을
회복했기 때문이다. 고대 인도의 수준 높은 철학과 더불어, 뛰어난 심
오함과 풍부한 유머를 갖추고 형태 또한 아주 다양한 인도 신화가 있
다. 평범한 백성들 사이에서 전해 내려온 신과 악마의 전설인 신화는
시와 예술품을 통해, 그리고 백성들의 종교와 더불어 활짝 꽃피었고

세대를 거듭하여 전해진, 시각적으로 풍성하고도 구체적인 우주관이다. 하지만 이렇게 화려한 색채로 이글거리던 세계에서 나온 것은 금욕을 통한 승리, 위대한 붓다의 신성한 형상이었다. 불교는 오늘날 원래 형태뿐만 아니라 중국-일본식의 선불교 형식이 불교의 탄생국에서는 물론 아메리카를 포함한 서구 전체에 최고 윤리의 종교로 많은 사람들을 매혹시키고 있다. 서구 철학에는 거의 2백 년 전부터 인도 정신의 영향을 강하게 받은 사례가 종종 나타나는데, 가장 최근의 인물로는 쇼펜하우어를 들 수 있다.

인도의 정신문화가 경건하면서도 풍부한 영혼을 담고 있다면, 중국 사상의 경향은 실제적 삶의 지혜, 즉 국가 통치와 가족생활의 규범에 치중하는 편이다. 모든 이가 행복해지는, 훌륭하고 성공적인 통치의 비결은 무엇인가, 이 문제는 헤시오도스와 플라톤이 그랬듯이, 대부분 중국 현자들이 몰두했던 가장 중요한 관심사였다. 자제력, 예의범절, 인내와 평정은 서구에서도 과거 스토아학파가 높이 평가한 미덕이다. 하지만 그 이외에도 형이상학적이고 원초적인 사상가들도 있는데 그중 대표적 인물은 노자와 그의 문학적 후계자인 장자이다. 부처의 가르침이 도입된 후 중국은 매우 독특하면서도 참으로 인상적인 불교 수행의 형식을 점차 발전시켰는데, 그것이 선(仙)이다. 선불교는 인도 불교와 마찬가지로 오늘날에 서구에 현저한 영향을 미치고 있다. 중국의 정신세계는 상당히 수준 높고 정교하게 표현된 조형 예술 같다는 것은 이미 잘 알려진 사실이다.

현대의 세계는 모든 외피가 전부 변화하고 수없이 많은 것들이 철저하게 파괴된 상태이다. 한때 세계에서 가장 평화로우며 반군국주의 정신이 가장 드높았던 민족인 중국인이 이제는 가장 끔찍하며 가장 무자비한 민족이 되어 버렸다. 그들은 인도와 더불어 경건한 민족의 땅인 성스러운 티베트를 야만적으로 짓밟아 정복했고, 인도를 포함한 이웃 나라들을 끊임없이 위협하고 있다. 우리는 단지 확인하는 일 말고는 아무것도 할 수 없다. 17세기 영국이나 프랑스의 정치 상황을 현재와 비교하여 말하자면, 한 국가의 정치적 방향은 한 세기도 채 지나기 전에 무섭게 변화할 수 있지만, 그것이 반드시 국민성의 본질적 변화를 의미하는 것은 아니다. 그러므로 우리는 중국 인민들의 마음속에 그들 원래의 놀라운 천성과 뛰어난 재능이 오랜 파괴의 시간에도 불구하고 여전히 살아남아 있으리라고 기원해야 한다.

(1959)

# 산길

가파르게 난 좁다란 산길 위로 바람이 불어온다. 나무들과 덤불은 세찬 바람 때문에 영 자라지 못하는데 돌과 이끼만 번성한 형국이다. 이런 곳에서 뭔가를 해 보려는 사람은 아무도 없고, 이런 곳에 땅을 소유하려는 사람도 없다. 이 산꼭대기에는 농부들이 찾는 건초도, 목재도 없다. 그러나 먼 곳이 우리를 이끈다. 막연한 그리움으로 가슴이 뜨겁다. 그리움은 암벽과 늪지와 눈 덮인 산을 넘어, 다른 계곡으로, 다른 이의 집들과 다른 언어와 다른 사람들에게로 이어지는 이 작은 길을 훌륭하게 내 놓았다.

산 위에서 잠시 걸음을 멈춘다. 길은 이제 양쪽으로 갈라지는 내리막이고, 물줄기도 양쪽으로 갈라진 채 흐른다. 이 위에서는 서로 손을 맞잡고 함께이던 것들이 이제 각자의 세계를 향해 두 갈래로 갈라진다. 내 신발이 살짝 건드렸던 물웅덩이는 북쪽으로 흘러가 먼 바다의 차가운 물속으로 합류될 것이다. 하지만 그 곁에 두껍게 쌓인 잔설은 녹아서 남쪽으로 떨어지고, 그 물방울들은 리구리아나 아드리아 해안을 향해 가다가, 마침내는 아프리카 대륙과 맞닿은 대해로 흘러갈 것이다. 하지만 이 세상의 모든 물은 언젠가는 다시 만나게 되고, 북해의 얼음물과 나일 강의 물은 축축한 비구름 속에서 다시 뒤섞인다. 예부터 전해지는 그런 멋진 비유가 내 마음을 평온하게 위로한다. 우리 방랑자들에게도 마찬가지로 모든 길이 결국 집으로 가는 길이 아니던가.

아직 내 시선은 선택의 자유가 있으니, 북쪽이건 남쪽이건 마음대로 바라보기만 하면 된다. 그러나 앞으로 50보 정도만 더 걸으면 눈앞에는 이제 남쪽 방향만 보일 것이다. 푸르스름한 계곡에서 피어오르는 남녘의 대기는 얼마나 신비로운지! 그것을 호흡하는 내 심장은 또 얼마나 격하게 두근거리는지! 푸른 호수와 초록의 풀밭을 예감케 하는 포도와 편도* 향기가 코끝을 휘감으면서, 대관식을 위해 로마로 향하는 왕의 여정, 그 신성한 옛 전설에 얽힌 머나먼 동경이 회오리처럼 마음에 휘몰아친다.

먼 골짜기에서 들려오는 종소리처럼 어린 시절의 추억이 넘실거리며 밀려온다. 남쪽으로 첫 여행을 나서던 날의 황홀한 두근거림, 푸른 호숫가 정원에서 취한 듯 들이마신 숨 막히는 나무들의 향기, 저녁이면 향수에 젖어 아득하게 바라보던 창백하고 흐릿한 설산, 그 너머의 고향 땅! 고대 신전의 성스러운 기둥 앞에서 최초로 올린 기도! 갈색 바위 뒤편에서 파도 거품으로 부글거리는 바다를 처음으로 목격했을

..............
* 장미과의 낙엽 교목.

때의 벅찬 감격!

그러나 이제 더 이상의 도취는 없다. 사랑하는 모든 이에게 먼 곳의 아름다운 풍광과 내가 겪은 행복을 전부 보여 주려는 욕망도 이제는 갖고 있지 않다. 내 가슴의 봄은 지나갔다. 지금은 여름이다. 이제 낯선 세상이 내게 건네는 인사말이 다르게 들려오는 시기가 도래한 것이다. 낯선 세상의 소리는 이제 내 가슴에서 훨씬 더 고요하게 메아리친다. 나는 모자를 벗어 공중에 집어던지는 일을 하지 않는다. 나는 환희에 차서 노래 부르지 않는다.

하지만 나는 미소 짓는다. 입으로만 짓는 미소가 아니다. 영혼으로, 눈으로 그리고 온몸의 모든 피부로 나는 미소 짓는다. 그리고 바람에 향기를 실어 보내는 먼 나라를 향해, 예전과는 다른 감각으로 화답한다. 좀 더 섬세하고 좀 더 조용하며, 좀 더 예민하고 좀 더 능숙하게, 하지만 더욱 깊은 감사의 마음으로. 이제 이들은 과거보다 더 많이 내게 속한다. 과거보다 더욱 풍부해진 목소리로, 수백 배나 더 충만한 뉘앙스로 나에게 말을 건다. 이제 나는 그리움에 잔뜩 취한 나머지 나만의 꿈의 색채로 베일에 싸인 먼 나라를 덧칠하는 일을 하지 않는다. 내 눈동자는 거기 있는 사물 자체의 모습에 만족한다. 보는 법을 배웠기 때문이다. 그러자 세계는 예전보다 더욱 아름다워졌다.

세계는 더욱 아름다워졌다. 나는 혼자지만, 혼자라는 사실을 괴로워하지 않는다. 나는 더 이상 아무 것도 소망하지 않는다. 가만히 누워, 햇빛에 온몸이 빨갛게 익도록 내버려 둘 뿐이다. 익을 대로 익어서 성숙해지기를 열망할 뿐이다. 나는 죽음을 맞을 준비가 되어 있다. 그리고 다시 태어날 준비 또한 되어 있다.

세계는 더욱 아름다워졌다.

(『방랑』 중에서)

# 농가

　　　　　　　　　　　　　농가여, 나는 작별을 고한다. 앞
으로 오랫동안 이런 집을 보지는 못하리라. 나는 알프스의 협로를 향
해 갈 것이며, 이제 북쪽의 정취를 풍기는 독일식 농촌 풍경은 독일어
와 함께 이곳에서 끝나 버릴 것이기 때문이다.

　국경을 넘는 일은 얼마나 멋진가! 유목민이 농부보다 원시적 인간
이듯이, 방랑자 또한 여러 면에서 원시적 인간이다. 하지만 정주의 욕
망을 극복하고 국경을 무시한 덕분에 나와 같은 종족은 미래의 길잡
이로 탄생할 수 있다. 나처럼 국경선에 대한 깊은 경멸을 품고 살아가
는 사람들이 이 세상에 많다면 전쟁도 봉쇄도 없을 것이다. 국경만큼
악의적인 것은 없으며 국경만큼 어리석은 것도 없다. 국경은 그 자체
로 대포 혹은 전쟁 지휘관이나 마찬가지다. 합리와 인간애, 평화가 지
배하는 시대에는 국경을 잘 의식하지 못하고 별것 아니라며 웃어넘기
게 되지만, 일단 전쟁이 발발하고 광기가 지배하게 되면 국경은 소중해
진다. 심지어 신성한 것으로 변한다. 전쟁 동안 우리들 방랑자에게 국

경이 얼마나 큰 괴로움을 주었는지! 감옥처럼 우리를 가두고 고문하지 않았는가! 국경은 악마에게나 줘 버려야 한다!

나는 수첩을 꺼내 농가를 스케치한다. 독일식 지붕, 독일식 서까래와 박공, 이들 친근하고 익숙한 고향의 사물들에게 시선으로 작별을 고한다. 이 작별의 순간 나는 더욱 깊은 애정으로 고향의 것들을 다시 한 번 더 사랑한다. 내일이면 나는 다른 지붕을, 다른 오두막을 사랑하게 되리라. 사랑의 편지에서 흔히 쓰이는 문구와는 달리, 나는 내 마음을 이곳에 두고 떠나지 않는다. 절대로 아니다, 나는 마음을 갖고 길을 떠난다. 산 너머 저 먼 땅에 가서 살 때도 나는 마음이 필요하다. 나는 유목민이지 농민이 아니기 때문이다. 나는 불충과 변덕 그리고 환상의 숭배자다. 세상의 어느 작은 부분에 내 사랑을 못 박아 두면서 자랑스러워하지 않으리라. 우리가 사랑하는 모든 대상은 오직 은유일 뿐이다. 우리의 사랑이 정주하게 된다면, 우리의 사랑이 성실과 미덕으로 바뀐다면, 그러면 나는 그 사랑을 의심하리라.

농부들은 복이 있으라! 소유하는 자들과 정주하는 자들은 복이 있으라! 성실한 자들과 덕망 있는 자들은 복이 있으라! 나는 그들을 사랑할 수 있다. 나는 그들을 숭배할 수 있다. 심지어 그들을 질투할 수도 있다. 그러나 그들의 미덕을 모방해 보려다가 나는 생의 절반을 탕진했다. 나는 내가 아닌 것이 되려고 했다. 시인이 되기를 꿈꾸었으면서도 시민의 삶 또한 차지하고 싶어 했다. 예술가이자 환상의 숭배자가 되기를 원했으면서도 덕망의 삶, 안주의 삶을 누리려고 했다. 나는 오랜 시간이 지나서야 사람은 두 가지를 모두 가질 수 없음을 깨달았다. 오랜 시간이 지나서야 나는 스스로가 농민이 아닌 유목민인 것을 깨달았다. 보존하는 자가 아니라 추구하는 자임을 깨달았다. 그토록 오랜 시간을 신들과 계율 앞에서 고행을 해 왔는데, 그들은 모두 내게 무의미한 우상에 불과했다. 나는 오류를 범했고 나는 고통받았는데, 그것으로 인해 이 세계의 불행의 한 원인이 되었다. 구원의 길을 감행할 용기가 없었으므로 스스로에게 폭력을 가했고, 그럼으로써 세계의 죄와 고통을 증폭시켰기 때문이다. 구원의 길은 왼쪽도 오른쪽도 아닌, 오직 자신의 마음속을 향해서 나 있다. 오직 그곳에만 신이 있고, 오직 그곳에만 평화가 있다.

산으로부터 습기 머금은 축축한 바람이 불어온다. 저 너머 높고 푸른 산봉우리들이 다른 나라의 땅들을 굽어본다. 그곳의 하늘 아래서 나는 행복하리라. 그리고 고향을 그리워하리라. 나와 같은 방랑자, 그 중에서도 완전한 방랑자는 아마도 향수를 앓지는 않을 것이다. 하지만 나는 고향을 그리워한다. 나는 완전하지 못하며 완전하기를 원하지도 않는다. 나는 기쁨을 향유하듯이 그리움을 향유한다.

내 얼굴에 불어오는 바람은 먼 곳의 향기, 피안의 향기가 난다. 물과 언어가 갈라지는 경계, 산맥과 남쪽의 냄새가 난다. 바람은 언약으로 가득하다.

잘 있거라, 작은 농가여, 고향의 풍경이여! 길 떠나는 젊은이가 어머니와 작별을 나누듯이, 나는 너희와 작별을 나눈다. 젊은이는 어머니의 품을 떠나야 할 시간이 다가왔음을 안다. 그리고 어머니를 완전히 떠나는 것이 불가능함도 잘 안다. 설사 그가 그것을 원한다고 해도.

# 시골로의 귀환

　　　　　　　　　　　　　　다행히 나는 도시를 빠져나왔
다. 짐 꾸리기와 여정을 무사히 마치고 6개월 동안 떠나 있던 집으로
다시 돌아왔다. 생고타르 산맥*을 통과하는 기차 여행은 언제나 멋지
다. 아마 나는 적어도 백 번은 그 구간을 왕복했을 테지만, 그럼에도
매번 감탄이 나온다. 괴셰넨 지방에서는 눈이 펑펑 쏟아졌는데 무척
아름다웠다. 아이롤로에서 설경과 작별을 하고, 파이도에 와서야 꽃이
피어난 푸른 초원을 처음 보았다. 기오르니코에는 복숭아나무와 배나
무에 꽃이 활짝 피어 있었다.

　　그런데 루가노Lugano에 도착해서는 희열도 감동도 사라졌다. 이미
오래전부터 나는 부활절 기간만 되면 외지인이 메뚜기 떼처럼 바글거
리는 이곳이 인구 과잉의 지구 전체를 합한 것보다 더 역겨웠다. 루가
노라는 작은 도시 안에 베를린 전 주민의 4분의 1이, 취리히 전 주민

.............
* 스위스 중남부에 있는 산맥. 라인 강의 발원지이다.

104

의 3분의 1이, 프랑크푸르트와 슈투트가르트 주민의 5분의 1이 몰려들었다. 1제곱미터의 면적 안에 약 열 명의 인간들이 득실대는 것이다. 매일매일 많은 이들이 숨 막힘을 느끼지만, 관광객은 조금도 감소하는 기미가 없다. 감소하기는커녕 속속 도착하는 급행열차마다 5백 명에서 1천 명 정도의 외지인들을 새로이 토해 놓는다. 그중에는 물론 특이한 개성을 가진 자들이 많다. 그 어떤 환경에도 불만이 없는 자들이다. 욕조에서 세 명이 엉켜서 잠을 자는가 하면 사과나무 위에서 자기도 한다. 자동차의 매연이나 길거리의 먼지도 감지덕지 들이마신다. 커다란 안경을 쓴 창백한 얼굴로, 교양 있는 눈빛에 감사함을 담아 꽃이 핀 풀밭을 그윽이 바라본다. 몇 년 전만 해도 자유롭게 탁 트여 있었으며 가운데로 작은 오솔길까지 나 있던 풀밭은, 바로 그들 때문에 사방에 철조망으로 울타리가 쳐진 상태인데 말이다. 특이한 개성을 가진 이들 외지인들은 훌륭한 교육을 받았고, 감사할 줄 알며, 겸손이 끝이 없다. 그들은 자동차로 서로를 막 치고 다녀도 불평할 줄을 모른다. 그들은 빈 방을 구하려고 이 마을 저 마을로 헤매고 다니지만 당연히 빈 방은 남아 있지 않고, 이미 오래전부터 아무도 입고 다니지 않는 대신 전통 의상 차림의 식당 여종업원의 사진을 찍으면서 감탄하고, 그녀와 이탈리아어로 대화해 보려고 한다. 그들은 눈에 들어오는 건 뭐든지 다 무조건 매혹적이고 황홀하다고 여긴다. 하지만 중부 유럽에 남아 있는 희귀한 낙원의 땅 중 한 곳을, 바로 그들 자신이 해마다 점점 더 빠른 속도로 베를린의 교외 분위기로 만들고 있다는 사실은 깨닫지 못한다. 해마다 자동차의 숫자가 배가되고 호텔은 점점 더 가득차고, 가장 순박한 최후의 농부조차도 관광객들이 풀밭에 밀려들어와 땅을 짓이기고 가 버리지 않도록 결국에는 자신의 낡은 농가 주변에 철조망을 치게 된다. 그런 식으로 숲 언저리를 둘러싸던 고요하고 아름다운 풀밭이 하나씩 하나씩 사라지고, 울타리가 서거나 뭔가가 지어지게 된다. 돈과 산업, 기술이라는 현대 정신은 바로 얼마 전까지만 해도 신비로웠던 자연 풍경을 순식간에 장악해 버리고, 이곳 풍경을 오래 전에 발견하고 긴 시간 동안 사랑해 오던 우리 같은 이 고장의 오랜 벗들은, 모두 때려눕히고 근절해야 할 불편한 구세대에 속하게 된다. 우리들 중 마지막까지 살아남는 자는 테신 최후의 늙은 밤나무에서 목을 매달게 될 것이다. 건설 투기업자가 그 나무마저도 베어 내라는 지시를 내리는 바로 그날에 말이다.

그래도 당분간은 아직 우리가 누릴 수 있는 작은 즐거움이 없는 건 아니다. 첫 번째는, 시골 몇몇 마을에 티푸스가 발발하는 곳이 남아 있다는 사실이다(지난해에 내 친구 한 명은 테신 지방의 한 마을에서 그의 아내와 함께 티푸스로 사망했다). 두 번째는 루가노의 풍경은 4월에 가장 아름답다는 소문과 (이 시기는 거의 매해 우기에 해당한다) 여름의 루가노는 햇볕이 너무 뜨거워 견디기 어렵다는 소문이 돈다는 점이다. 그러므로 눈부신 한여름의 더위는 아직 온전히 우리들 차지인 셈이니 기쁘기 그지없다. 하지만 지금과 같은 봄에는 아예 눈을 감아 버려야 한다. 두 눈을 모두 감는다면 더욱 좋다. 대문도 단단히 걸어 잠근다. 그리고 문 틈새로, 애벌레들처럼 도무지 끊어지지 않고 계속 밀려드는 인간들의 검은 그림자 행렬을 지켜본다. 매일매일 우리가 사는 마을이란 마을은

다 지나다니면서 한때 진실로 아름다웠던 풍경의 잔해 앞에서 감동적인 집단 예배를 거행하고 있는 인간의 무리를.

이 세계는 너무도 대만원이 되어 버렸다! 시선을 돌리는 곳마다 새로운 집들이, 새로운 호텔이, 새로운 역이 들어서고, 모든 것이 더욱 덩치가 커지기만 하고, 사방에서 건물의 층수가 올라가기만 한다. 한 시간 정도 인간의 무리와 마주치지 않고 땅을 밟으며 산책하는 것은 이제 불가능해 보인다. 고비 사막에서도, 투르키스탄에서도 불가능하다.

아, 그런데 내 작은 살림살이, 빼곡하게 들어찬 독신자의 공간도 다를 바가 없다. 전부 가득 찼고, 점점 더 가득해지니 어디에도 공간이란 없구나! 사면의 모든 벽에는 이미 예전에 그림을 그려 버렸으니 정작 액자를 걸어 둘 곳이 하나도 없다. 책장은 삐걱거리고 비스듬하게 기울어졌다. 책을 이중으로 빼곡히 꽂아 두었으니 견디지 못하고 과부하가 걸린 것이다. 게다가 쉴 새 없이 새 책들이 들어온다. 매일매일 내 서재는 새로 도착한 소포가 한가득이다. 소포들 사이사이로 조심해서 발을 디디고 다녀야 하는 형편이다. 그런데 우스운 것은, 몇몇 허접한 소포들을 받으면 그 다음에는 반드시 읽을 만한 작품이 온다는 것이다. 훌륭한 책은 멸종하지 않는다. 당분간은 새 책의 독서를 시작하지 말아야지 하고 굳게 결심하다가도 출판사에서 보내 준 책을 훑어보고 감명받아 결심이 흔들리는 경우가 흔하게 있다. 지금도 그렇다. 수백 권이나 되는 책들을 처분한 다음인데도 정말 사랑하고 반드시 소장하고 싶은 멋진 책들이 상당수 남아 있는 것이다. 할 수 없이 이 책들을 모두 삐걱거리는 책장 여기저기에 억지로 끼워 넣는 수밖에.

나는 작은 내 독방에 틀어박혀, 이렇게 소중한 책들을 읽는다. 밖에서는 앵초와 아네모네가 만발하고 이방인들의 검은 무리가 들판을 지나간다. 부활절 휴가를 루가노에서 보내는 것이 요즘의 유행이기 때문에 그들은 여기에 온다. 십 년 뒤에 그들은 멕시코나 온두라스에 있을 것이다. 만약 좋은 시와 소설을 읽고 즐기는 것이 유행이라면 그들은 내가 위에서 말한 그런 책들을 향해 떼로 덤벼들 것이다. 하지만 그들은 그 일을 나에게 양보했다. 그러므로 나는 수백만의 대리자가 되어 책을 읽는다. 대신 여름에 악명 높은 더위가 시작되면, 그때 우리 마을의 작은 숲과 들판을 나만의 공간으로 가질 수 있다. 산책을 다니고, 대기를 마음껏 호흡할 수 있다. 그때 지금의 외지인들은 자신들이 사는 베를린에 있거나 혹은 높은 산 등으로 갈 것이다. 하지만 그들이 어디에 있건 그곳에서 그들은 최후의 빈방 하나를 놓고 그들끼리 서로 다투어야 하고, 자신들의 차가 내뿜는 매연을 들이마시고 콜록거리며 눈을 비벼야 할 것이다. 이 얼마나 기이한 세상인가!

(1928)

THE MOMENTS

HESSE

LOVED

# 2.
# 헤세,
# 그리고
# 사랑

"실제로 사랑을 나누게 되면 나
는 늘 불행했습니다. 지금 기억
을 되살려 보면 나는 여인의 사
랑을 얻는 데 성공했을 경우 그
저 그런 작은 만족감이 전부였
지만, 이루어질 수 없는 절망적
인 사랑에 빠져 고통받고, 두
려움과 소심함에 시달리고, 불
면의 밤을 보낼 때 정말로 훨씬
더 행복했습니다."

# 사랑의 제물

3년 동안 나는 한 서점에서 조수로 일했다. 처음에는 한 달에 80마르크를 받았고 그 다음에는 90, 그리고 나중에는 95마르크를 받았다. 다른 사람으로부터 전혀 도움받을 필요 없이, 스스로 돈을 벌어 생계를 해결할 수 있다는 것이 나는 매우 기쁘고도 자랑스러웠다.

내가 가진 꿈은 고서점에서 자리를 잡는 것이었다. 그러면 마치 도서관처럼 오래된 책들에 파묻혀서 고판본과 목판 인쇄본에 날짜를 기입하면서 살 수 있으니까. 괜찮은 고서점에서 일하면 250마르크 혹은 그 이상을 벌 수도 있었다. 물론 그렇게 되기까지는 오랜 시간이 걸릴 것이고 해야 할 일도 아주 많겠지만 말이다.

함께 일하는 동료 중에는 매우 특이한 사람들이 많았다. 그래서 종종 나는, 서점 일이라는 것이 사회의 주된 궤도를 벗어난 갖가지 인간 유형들을 받아 주는 피난처라는 생각이 들기도 했다. 신앙을 저버린 목사, 영영 졸업도 못한 채 이렇다 할 꿈도 없어진 대학생, 일자리를 얻지 못한 철학 박사, 더 이상 쓸모가 없어진 편집인 그리고 군대를 때려치워 버린 장교들이 나와 나란히 경리 책상에 앉아서 일했다. 그들 중 상당수는 아내와 아이가 있었으며 형편없이 닳아빠진 옷을 입고 다녔다. 아내도 아이도 없는 이들은 마음 편하게 살았다. 대개 한 달의 3분의 1 가량은 돈을 마구 쓰면서 지내다가 나머지 기간은 맥주와 치즈, 거기에 잘난 척 떠들어 대는 허풍만으로 만족해야 했다. 하지만 그들 모두는 과거 잘나가던 시절에 익힌 고급스러운 예의범절과 교양 있는 화법이 몸에 배어 있었고, 예상하지 못한 이런 초라한 일자리로 굴러떨어진 것은 순전히 억세게 나쁜 운 때문이라고 굳게 믿고 있었다.

이미 말했듯이, 그들은 특이한 사람들이었다. 하지만 그중에서도 콜롬반 후쓰처럼 유별난 인물은 정말로 한 번도 본 적이 없다. 그는 어느 날 구걸하러 경리 사무실에 들어왔는데, 마침 그때 우연히도 사무실의 하급 서기 자리 하나가 공석이었다. 그는 감사한 마음으로 냉큼 그 일자리를 차지했고 이후 일 년 동안이나 그것을 붙들고 있었다. 사실 그는 눈에 띄는 그 어떤 행동이나 말도 하지 않았고, 겉으로 보아서는 사무실의 다른 가난한 인생들과 조금도 다른 면이 없었다. 하지만 그를 잘 살펴보면, 그가 지금까지 좀 다른 방식으로 살아왔음을 금방 눈치챌 수 있었다. 그의 나이는 오십이 넘지 않아 보였고 체격은 군인처럼 단단했다. 몸가짐이 고상하고 의젓했으며 그의 눈빛은, 당시의 내 인상으로는, 시인의 눈빛을 연상시켰다.

내가 자신을 남몰래 경탄하며 좋아하고 있음을 눈치챈 후쓰는, 어느 날 나를 데리고 주점으로 갔다. 그리고 인생에 대해서 멋들어진 말을 해 준 다음, 내가 술값을 내도록 허락했다. 그리고 우리는 7월의 어느 날 저녁 다시 이야기를 나누게 되었다. 그날은 내 생일이었으므로 그는 나와 함께 조촐한 저녁을 먹으러 갔다. 식사를 하고 와인을 마신 뒤 우리는 따뜻한 밤공기를 즐기며 강가를 산책했다. 가로수 길의 가장 마지막 보리수나무 아래에는 돌 벤치가 있었다. 후쓰는 벤치 위에 사지를 뻗은 채 누웠고, 나는 아래쪽 풀밭에 누웠다. 그 상태에서, 그가 이야기를 시작했다.

"자네는 아직 젊은 친구야. 자네는 아직 인생이 뭔지, 세상이 뭔지 전혀 모르고 있어. 하지만 나는 늙은 멍청이가 분명해. 멍청이가 아니라면 이런 얘기를 자네에게 하지도 않을 테니까. 자네가 점잖은 인생을 살고 싶다면 지금 내가 하는 이야기를 혼자만 알고 있어야지 여기저기 떠들고 다니면 안 돼. 하지만 뭐 어쨌든 자네 하기에 달린 거지만.

날 한 번 쳐다보게나. 얼룩투성이 바지를 입고 굽은 손가락을 가진 말단 서기에 불과하지. 만약 자네가 날 때려죽이고 싶다고 해도 별다른 이의를 제기할 수 있는 입장도 못 된다네. 게다가 나는 이제 때려죽일 필요조차 없어진 사람이야. 그런 내가 자네에게 과거의 내 인생이 태풍이었고 화염이었다고 말한다면, 자네는 웃어넘겨 버리겠지! 하지만 젊은 친구, 이런 여름밤에 한 늙은이의 동화 같은 이야기를 듣는다면, 자네는 웃지 못할 걸세.

자네는 사랑을 해 본 적이 있을 거야, 안 그런가? 그것도 여러 번일 거야. 안 그런가? 그래, 그럴 거야. 하지만 자네는 아직 사랑이 뭔지 몰라. 사랑을 모른다고. 어쩌면 자네는 밤새도록 울어 본 적이 있을지도 모르지. 어쩌면 한 달 내내 불면에 시달려 본 적이 있을 거야. 시도 써 보았을 테고, 심지어는 자살을 생각해 본 적이 한 번쯤 있을지도 몰라. 그 감정을 나는 잘 알지. 하지만 그건 사랑이 아니야. 사랑은 그런 게 아니라네.

십 년 전 만해도 나는 최고 상류층과 어울리는, 존경받는 신사였어. 공직에서 일하는 관리이며 예비역 장교였고, 부유한데다가 어디에 구속받는 입장도 아니었어. 승마용 말과 하인을 거느리고 편안하고 쾌적한 삶을 누렸지. 극장의 칸막이 객석에 앉아서 공연을 관람했고, 여름이면 여행을 떠났고, 조금이나마 예술품을 수집하기도 했지. 승마와 요트를 즐겼고 저녁에는 보르도산 와인을 마시면서 나 같은 독신자들과 어울렸어. 아침 식사 때는 샴페인과 세리주를 마셨고.

나는 몇 년 동안을 그런 환경에서 살았지만, 지금처럼 사는 것도 전혀 힘들지 않아. 먹는 것과 마시는 것, 승마와 요트, 그게 도대체 뭐가 중요한가? 약간의 철학만 갖춘다면 그 모두가 있으나 없으나 마찬가지임을, 그냥 하찮은 껍데기에 불과함을 쉽게 알 수 있는데 말이야.

뿐만 아니라 사교계의 일원으로 누리는 훌륭한 평판, 마주친 사람들이 모자를 벗어 들고 인사를 올리는 것도, 물론 기분이야 좋지만 결국 다 하찮고 하찮은 일이야.

그런데 우리는 사랑에 대해서 이야기하던 중이었어, 그렇지? 그러니까 사랑이 무엇이냐? 사랑하는 여인을 위해서 죽을 수 있다는 것, 요즘은 그렇게까지 하는 사람은 거의 없을 거야. 사실은 그게 가장 아름다운 행위인데 말이야. 아니, 내 말을 막지 마! 나는 두 사람이 만나서

입 맞추고, 같이 잠자고, 그리고 결혼하는 그런 사랑에 대해서 말하는 게 아니야. 나는 사람의 일생에 단 한 번만 찾아오는, 그런 유일한 감정으로서의 사랑을 얘기하는 거야. 그런 사랑은 고독하지. 설사 그 사랑이, 흔히 하는 말로 '이루어졌다'고 해도 말이야. 그런 사랑에 빠지면 사람은 모든 욕망과 재산을 다 바쳐서 열정적으로 오직 하나의 목표만을 향해서 활활 타오르게 돼. 모든 희생이 그대로 쾌락 자체가 되어 버리는 거야. 그런 종류의 사랑은 행복해지기를 원하지 않아. 끝까지 다 타 버리고, 고통을 겪고, 그리고 파멸하기를 원해. 그런 사랑은 불꽃이라서, 집어삼킬 수 있는 것이라면 최후의 한 조각까지 완전히 삼켜 버리기 전에는 결코 죽는 법이 없어.

내가 사랑한 여인이 누구였는지 자네가 알 필요는 없어. 어쩌면 그녀는 눈부신 아름다움의 화신이었을 수도 있고, 어쩌면 그냥 좀 예쁘장한 수준이었을 수도 있어. 어쩌면 머리가 뛰어난 천재였을 수도 있고, 어쩌면 아니었을 수도 있지. 그런 게 도대체 뭐가 중요하겠나! 그녀는 어차피 내가 빠져들도록 정해진 심연이었던 거야. 그녀는 어느 날 내 하찮은 삶을 쥐고 흔들어 버린 신의 손과도 같았지. 그날 이후 나라는 이 하찮은 존재는 위대하고, 장엄해진 거야. 무슨 말인지 이해하겠나? 내 삶은 어느 날 갑자기, 사회적 신분을 갖춘 남자의 삶이 아니라, 신의 삶이며 어린아이의 삶이 되어 버렸어. 아무것도 눈에 보이지 않고, 광폭하면서 분별없이, 불길이 되어 활활 타올랐고 뜨겁게 이글거렸어.

그날 이후, 예전에 나에게 소중하던 모든 것이 다 시시하고 지루하게 변했어. 나는 지금까지 한 번도 게을리 해 본 적이 없는 일들을 게을리 했으며, 단 한순간이라도 그 여인의 웃는 얼굴을 보려고 뭔가 교묘한 핑계를 만들어 내서 여행을 다녔어. 그녀를 위해서 나는 그녀가 즐거워할 수 있는 모든 것이 되었어. 나는 그녀를 위해서 즐거웠으며, 그녀를 위해서 진지했고, 그녀를 위해서 달변가가 되고 그녀를 위해서 침묵하며, 그녀를 위해서 올바르고, 그녀를 위해서 광기에 사로잡히고, 그녀를 위해서 부자이고 그리고 가난했어. 이윽고 내 상태를 알아차리게 된 그녀 덕분에 나는 셀 수 없이 많은 시련을 겪어야만 했지. 하지만 그녀에게 봉사한다는 것 자체가 나에게는 쾌락이었어. 내가 그 자리에서 간단하게 해결해 줄 수 없는 소원을 생각해 낸다는 것은 그녀에게는 불가능했지.

그녀를 향한 내 사랑이 세상 모든 남자의 사랑을 합한 것보다 더 크다는 사실을 알게 된 그녀는 결국 나를 받아들였지. 그녀가 나를 이해하고 내 사랑을 받아들인 다음 한동안 평화로운 시간이 흘렀어. 우리는 무수히 많은 시간을 함께 보냈고, 함께 여행을 다녔으며, 세상의 눈을 속이고 단둘이 있기 위해서 못할 일이 없었다네.

그러면 이제 나는 행복을 느껴야 하겠지. 그녀가 나를 사랑했으니. 한동안 나는 실제로 행복하기도 했어. 아마 그랬을 거야.

하지만 그녀를 정복하는 건 내 운명이 아니었어. 내가 행복을 즐기고 있던 그 시기, 그 어떤 희생을 치르지 않고 그 어떤 수고를 할 필요도 없이 그녀의 미소와 입맞춤과 사랑의 밤을 얻게 되자 나는 이상하게도 점점 불안해졌어. 도대체 뭐가 부족한 것인지 스스로도 알 수가 없는 불안이었어. 예전에 내가 간절히 원했던 것들, 그것도 최고로 대담하게 바랐던 소망들이 내 기대 이상으로 이루어진 셈이니 말이야. 그런데도 나는 불안을 느끼기 시작했어. 이미 말했듯이, 내 운명은 이 여인을 정복하는 데 있지 않았으니까. 나에게 일어난 일은 운명이 아니라 그냥 우연이었던 거야. 내 원래 운명은 사랑의 고통을 겪는 것이지. 그러니 사랑하는 사람을 차지하여 그 고통의 상처가 치유되기 시작하면서, 불안이 나를 엄습한 것은 피할 수 없는 결과였어. 그래도 한동안은 잘 버티고 있었지만 어느 순간 도저히 참을 수 없는 단계에 이르고 말았어. 나는 그녀를 떠났지. 휴가를 내고, 장기 여행길에 오른 거야. 그 당시 내 재산은 이미 상당히 많이 줄어든 상태였지만 난 신경도 쓰지 않았어. 오랜 여행을 마친 후, 일 년 뒤 나는 다시 돌아왔지. 그렇게 이상한 여행이 또 있겠는가! 그녀로부터 멀어지자마자 내 가슴에서는 예전의 그 불길이 다시 활활 타오르기 시작한 거야. 그녀로부터 멀어지면 멀어질수록 그 멀어짐의 시간이 길면 길수록 내 열정은 더욱더 아프게 타올랐지만, 나는 내 아픔을 응시했고 내가 아파한다는 사실에 희열을 느끼면서, 그렇게 여행을 계속했어. 가슴속의 뜨거운 화염을 일 년 동안의 여행 길 내내 품고 다니다가 드디어 그 고통스러운 열기가 폭발할 지경에 이르렀을 때 나는 그녀가 있는 곳으로 돌아갔어.

고향으로 돌아온 나를 맞은 것은 그녀의 분노와 상처였어. 그도 당연한 것이, 그녀는 나에게 사랑을 바치고 나를 행복한 남자로 만들어 주었는데, 그런데도 나는 그녀를 훌쩍 떠나 버린 셈이었으니! 그녀는 이미 새 애인까지 있었어. 하지만 나는 그녀가 새 애인을 사랑하지 않는다는 것을 알아차렸지. 오직 나에게 복수하려는 마음으로 새 애인을 만든 거였어.

내가 왜 그녀를 떠났는지, 그리고 왜 다시 돌아올 수밖에 없었는지, 나는 그 이유를 그녀에게 설명할 수도, 그렇다고 편지를 써서 알릴수도 없었어. 솔직히 나 자신도 명확히 알지 못하는 그 이유를 어떻게 그녀에게 납득시키겠는가? 그래서 다시 처음으로 돌아갔지. 다시 그녀에게 열렬한 구애를 바치기로 한 거야. 그녀의 사랑을 얻기 위한 투쟁을 시작한 거지. 기나긴 과정을 처음부터 되풀이했어. 중요한 일들을 소홀히 하고, 그녀의 말 한마디를 들으려고, 혹은 웃는 얼굴을 한 번이라도 보려고 엄청난 액수의 선물을 사다 바쳤어. 그녀는 애인을 버리더니, 금세 또 다른 남자를 애인으로 만들더군. 더 이상 나는 믿을 수가 없다는 것이지. 그렇긴 하지만 나를 만나면 좋아했어. 극장 등에서 여러 친구들과 어울려 있을 때 갑자기 그녀의 시선이 주변의 많은 사람들을 넘어 내게 와 닿을 때가 많았어. 기묘하게 부드러우면서 깊은 의문의 눈빛이었지.

그녀는 내가 아직도 돈이 아주, 아주 많은 줄로 알고 있었어. 그런 믿음을 그녀에게 심어 준 당사자는 바로 나야. 그리고 그녀가 계속해서 그렇게 믿도록 만들었지. 그녀가 그렇게 믿어야만 나는 계속해서 그녀에게 뭔가를 베풀어 줄 수가 있으니까. 내가 가난했다면 그녀는 내게서 뭔가를 받으려고 하지도 않았을 테니까. 예전에는 그녀에게 많은 선물을 했지. 하지만 그 방법을 또 쓸 수는 없었어. 그래서 난 그녀를 기쁘게 하려면 어떤 새로운 것을 바쳐야 할까 방도를 생각해 보다가, 그녀가 좋아하는 음악가와 가수들이 나와서 그녀가 가장 좋아하는 곡을 연주하고 노래하는 콘서트를 열기로 했어. 그녀에게 최고의 표 한 장을 선물하기 위해서 특별 관람석의 입장권을 모조리 사들였지. 그녀는 예전과 마찬가지로 내가 온 정성을 다해서 자신의 모든 일을 다 돌봐 주는 데 익숙해졌어.

나는 점점 끝을 모르는 수렁으로 빠져들어 갔어. 오직 그녀를 위해서. 재산은 한 푼도 남지 않았고 빚이 늘어만 가니 갖은 방법으로 돈을 구해야만 하는 처지가 되었지. 그림을 내다 팔고, 오래된 도자기를 팔고, 승마용 말까지 팔았어. 그녀가 타고 다닐 자동차를 구입하기 위해서 말이야.

그러다 결국, 종말이 눈앞에 보이기 시작하더군. 그녀를 다시 얻게 되리라는 희망이 커지는 동시에, 내가 가진 최후의 자금은 바닥이 나고 있었던 거야. 하지만 나는 멈출 수 없었어. 내게는 아직 관청의 지위가 남아 있고, 여전히 영향력이 있고, 게다가 사회적인 명망도 있었어. 그녀를 위해서 사용할 수 없다면 이 모든 게 무슨 의미가 있겠는가? 그래서 나는 사람들을 속이고 횡령을 저질렀어. 이제는 법원 집행관 정도는 두렵지도 않았어. 그보다 더한 일이 일어날 것을 두려워했으니까. 하지만 내 모든 수고는 헛되지 않았다네. 그녀는 두 번째 애인마저 버리고 말았어. 이제 그녀는 다른 애인을 갖지 않을 거야. 만약 이번에 또 애인이 생긴다면, 그건 바로 나겠지.

그래, 모든 건 내 예상대로였어. 무슨 말인가 하면, 그녀는 스위스로 여행을 떠나면서 나에게 따라와도 좋다고 허락을 했단 말일세. 그래서 난 다음 날 아침 휴가 신청서를 제출했는데, 그 대답을 받는 대신에 체포되고 말았지. 문서 위조와 공금 횡령의 죄목으로. 아무 말도 하지 말게. 말이 무슨 필요가 있겠나. 어떤 말이 나올지 내가 모르는 것도 아니고. 그래도 이건 알아야 해. 타오르는 불꽃과 열정의 대가는 치욕과 처벌이며, 사랑을 한 인간은 결국 몸에 걸친 최후의 옷가지마저 빼앗기게 된다는 것을. 사랑에 빠진 젊은 친구여, 자네는 이해할 수 있겠나?

난 지금 자네에게 사랑의 동화를 들려준 것이네. 그 동화를 체험한 당사자는 내가 아니야. 난 그저 자네에게서 포도주나 얻어 마시는 가난한 사무원일 뿐이지. 어쨌든 난 그만 집에 가겠네. 아니, 자네는 여기 남아 있게나. 난 혼자 갈 거니까. 자넨 남아 있어."

(1907)

# 첫 경험

                                  분명히 경험했던 일이 어느 순간 생소하게 변하면서 기억에서 사라져 버릴 수 있다는 것은 참으로 기이한 현상이 아닌가! 그리하여 수많은 경험들로 이루어진 몇 년이란 시간도, 마치 존재하지 않았다는 듯이 완전히 망각되어 버리기도 한다. 아이들이 학교로 뛰어가는 광경을 그리 자주 보았으면서도 한 번도 나 자신의 어린 시절을 떠올리지는 않았다. 고등학생들을 보면서도 나 자신이 예전에 그들과 같은 고등학생이었다는 사실은 거의 의식하지 못했다. 기계공들이 작업장으로 가고 점원들이 일터로 가는 걸 보았음에도 불구하고 나 또한 오래전에 바로 그들과 똑같은 출근길을 걸었다는 것, 그들과 마찬가지로 푸른 작업복 혹은 팔꿈치가 반들거리는 사무복 차림이었다는 것을 전혀 회상할 수가 없었다. 드레스덴의 피에르손 출판사가 출간한 18세 신예 시인들의 독특한 시집을 서점에서 쳐다보면서도, 나도 그 나이에 그런 시들을 썼으며 게다가 다름 아닌 바로 그 출판사로 시를 투고할 만큼 어리석었다는 사실은 생각해 내지 못했다.

그러나 언젠가 산책길에서, 혹은 어느 기차 여행 중에, 혹은 잠 못 이루던 어느 날 밤에, 그동안 잊고 있던 생의 한 부분이 갑자기 떠오르는 순간이 있다. 환하게 불이 밝혀진 무대 위에서 벌어지는 것처럼 소소한 사건들 하나하나, 사람들의 이름과 장소, 소리와 냄새까지도 모두 선명하게 기억나는 것이다. 바로 나의 어젯밤이 그런 순간이었다. 어떤 일이, 불쑥 내 앞에 나타났다. 그 당시에는 결코 잊을 수 없을 거라고 굳게 믿었지만, 이후 수 년 동안 정말이지 새까맣게 잊고 있던 일이다. 책이나 주머니칼을 잃어버리고 나면 처음에는 아쉬워하다가 나중에는 그냥 잊어버리고 만다. 하지만 어느 날 서랍의 잡동사니들 사이에서 그것을 발견하게 되면, 우리는 다시 그것의 주인이 된다.

그때 나는 열여덟 살이었고 어느 철물 작업장에서 기계공으로 수습 생활을 막 마쳐 갈 무렵이었다. 얼마 전부터 나는 그 분야가 내가 계속해서 갈 길이 아님을 느꼈고, 그래서 다른 길을 찾아봐야겠다고 마음을 굳히고 있었다. 그래도 이 결심을 아버지에게 밝힐 만한 기회가 올때까지는 이곳에서 머물며 그럭저럭 시간을 보내야 했다. 지겨운 마음이 반, 그리고 이미 직장을 그만둔 것처럼 들뜬 마음이 반인 그런 상태였다. 직장을 그만두면 발길 닿는 대로 시골길을 돌아다니며 방랑 여행을 떠날 생각이니 즐거운 기대감이 컸다.

당시 우리 작업장에는 실습생이 한 명 있었는데, 그는 인근 도시에 사는 아주 돈 많은 어떤 여인의 친척이었기 때문에 매우 특별한 존재였다. 공장을 운영하던 남편이 죽어 과부가 된 그 젊은 여인은 조그만 빌라에 살았으며, 우아한 마차와 승마용 말을 갖고 있었다. 소문에 의하면 그녀는 잘난 척하는 성격에 하는 짓이 별나다고 했다. 다른 부인들과 어울려 차를 마시면서 소일하는 대신에 말을 타거나 낚시를 즐기고, 튤립을 가꾸거나 세인트 버나드 종의 개를 기르는 것이 취미라고 했다. 사람들은 그녀에 대해서 말할 때 질투와 불쾌감을 숨기지 않았다. 그녀는 슈투트가르트나 뮌헨으로 자주 가는데, 그런 대도시에서는 다른 사람들과 아주 잘 어울려 지낼 것이 분명했기 때문이다.

한마디로 놀라운 여인인 그녀는, 자신의 조카인지 사촌인지가 우리 작업장에 실습생으로 온 이후에 벌써 세 번이나 친척도 볼 겸 친척이 일하는 것도 볼 겸 작업장에 방문했다. 기품 있게 치장한 그녀가 호기심에 찬 눈동자로 엉뚱한 질문을 하면서 그을음투성이 작업장을 돌아다니는 모습은 대단히 아름답게 보였고, 그것은 나에게 깊은 인상으로 남았다. 그녀는 어린 소녀처럼 싱그럽고 천진한 얼굴에 밝은 금발머리의 키 큰 여인이었다. 기름때에 절은 푸른 작업복 차림인 우리는 시커먼 손과 얼굴을 한 채, 마치 공주님의 방문이라도 받은 듯한 기분으로 서 있기만 했다. 매번 그녀가 돌아간 다음에 다시 생각해 보면 그건 우리가 갖고 있던 사회민주주의 이념과는 뭔가 맞지 않는 느낌이 분명한데도 말이다.

그러던 어느 날 실습생이 휴식 시간에 나에게 다가오더니 말했다. "일요일에 나랑 같이 숙모님 집에 갈 생각 없어? 숙모님이 놀러 오라고 널 초대하셨어."

"날 초대했다고? 그런 헛소리 한 번만 더 하면 코를 물통에 쑤셔 박아 버린다." 하지만 그건 헛소리가 아니었다. 그녀는 정말로 나를 일요일 저녁 식사에 초대한 것이다. 우리는 10시 기차를 타면 집으로 돌아올 수 있고, 혹시 더 늦을 경우엔 그녀가 아마도 우리에게 마차를 내줄 것이다.

고급 마차를 가진 여자, 한 명의 하인과 두 명의 하녀를 거느린 여자, 마부와 정원사가 딸린 여자, 그런 여자와 교제한다는 것은 당시의 내 사상과는 전혀 맞지 않는, 한마디로 파렴치한 행위였다. 하지만 그 생각을 떠올렸을 때 나는 이미 초대에 응한다는 열렬한 대답을 실습생에게 한 다음이었다. 게다가 노란색 일요일 양복이면 그날 저녁 식사 차림으로 부족하지 않겠느냐고 질문까지 해 버린 상태였다.

토요일까지 나는 흥분과 희열에 사로잡힌 나머지 시간이 어떻게 흘러가는지도 몰랐다. 하지만 정작 일요일이 닥치자 두려움이 엄습했다. 무슨 말을 해야 하나, 행동은 어떻게 해야 하나, 그녀와 어떤 대화를 나누어야 하나? 평소에는 늘 자랑스럽게 여기던 제일 좋은 양복이 갑자기 여기저기 더러운 것이 묻은 주름투성이로 보였고 옷깃 가장자리 천이 닳아서 너덜너덜해진 것이 눈에 들어왔다. 게다가 모자는 너무 오래되어서 낡아 빠졌다. 이런 단점들은 내가 가진 세 개의 비장의 무기―끝이 뾰쪽한 반장화, 비단이 절반 섞인 광택 나는 붉은 넥타이, 그리고 니켈 테의 코안경―로도 상쇄되지 못할 만큼 치명적이었다.

일요일 저녁 나는 흥분과 긴장으로 제정신이 아닌 상태로 실습생과 함께 걸어서 제틀링까지 갔다. 드디어 그녀의 빌라가 눈에 들어왔고,

우리는 외국산 소나무와 사이프러스 나무들이 있는 정원 바깥 창살 문에 기대섰다. 초인종이 울리자 개들이 짖었다. 하인이 나와서 우리를 집 안으로 들였다. 그는 우리에게 한마디 말도 건네지 않았고 우리를 하찮은 손님으로 대하는 것이 분명했는데도, 내 바짓가랑이를 물려고 덤벼드는 세인트 버나드 종 개를 막아 주는 황송한 수고를 베풀기까지 했다. 몇 달 만에 처음으로 깨끗이 씻어 본 손을, 나는 다시금 걱정스럽게 살펴보았다. 그날 저녁 반 시간 동안이나 공을 들여 휘발유와 비누로 손을 박박 문질러 닦았는데도 불안이 남았던 것이다.

응접실로 들어서자 편안한 하늘색 여름 드레스 차림의 그녀가 우리를 맞았다. 우리에게 악수를 청하고 자리를 권하며 그녀는 저녁 식사가 이제 곧 준비될 거라고 말했다.

"시력이 나쁜가 봐요?" 그녀가 나에게 물었다.

"조금 안 좋은 편입니다."

"안경이 정말 안 어울리는데, 알고 계시나요?" 나는 안경을 벗어 주머니에 넣고는 좀 도전적인 표정을 지었다.

"당신도 소치Sozi이신가요?" 그녀가 다시 물었다.

"사회민주주의자 말씀인가요? 네, 맞습니다."

"왜죠?"

"그것이 내 정치적 신념이니까요."

"그렇군요. 그런데 넥타이가 참 근사해요. 이제 식사를 할까요? 시장하시겠어요."

옆방에는 세 사람분의 식기가 차려져 있었다. 내가 우려했던 바와는 달리, 세 개의 유리잔을 제외하고는 크게 당황스러운 것은 보이지 않았다. 소 뇌를 끓인 수프, 소 허리 살 구이, 야채, 샐러드 그리고 케이크가 나왔다. 모두 내가 먹는 법을 몰라 실수할 일은 없는 음식들이었다. 여주인은 우리들의 잔에 직접 와인을 따라 주었다. 식사 시간 내내 그녀는 거의 실습생하고만 대화를 나누었고, 훌륭한 음식과 와인으로 곧 기분이 좋아진 나는 긴장을 풀고 어느 정도 자신감을 갖게 되었다.

식사를 마친 후, 우리는 와인 잔과 함께 응접실로 자리를 옮겼다. 여주인은 나에게 시가를 권했고, 놀랍게도 붉은색과 금색의 양초에 불을 밝히기까지 했다. 내 기분은 그냥 편한 정도가 아니라 아늑하고 포근해지기까지 했다. 그제야 나는 그녀를 똑바로 쳐다볼 수 있었다. 참으로 고상하고 아름다운 여인이었다. 마치 문학 작품을 읽으면서 느꼈던 아스라한 그리움의 고아한 세계가 실제로 내 눈앞에 나타난 것만 같았다.

우리들의 대화는 곧 활기를 띠기 시작했다. 나는 조금 전 여주인이 말했던 사회민주주의와 넥타이와 관련해서 농담을 던질 만큼 대담해졌다. "당신 말이 옳아요." 그녀는 미소로 응대했다. "당신의 신념을 지켜 나가도록 하세요. 하지만 그래도 넥타이는 너무 반듯하게는 말고 살짝 비스듬히 매셔야 해요. 이렇게요."

그녀는 일어서더니 내게로 다가와 몸을 굽히고 양손으로 내 넥타이를 잡고는 이리저리 매만졌다. 그 순간 나는 갑작스러운 충격에 휩싸였는데, 그녀의 두 손가락이 내 셔츠 사이로 살짝 들어오면서 내 가슴을 가만히 건드렸기 때문이다. 깜짝 놀란 내가 고개를 들어 그녀를 바라보자, 여주인은 손가락으로 내 피부를 다시 한 번 지그시 누르면서 두 눈으로는 나를 빤히 응시했다.

아, 뇌우와도 같은 감정이여. 내 가슴은 격렬하게 뛰었다. 다시 제자리로 돌아간 그녀는 내 넥타이를 살펴보는 척했다. 하지만 실제로 그녀의 눈동자가 진지하고 줄기차게 바라본 것은 넥타이가 아니라 나였다. 그녀는 천천히 고개를 몇 번 끄덕였다.

"위층 구석방에 가서 주사위 놀이 상자 좀 갖다 주렴" 하고 그녀는 신문을 뒤적이고 있는 조카에게 부탁했다. "알았어, 그럴게요."

그가 응접실을 나가자, 여주인은 내 옆으로 왔다. 커다란 눈동자가 서서히 내게 가까워졌다. "아, 어쩌면!" 그녀의 낮은 속삭임은 한숨처럼 부드러웠다. "당신은 정말 사랑스러워."

그녀의 얼굴이 다가왔고, 우리의 입술이 그대로 마주쳤다. 소리 없이 불타올랐다. 한 번, 또 한 번. 나는 그녀를, 아름답고 키 큰 그 여인을 내 가슴에 힘껏 껴안았다. 껴안는 힘이 너무도 강해서 그녀가 분명 아픔을 느꼈을 정도로. 하지만 그녀는 계속해서 내 입술을 탐하고 또 탐할 뿐이었다. 내게 입맞춤을 퍼붓는 동안 그녀의 눈동자는 촉촉하게 젖었고 마치 소녀의 그것처럼 반짝거렸다.

실습생이 주사위 놀이 상자를 가지고 돌아왔다. 우리는 둘러앉아 주사위를 던지며 초콜릿 내기 놀이를 했다. 그녀는 다시 명랑해졌고, 주사위를 한 번씩 던질 때마다 우스운 농담을 하며 까르르거렸지만 나는 한마디도 꺼낼 수가 없었다. 그냥 평상시처럼 숨을 쉬는 것만도 힘이 들었다. 그녀는 가끔씩 탁자 아래로 손을 뻗어 내 손을 간지럽혔으며, 때로는 내 무릎 위에 손을 올려놓기도 했다.

10시가 가까워 오자 실습생은 이제 가야 할 시간이라고 말했다.

"당신도 벌써 가려고요?" 그녀는 나를 지그시 바라보면서 이렇게 물었다. 단 한 번도 연애 경험이 없었던 나는 이런 상황에서 뭐라고 대꾸해야 할지 몰랐고, 그만 가 봐야 할 시간이라고 더듬더듬 말하며 일어설 수밖에 없었다.

"그렇다면 할 수 없지요." 그녀가 말했다. 실습생이 일어서서 나갔고, 나도 그의 뒤를 따랐다. 그런데 실습생이 문지방을 넘어가자마자 그녀가 갑자기 내 팔을 낚아채더니 날 자신 쪽으로 끌어당겼다. 그리고 응접실을 나가는 내 귓가에 속삭였다. "똑똑하게 굴어요, 좀 똑똑하게 굴어 봐요." 하지만 나는 그 말 또한 무슨 의미인지 이해하지 못했다.

우리는 작별 인사를 나눈 다음 급하게 달려서 역으로 갔다. 간신히 표를 샀고, 실습생은 기차에 올랐다. 하지만 나는 그 순간 그 누구와도 같이 있고 싶지 않았다. 기차 출입구의 계단에 올라탔지만 기관사의 호루라기 소리와 함께 기차가 움직이기 시작할 때 나는 그만 기차에서 뛰어내리고 말았다. 이미 깜깜한 밤이었다.

슬프고도 정체를 알 수 없는 멍한 기분에 사로잡힌 채, 나는 시골길을 걸어 그녀의 집으로 되돌아갔다. 마치 도둑처럼, 그녀의 정원 창살문 바깥쪽을 지나쳐 갔다. 아름다운 귀부인이 나를 사랑했다! 마법의 나라가 내 눈앞에 열렸다! 주머니 속의 니켈 테 안경이 우연히 손에 닿자, 나는 안경을 멀리 집어던져 버렸다.

다음 주 일요일, 실습생은 또 그녀의 점심식사 초대를 받았으나 나는 아니었다. 그녀는 두 번 다시 작업장을 방문하지 않았다.

이후로도 서너 달 동안, 나는 일요일이나 일이 끝난 저녁 시간이면 제틀링으로 가곤 했다. 그녀의 집 창살문에 기대어 귀를 기울이고 서 있거나 그녀의 정원 주변을 한 바퀴 돌았다. 세인트버나드 종의 개가 짖는 소리를 들었고 외국산 수목들 사이로 바람이 지나가는 소리를 들었다. 집 안의 불빛을 보았고, 어쩌면 그녀도 지금 나를 보고 있을지도 모른다는 생각을 했다. 그녀는 나를 사랑하고 있으니까. 언젠가 한 번은 집 안에서 피아노 소리가 울리는 것을 들었다. 부드럽고 감미로웠다. 그녀의 집 담벼락에 기대앉은 내 눈에서 눈물이 흘러내렸다.

그러나 하인은 두 번 다시 나를 집 안으로 들이지 않았고, 개를 물리쳐 주지도 않았으며, 두 번 다시 그녀의 손은 내 손을 간지럽히지 않았고 그녀의 입술은 내 입술에 와 닿지 않았다. 그 일은 오직 나의 꿈속에서만 일어났다. 오직 꿈속에서만. 그해 늦가을, 나는 작업장 일을 그만두었고 푸른 작업복을 영원히 벗어 버렸다. 그리고 멀리 다른 도시로 떠났다.

(1905)

# 사랑

내 친구인 토마스 헤프너는 내가 아는 사람 중에서는 연애 경험이 가장 풍부한 것 같다. 최소한 많은 여자들과 이런저런 사연이 있는 것만은 확실하다. 오랜 숙련자만이 갖출 수 있는 고도의 구애 기술을 알고 있으며, 아주 많은 성공 사례를 거둔 것으로 유명한 사람이다. 그의 연애 이야기를 듣고 있노라면 마치 내가 경험 없는 중학생쯤 되는 듯한 기분이다. 하지만 점차 시간이 갈수록 나는, 그가 사랑의 본질에 관해서는 나보다 더 많이 파악하고 있지 않다는 느낌이 들곤 했다. 그는 사랑하는 여인을 위해서 밤을 지새우거나 밤새 울어 본 적이 많지 않을 것이다. 물론 그는 굳이 그럴 필요가 별로 없기는 했지만, 나는 그것이 부럽지 않다. 많은 연애의 승자였음에도 불구하고 그는 결코 행복한 인간은 아니기 때문이다. 행복하기는커녕 살짝 우울에 빠져 있을 때가 많았고, 전반적인 태도는 항상 어딘지 가라앉은 좌절의 분위기, 그늘진 인상을 풍겼다. 어쨌든 그것은 만족감과는 거리가 먼 무엇이었다.

그런데 그런 느낌은 어디까지나 내 추측일 뿐이고, 그러니 착각일 수도 있다. 심리학을 연구한다 해도 책을 쓸 수는 있겠지만 인간을 완전히 해석할 수는 없는 법인데, 하물며 나는 심리학자조차 아니다. 간혹 나는 친구 토마스가 유희의 단계까지만 능숙하고, 더 이상 유희가 아닌 진짜 사랑은 할 능력이 없는 것은 아닌가, 그렇기 때문에 그가 연애의 대가가 될 수 있었던 것이 아닌가 하는 생각이 들 때가 있다. 그리고 토마스 자신도 이 사실을 알고 그것이 안타깝기 때문에 우울에 빠지는 것이라고 말이다. 물론 이 느낌 또한 어디까지나 내 추측일 뿐이고, 그러니 착각일 수도 있다.

최근에 그는 나에게 푀르스터 부인에 대해서 이야기한 적이 있다. 그것은 연애 사건이라고 할 수는 없고 사랑의 모험담은 더더욱 아니며, 그냥 어떤 분위기가 조성되다가 끝난 서정적인 일화에 불과하지만, 내게는 참으로 독특하고 기이한 내용이었다.

그가 막 '푸른 별' 식당을 나가려 할 때 우리는 마주쳤다. 나는 포도주나 마시자고 권했다. 그리고 평소에 마시지 않는 싸구려 모젤 포도주를 한 병 주문했는데, 그렇게 하면 토마스가 분명 더 나은 술로 바꾸어 주문해 줄 것이라는 계산이 있었기 때문이다. 할 수 없이 그는 웨이터를 불러 세웠다.

"모젤 말고, 다른 것으로 주문하겠네!"

그는 고급 상표의 이름을 불렀다. 내 예측이 맞았다. 맛 좋은 포도주를 앞에 두고 우리의 대화는 금세 무르익었다. 나는 푀르스터 부인에 관해서 이야기가 나오도록 조심스럽게 유도했다. 서른 살이 넘지 않은 아름다운 여인, 이 도시에서 산 지 오래되지도 않는데 그 사이 많은 애인을 갈아 치웠다는 명성이 자자한 여인.

그녀에게 남편은 아무것도 아니었다. 그리고 나는 친구 토마스가 최근 들어 그녀의 집에 드나드는 것을 알고 있었다.

"푀르스터 부인 이야기를 해 달란 말이군." 마침내 그는 굴복하고 입을 열었다. "그녀에게 그토록 관심이 많은 줄은 몰랐어. 그런데 나는 할 말이 없으니 어쩌겠나. 그녀와는 정말 아무 일도 없었으니 말일세."

"정말 아무 일도 없었다는 건가?"

"뭐, 그런 셈이지. 내가 이야기할 수 있는 내용은 아무것도 없다는 뜻이야. 시인도 아닌 내가 어떻게 그런 이야기를 하겠나."

나는 소리 내어 웃었다.

"자네는 평소 시인이라면 우습게 보았잖나."

"그러면 왜 안 되는가? 시인은 대부분 실제 경험이라곤 없는 사람들이야. 나는 시인들이 책으로 쓸 만한 일들을 이미 수도 없이 많이 경험했다고 확실히 말할 수 있어. 그런데 왜 시인이란 작자들은 그런 경험을 하지 않는지, 나는 항상 의아하게 생각한다네. 그들이라면 그 일이 그대로 사라지지 않게 글로 기록할 수가 있을 텐데 말이야. 너희 시인들은 항상 당연한 일을 가지고 야단법석을 피우거나 하지. 소설에는 쓰레기 같은 이야기나 들어 있고……."

"그래서, 푀르스터 부인은 어땠는데? 그녀와 자네 사이에도 소설 같은 일이 있었나?"

"아니야. 하나의 스케치, 한 편의 시, 아니 그냥 가벼운 분위기뿐이었어."

"그래? 한번 이야기 해 봐."

"뭐, 그녀에게 흥미가 생기더군. 그녀에 관한 소문은 자네도 들어서 알거야. 내가 멀리서 관찰한 바로는, 어쨌든 과거가 복잡할 것 같은 여자였어. 내 생각으로는 모든 종류의 남자들을 사귀어 보고 사랑에 빠진 것 같아. 그런데 그 누구와도 오래 가지는 않았지. 그런데도 그녀는 참 괜찮았어."

"괜찮다는 것이 어떤 의미인가?"

"간단해. 그녀는 과장이 없어. 불필요한 과잉이 없다는 말이야. 그녀의 육체는 잘 훈련되어 있어. 의지에 복종하며, 절제를 아는 몸이야. 그 몸에는 제멋대로인 구석이 하나도 없고, 작동이 부실하거나 태만한 부분도 없어. 그러니 그녀는 어떤 상황에 놓이더라도 아름답게 보일 수 있는 최대의 가능성을 획득하고 말 거야. 이점이 내게는 매력이었어. 소박한 것은 보통 지루하니까 말이야. 내가 좋아하는 건 의식을 가진 아름다움이지. 교육된 행동과 교양 있는 세련됨 같은 것. 그런데 이런 이론을 듣고 싶은 건 아니겠지?"

"다른 이야기를 들었으면 하네."

"나는 날 소개해 줄 사람을 찾았고, 그래서 그 집을 몇 번 방문했지. 당시에 그녀는 애인이 없었어. 그 정도는 쉽게 알아차릴 수 있어. 남편은 그냥 도자기 인형이나 마찬가지였어. 나는 그녀에게 접근을 시도했다네. 우선 식탁 위로 의미심장한 시선 보내기, 포도주 잔을 부딪칠 때 건네는 나직한 말 한마디, 손에 입맞춤할 때 입술을 유난히 오래 대고 있기. 그녀는 이런 내 행동을 모두 받아 주었어. 다음에는 무엇이 올까 기대하면서 말이야. 어쨌든 나는 그녀가 애인 없이 혼자이던 시기에 그녀의 집을 방문했던 한 명의 손님이었고, 계속 방문할 수 있는 허락도 얻어 냈지.

어느 날 내가 그녀와 마주보고 앉았을 때, 이 자리에서는 그 어떤 테크닉도 소용이 없다는 것을 금방 깨달았어. 그래서 가진 걸 모두 걸고 도박을 해 보기로 했지. 그녀에게 털어놓고 말했어. 사랑에 빠졌노라고. 그러니 그대의 처분만 기다리고 있겠다고. 그런 후에 우리 사이에는 대략 다음과 같은 대화가 오갔어.

"우리 좀 더 흥미로운 얘기를 하도록 해요."

"당신 말고는 내 흥미를 자극하는 화제가 더 이상 없습니다, 부인. 이 말을 하기 위해서 나는 이곳에 온 거니까요. 이 화제가 지루하다면, 나는 돌아가도록 하겠습니다."

"내게서 원하는 것이 도대체 뭔가요?"

"사랑입니다, 부인!"

"사랑이라고요? 나는 당신을 모르는 거나 마찬가지예요. 당신을 사랑하지도 않고요."

"내 말이 농담이 아님을 앞으로 알게 될 겁니다. 나는 당신에게 내 존재와 내가 할 수 있는 모든 것을 다 바치겠습니다. 당신을 위한 일이라면 무엇이든지 다 할 각오가 되어 있습니다."

"네, 그런 말은 누구나 다 하더군요. 남자들의 사랑 고백에는 새로운 내용이라고는 찾아볼 수가 없네요. 그런데 구체적으로 나를 매혹시킬 만한 어떤 일을 하겠단 말인가요? 당신이 정말로 사랑에 빠진 거라면,

할 만한 일은 이미 진작에 다 하지 않았을까요."

"예를 들자면 어떤 일을 말하는 겁니까, 부인?"

"그건 당신이 알고 있어야지요. 여드레 동안 단식한다거나 권총 자살을 한다거나, 그도 아니면 최소한 시를 쓴다거나."

"하지만 나는 시인이 아닙니다."

"왜 아니에요? 사랑에 빠진 자는, 그것도 일생에 한 번 뿐인 유일한 사랑이라면, 그러면 누구나 시인이 되는 거잖아요. 사랑하는 여인의 미소를 한 번 얻기 위해, 혹은 윙크를 얻기 위해 영웅이 되는 거잖아요. 설사 그가 쓴 시가 아주 뛰어나지는 못하더라도, 적어도 매우 뜨겁고 정열적이긴 할 테니까……"

"당신 말이 맞습니다, 부인. 나는 시인도 영웅도 아니고, 지금 당장 권총 자살도 하지 않습니다. 만약 내가 그렇게 한다면 그것은 내 사랑이 충분히 정열적이고 뜨겁지 못하여 당신의 마음을 사로잡지 못할 경우, 그 고통과 슬픔 때문일 겁니다. 하지만 나는 대신에 한 가지 장점이 있습니다. 사소하지만 그래도 시인이나 영웅 같은 이상적인 애인을 능가하는 장점입니다. 그건 바로 내가 당신을 이해한다는 점이지요."

"나의 무엇을 이해한단 말인가요?"

"당신은 나와 마찬가지로 그리움을 갖고 있습니다. 당신이 갈망하는 것은 어떤 한 명의 애인이 아닙니다. 그건 사랑이에요. 맹목적이고 무조건적으로 빠져드는 그런 사랑 자체. 그런데 당신은 그런 사랑을 할 수가 없습니다."

"그렇게 생각하나요?"

"네, 그렇게 생각합니다. 당신은 내가 그렇듯이 사랑을 찾아 헤매기만 합니다. 내 말이 틀렸습니까?"

"아마도요."

"그렇다면 당신은 내가 필요하지 않은 셈이군요. 그리고 난 당신을 더 이상 귀찮게 하지 말아야 하는 거죠. 하지만 내가 가 버리기 전에, 혹시 나에게 말해 줄 수 있겠습니까? 언젠가, 언젠가 단 한 번이라도 진정한 사랑을 했던 경험이 있는지를."

"아마도 한 번쯤 있었을지도. 어차피 말을 시작했으니 솔직히 털어 놓을게요. 맞아요. 벌써 3년 전이에요. 그때 난 처음으로 진정한 사랑을 받는다는 느낌을 가졌어요."

"좀 더 질문을 해도 되겠습니까?"

"네, 괜찮아요. 그냥 다 말해 드릴게요. 어느 날 한 남자가 찾아왔어요. 우리는 서로 알게 되었고, 그는 나를 사랑했지요. 하지만 내가 결혼한 몸이었으므로 그는 자신의 사랑을 고백하지 않았답니다. 그런데 내가 남편을 사랑하고 있지 않으며 다른 남자를 애인으로 가까이 두는 것을 알게 된 그가 나에게 이혼하라고 제안했어요. 그러나 그건 불가능했답니다. 그때부터 그 남자는 나를 걱정하기 시작했습니다. 나를 지키고 나에게 위험을 경고하면서, 좋은 조력자이자 친구가 되어 주었죠. 그가 있기에 나는 애인을 보내 버릴 수 있었어요. 그리고 그를 새 애인으로 받아들일 마음의 준비도 했답니다. 그런데 그때 그가 나를 거절했어요. 그는 나를 떠났고, 다시는 찾아오지 않았어요. 그는 나를 정말로 사랑한 거죠. 다른 남자들의 사랑은 모두 가짜였어요."

"이해합니다."

"그러니 당신도 떠나야겠지요. 안 그런가요? 우린 너무 많은 이야기를 해 버린 듯하네요."

"안녕히 계십시오, 부인. 다시는 오지 않겠습니다. 그편이 낫겠어요."

그리고 친구는 입을 다물었다. 잠시 후 그는 큰소리로 웨이터를 불러 계산을 했다. 그리고 떠났다. 이 이야기를 듣고 나니, 그의 다른 이야기를 들을 때와 마찬가지로, 내 친구에게는 정말 사랑을 할 능력이 결여되어 있다는 확신이 들었다. 그 자신의 입으로 그렇게 말한 적도 있지 않은가. 사람이 자신의 결핍에 대해서 이야기할 때만큼은 믿어 주어야 한다. 대부분의 사람들은 자기가 단점 하나 없이 완벽한 줄 알고 있는데 그건 어디까지나 스스로에게 요구하는 것이 없거나 있어도 너무 빈약하기 때문이다. 그런데 내 친구는 그렇지 않았다. 진실한 사랑에 대한 그의 높은 이상이 그를 그 자신으로 행동하게 만들었을 것이다. 어쩌면 그 영리한 친구는 나를 갖고 놀았던 것일지도 모른다. 퀴르스터 부인과 나누었다는 대화는 친구의 완전한 창작품일 수도 있다. 왜냐하면 그가 적극 부인하고는 있지만, 사실 그는 아무도 모르는 비밀스러운 시인이기 때문이다.

물론 어디까지나 내 추측일 뿐이고, 그러니 착각일 수도 있다.

(1906)

# 소나타

부엌에서 나온 헤드비히 딜레니우스 부인은 앞치마를 벗고, 얼굴을 씻고 머리를 빗질한 후 남편을 기다리기 위해 응접실로 갔다.

그녀는 뒤러 화집을 서너 쪽 들여다보았고, 코펜하겐 도자기 인형들을 잠시 가지고 놀다가, 근처의 시계탑에서 정오를 알리는 종소리가 들릴 때에야 그랜드 피아노의 뚜껑을 열었다. 거의 다 잊어버린 멜로디를 몇 소절 쳤고, 피아노 안에서 울리다가 서서히 사라지는 화음에 한동안 귀를 기울이고 있었다. 숨이 가녀리게 꺼져 가듯이, 점점 더 작아지며 점점 더 비현실적으로 변해 가는 파동의 메아리. 그리고 다음 순간에 뒤따라 일어나는 일들, 여전히 몇 개의 음들이 계속해서 울리고 있는 것인지 아니면 단지 소리의 기억이 예민한 청각 안에 남아서 관성으로 이어지는 것인지 그녀는 알지 못했다.

그녀는 피아노 치기를 멈추었다. 그리고 손을 무릎에 올리고 생각했다. 하지만 그녀의 생각은 더 이상 예전 같지 않았다. 결혼하기 전의 소녀 시절 시골 부모님 집에서 보내던 때처럼 명랑하고 익살맞으면서 마음이 포근해지는 그런 일들을 생각하지 않았다. 비록 그런 시절의 일들 중 많지 않은 일부분은 아직 그녀 안에서 생생하게 남아 있기는 하지만. 얼마 전부터 그녀는 다른 일들을 생각하면서 지냈다. 현실조차도 그녀에게는 불안하고 의심스러운 것이 되었다. 소녀 시절 그녀는 절반쯤만 정체가 명확한, 몽환적인 소망과 흥분된 기대 속에서 자주 상상하곤 했다. 언젠가 자신이 결혼하게 될 것이며, 그러면 남편과 자신의 생활, 자신의 가정을 갖게 될 것이라고. 그런 삶의 변화를 그녀는 얼마나 고대했는지 모른다. 부드러움과 온기, 사랑이라는 새로운 감정뿐만 아니라, 확고하고 안정된 생활, 온갖 유혹과 시련, 의심과 불가능한 욕망으로부터 보호받는 행복한 안식처를 원했던 것이다. 상상과 꿈을 그토록 깊이 사랑하면서도 반대로 그녀 자신의 현실적인 그리움은 자꾸만 믿을 수 있고 익숙한 길 위에서의 정해진 산책을 갈망했던 것이다.

그녀는 다시 회상에 잠겼다. 모든 일은 그녀의 예상과는 다르게 흘러갔다. 그녀의 남편은 약혼 시절 그녀가 알던 그 남자가 아니었다. 당시 그녀는 남편을 빛 속에서 본 것이 틀림없는데, 지금은 그를 감싸던 빛이 다 꺼져 버리고 말았다. 처음에 그녀는 남편이 자신과 대등하거나, 혹은 더 뛰어난 사람이라고, 그래서 그녀의 좋은 친구이자 인도자가 될 것이라고 믿었다. 하지만 지금 그녀에게 자주 드는 강한 의혹은, 자신이 남편을 과대평가했다는 것이다. 그는 성실하고, 예의 바르고, 점잖기까지 했다. 그녀에게 자유를 주었고, 자잘한 살림 걱정을 덜게

해 주었다. 그는 그녀에게, 그리고 자신의 삶과 일에, 음식과 약간의 오락에 만족하고 있었다. 하지만 그녀는 그의 삶과 마찬가지의 내용으로 이루어진 자신의 삶에 만족하지 못했다. 그녀 안에는 장난치고 싶고 춤추고 싶은 작은 괴물 한 마리가 들어앉았다. 또한 동화를 쓰고 싶어 하는 몽상가도 하나 들어 있었다. 매일의 그저 그런 일상을 음악이나 회화, 훌륭한 책에서 볼 수 있는, 숲과 바다에서 휘몰아치는 폭풍우가 노래하는 그런 위대하고 장엄한 삶으로 연결하고 싶은 그리움도 컸다. 한 송이의 꽃이 오직 한 송이의 꽃에 지나지 않으며, 한 번의 산책이 한 번의 산책으로 끝나 버리는 삶에 그녀는 만족하지 못했다. 한 송이의 꽃은 동시에 하나의 요정이어야 하고, 하나의 아름다움은 곧 아름다운 변신이어야만 했다. 한 번의 산책은 의무적으로 행해야 하는 기본 운동이나 휴식이 아니라 미지의 나라로 향하는 영감의 여행이 되어야 했다. 그것은 바람과 시냇물을 방문하는 일이며, 말 없는 사물들과의 대화가 되어야 했다. 음악회에서 아름다운 음악을 들었던 저녁이면, 집에 돌아와 남편이 실내화로 갈아 신고 담배를 피우면서 그날 들은 음악에 대해서 몇 마디 한 후 침대에 들자고 하는 그 시각까지도, 그녀는 자신만의 낯선 세계를 정처 없이 방황하고 있었다.

얼마 전부터 그녀는 깜짝 놀라며 남편을 볼 때가 종종 있었다. 그가 저런 사람인 것이, 그가 더 이상 날개를 갖고 있지 않은 것이 이상했다. 그리고 그녀가 자신의 내면을 드러내고 남편과 진심어린 대화를 해 보려고 할 때마다, 그가 귀찮지만 관대하게 참아 준다는 식의 미소로 답하는 것도 참으로 이상하기만 했다.

그럴 때마다 그녀는 화내지 않고 인내심을 갖춘 현숙한 아내의 모습을 보이겠다고 결심했다. 그의 입장에서 생각하고 그가 편하도록 행동하겠다고. 아마도 남편은 직장에서 피곤한 일이 있었을 것이고, 그 일로 그녀를 성가시게 하기 싫은 탓이리라. 남편은 늘 그녀에게 친절하면서 져 주는 편이므로 그녀는 감사해야만 했다. 하지만 그는 이제 그녀의 왕자님이 아니며 그녀의 친구도, 그녀의 주인도, 그녀의 형제도 아니었다. 기억 속에 있는 모든 환상의 길을 그녀는 다시금 남편 없이 홀로 걸어갔는데, 길들은 더욱 어두워져 있었다. 예전에 있던 신비의 미래가 지금의 길 끝에는 더 이상 없기 때문이다.

초인종이 울렸다. 남편의 발걸음 소리가 복도에서 들려왔다. 문이 열리고 남편이 안으로 들어왔다. 그녀는 남편에게 다가갔고 남편의 입맞춤에 답례했다.

"오늘도 잘 지냈겠지?"

"그럼요. 당신도요?"

그리고 그들은 함께 탁자로 갔다. 그녀가 입을 열었다.

"루트비히가 오늘 저녁에 와도 괜찮겠죠?"

"당신이 원한다면야, 당연히 괜찮지."

"루트비히만 보는 거라면, 그건 나중에 전화 통화를 해도 상관없어요. 그런데 참을 수 없을 정도로 기다리는 건 따로 있다고요."

"그게 뭐지?"

"새 음악이요. 그가 얼마 전에 말하기를, 새로운 소나타를 몇 개 연습했으니 그걸 연주할 수 있다는 거예요. 아주 어려운 곡들이라고 하더군요."

"아, 그 새로 나온 신예 작곡가의 작품이라는 것 말이군, 그렇지?"

"맞아요. 그 사람 이름이 레거예요. 정말 특이한 곡이라고 해서, 나는 빨리 듣고 싶어서 미칠 것 같아요."

"들어 보면 알겠지 뭐. 모차르트 같은 천재가 흔하게 나오는 건 아니겠지만."

"그러면 지금 루트비히에게 오늘 저녁에 식사하러 오라고 알려도 좋을까요?"

"당신 좋을 대로 하구려."

"당신도 레거에 대해서 호기심이 생기죠? 루트비히는 완전히 푹 빠져서 이야기하던데요."

"뭐, 새로운 음악이라면 뭐든지 일단 들어 보고야 싶지. 그런데 루트비히는 원래 좀 쉽게 열광하는 성격이잖아. 안 그런가? 그래, 그는 나보다는 음악을 더 잘 아는 사람이긴 해. 하지만 하루 반나절 내내 피아노만 치고 산다면 누구라도 음악에 조예가 깊어지는 건 당연하지!"

블랙커피를 마시면서 헤드비히는 그날 공원에서 보았던 두 마리 푸른머리되새 이야기를 남편에게 했다. 기분 좋게 들어주던 남편은 소리 내어 웃었다.

"어떻게 그런 생각들을 다 할 수가 있지? 당신은 작가를 해도 되겠어!"

그리고 남편은 다시 사무실로 나갔다. 그녀는 창가에 서서 남편의 뒷모습을 배웅했다. 그러는 것을 남편이 좋아했기 때문이다. 그리고 그녀도 자신의 일에 착수했다. 지난주의 경비를 가계부에 적어 넣고, 남편의 서재를 청소하고, 관엽 식물의 이파리를 닦고 바느질거리를 손에 들었다. 그리고 다시 부엌으로 갈 시간이 될 때까지 바느질에 열중했다.

여덟 시쯤에 남편이 퇴근해서 돌아왔고, 곧 이어서 그녀의 남동생인 루트비히도 도착했다. 그는 누이의 손을 잡은 뒤, 매형에게 인사하고, 그리고 다시 누이의 손을 잡았다.

저녁 식탁에서 오누이는 활기차고 즐거운 대화를 벌였다. 남편은 간혹 가다가 이편저편에 한마디씩 던지면서 장난으로 질투하는 척했다. 그러면 루트비히는 농담으로 받아쳤지만, 그녀는 아무런 대꾸를 하지 않았다. 도리어 뭔가 생각에 잠기는 눈치였다. 그들 세 명이 함께 있으니 남편이 진정으로 낯설게 느껴졌기 때문이다. 루트비히는 그녀에게 속한 사람이었다. 그는 그녀와 같은 기질, 같은 정신을 가졌으며 그녀와 기억을 공유했다. 그녀와 언어도 같았고, 그래서 작은 장난이나 농담도 이해하고 함께 공감할 수 있었다. 그가 한자리에 있으면 그녀는 고향집에 온 듯이 마음이 푸근해졌다. 모든 것이 예전과 같아졌고, 그녀가 집에서 이곳으로 가져온 것, 그녀의 남편이 인내심으로 참아 주긴 하지만 아무런 화답도 보여 주지 못하고 아마도 근본적으로는 전혀 이해하지 못하고 있을 것들이, 모두 진실이며 살아 움직이는 생명으로 변했다.

한동안 포도주 잔을 기울인 그들은 헤드비히의 재촉에 비로소 응접실로 자리를 옮겼다. 헤드비히는 피아노의 뚜껑을 열고 양초에 불을 붙였으며 남동생은 담배를 끄고 악보를 펼쳤다. 딜레니우스는 팔걸이 소파에 편히 앉았고 흡연 테이블도 옆에 가까이 가져다 놓았다. 헤드비히는 좀 구석진 창가에 자리를 잡았다.

루트비히는 신예 작곡가와 그의 소나타에 대해 한두 마디 설명했다. 그러자 이제 실내에는 정적만이 감돌았다. 루트비히는 연주를 시작했다.

헤드비히는 첫 소절을 주의 깊게 들었다. 음악은 기이하고 낯선 방식으로 그녀를 감동시켰다. 그녀의 눈길은 연주하는 루트비히에게 달라붙어 떨어질 줄 몰랐다. 간혹 그의 검은 머리칼이 촛불의 불빛 아래서 어둡게 번득였다. 얼마 지나지 않아 그녀는 이 생경한 음악에서 강렬하고 고귀한 정신을 감지했다. 그녀에게 날개를 달아 주고 그녀를 어딘가로 실어 가는 정신이었다. 그녀는 벼랑을 넘어, 저 먼 외부의 불가해한 장소들을 넘어 날아갔다. 그렇게 그녀는 그 작품을 이해하고, 체험할 수 있었다.

루트비히는 연주를 계속했고, 그녀는 위대한 악절 속에서 검고 드넓은 수면이 사납게 물결치는 것을 보았다. 엄청난 규모의 철새 무리가 미친 듯한 날갯짓 소리와 함께 이쪽으로 날아왔다. 최초의 세상인 듯이 천지가 컴컴해졌다. 폭풍은 둔중한 비명을 질렀고 거품 섞인 파도가 허공으로 치솟다가 수천의 진주 알갱이로 부서져 내렸다. 요란한 파도 소리와 바람 소리 속에서 거대한 새의 날개가 비밀의 문을 열었다. 드높은 열정을 담아, 하지만 아이들과 같은 여린 목소리로 부르는 노래, 그것은 내밀하고도 사랑스러운 멜로디였다.

검은 구름이 펄럭이면서 갈기갈기 찢어져 흩날렸다. 그 사이로 황금빛 하늘이 깊숙이 열리면서 초현실적인 광경이 펼쳐졌다. 커다란 하늘의 만곡 위로 흉악한 형상의 바다 요괴들이 말을 타고 달리는데, 잔잔해진 파도 위로는 우습게도 통통한 팔다리와 커다란 아기 눈망울을 가진 사랑스러운 작은 천사들이 빙글빙글 윤무를 추었다. 흉악한 것들은 점점 강력해지는 사랑스러움의 마법에 의하여 소멸되고, 전체 풍경은 중력이 해소된, 가볍게 나부끼는 중간계의 왕국으로 변해 갔다. 달빛을 닮은 기묘한 광선 속에서 여리고 유연한 요정들이 허공을 떠다니며 춤추고, 크리스털처럼 순수하고 육신이 없는 목소리들이 황홀하고 청아하게, 시기도 질투도 없는 맑은 음으로 투명한 노래를 불렀다.

그러나 이제, 흰 빛 속에서 떠다니며 노래하던 천사 같은 요정은 더이상 없고, 대신 요정들을 이야기하거나 꿈꾸던 사람이 돌아온 것만 같았다. 한 방울의 묵직한 그리움과 달랠 수 없는 인간의 고통이, 더할 나위 없이 아름답고도 정화된 세계로 흘러들어 갔다. 낙원이 아니라 낙원에 대한 인간의 꿈이 생겨났다. 덜 빛나거나 덜 아름다운 것은 아니지만, 달랠 수 없는 향수의 깊은 음성을 동반하는 꿈이. 그리하여 아이의 쾌락은 인간의 쾌락이 되었으며, 주름 없이 매끈한 웃음은 사라지고, 대기는 더욱 내밀하면서 고통스러울 만큼 달콤하게 변했다.

사랑스러운 요정의 노래는 바다의 아우성으로 서서히 녹아들어 갔고, 바다는 다시 격렬하게 부풀어 올랐다. 전쟁의 포효, 격정과 생명의 몸부림. 그리고 마지막 높은 파도가 꺾이면서 노래도 끝이 났다. 피아노에서는 아직도 포효의 여운이 나직하고 느리게, 점차 소멸하는 공명으로 울리고 있었다. 울림의 여운마저 완전히 그치고 나자 깊은 정적만이 남았다. 루트비히는 여전히 허리를 구부리고 귀 기울이는 자세로 피아노 앞에 앉아 있고 헤드비히는 눈을 감은 채 의자에 잠든 듯이 기댄 자세로 있었다.

이윽고 딜레니우스가 자리에서 일어섰다. 그는 식당으로 가서 포도주 한 잔을 가져와 루트비히에게 건넸다.

일어선 루트비히는 감사의 인사를 하고 그것을 한 모금 마셨다.

"음악이 어떤가요?" 하고 그는 딜레니우스에게 물었다.

"음악 말인가? 그야 흥미로웠지. 자네의 연주도 아주 훌륭했고. 연습을 아주 많이 한 것 같군."

"소나타는요?"

"알다시피, 이건 취향의 문제야. 나는 새로운 거라면 덮어놓고 반대하는 그런 막힌 사람은 아닐세. 하지만 그래도 이 음악은 내게 너무 괴상해. 이런 거라면 차라리 바그너가 더 낫겠어."

루트비히는 뭐라고 대꾸를 하려 했다. 하지만 그때 누이가 다가와서 그의 팔에 가만히 손을 얹었다.

"이제 그만해. 이건 취향의 문제가 맞잖아."

"그것 보게나." 남편이 신이 나서 거들었다. "그런 것을 놓고 싸울 이유가 뭐가 있겠나? 담배나 한 대 피울까?"

루트비히는 약간 어리둥절하여 누이의 얼굴을 보았다. 그녀의 얼굴에는 음악으로 받은 감동이 고스란히 새겨져 있었다. 루트비히는 자신이 더 이상 말을 하면 누이의 마음이 아프리란 사실을 깨달았다. 그리고 루트비히가 그날 처음으로 알아차린 사실인데, 누이는 자신이 남편을 지켜야 한다고 생각하고 있다. 그녀에게는 선천적이고 또 불가결한 어떤 것을 남편은 가지고 있지 않기 때문이다. 그녀의 모습이 너무도 슬퍼 보였으므로, 루트비히는 돌아가기 전에 현관에서 그녀에게만 살짝 물었다. "헤데 누나, 무슨 문제 있어?"

그녀는 고개를 저었다.

"나중에 그 음악을 한 번 더 들려줘. 나 혼자만 있을 때. 그래 줄 수 있지?" 그리고 그녀는 다시 명랑한 얼굴로 바뀌었다. 그래서 루트비히는 안심하고 집으로 돌아올 수 있었다.

그녀는 그날 밤 잠들지 못했다. 남편이 그녀를 이해하지 못한다는 것을 그녀는 알았다. 그것을 일생 동안 견딜 수 있기를 그녀는 소망했다. 그러나 루트비히가 했던 "헤데 누나, 무슨 문제 있어?"라는 질문이 귓가를 떠나지 않았다. 그에게 거짓말로라도 뭔가 대답을 했어야 옳았다는 생각이 들었다. 아마도 그녀가 생전 처음으로 하는 거짓말이 되겠지만.

고향과, 청춘 시절의 환희와 자유, 그늘 없이 해맑았던 낙원의 기쁨은 이제 완전히 그녀의 생에서 사라지고 말았다.

(1906)

150

# 한 젊은이의 편지

존경하는 부인께!

부인은 편지를 써도 좋다고 내
게 허락하셨습니다. 아름답고도 기품 있는 여인에게 편지 쓸 기회를
얻는다는 것은, 문학적 재능이 있는 청년에게 참으로 귀한 경험이 되
리라고 생각하셨을 겁니다. 그렇습니다, 부인의 생각이 맞습니다. 이것
은 참으로 귀한 경험입니다.

그리고 부인은 내가 말보다는 글로 자신을 표현하는 일에 훨씬 더
능숙하다는 사실도 알아차린 겁니다. 그래서 나는 이렇게 편지를 씁니
다. 이것은 내가 부인에게 약간이나마 즐거움을 줄 수 있는 유일한 방
법이기도 합니다. 나는 진정 그러고 싶습니다. 왜냐하면 나는 부인을
좋아하니까요. 이렇듯 자세하게 설명하는 일을, 제발 허락해 주세요!
자세한 설명은 반드시 필요합니다. 안 그러면 부인이 나를 오해할 수
있어요. 그리고 어쩌면 그 정도의 자격은 있지 않을까 생각합니다. 이
편지는 내가 부인에게 보내는 처음이자 마지막 편지가 될 테니까요.

서문은 이 정도면 충분하겠지요!

　열여섯 살이 되었을 때, 이해할 수 없는 조숙한 우울이 나를 사로잡
더니, 소년 시절 누렸던 생의 희열은 낯선 감정이 되어 나를 떠나 버렸
습니다. 어린 동생은 여전히 모래로 수로를 만들고 창던지기 놀이를
하고 나비를 잡으러 다녔는데, 나는 그것을 보면서 동생을 부러워했습
니다. 그렇게 놀면서 동생이 느낄 환희의 감정, 그리고 내면에서 솟아
날 열정의 기억은 내 안에 고스란히 남아 있었으니까요. 하지만 그런
환희와 열정 자체는 내게서 빠져나가 버린 다음이었습니다. 언제, 그리
고 왜인지는 알지 못했습니다. 그것들이 사라진 빈자리에는, 아직 성
인의 쾌락은 모르고 있던 나였기에, 갈증과 정체모를 그리움이 들어
찼습니다.

　나는 미친 듯이 이런저런 일에 열중했지만 그 무엇도 오래가지는 않
았습니다. 소설책을 읽었다가, 자연과학에 빠졌다가, 일주일 동안 매일
밤을 새다시피 하며 식물 표본을 만들었다가, 그 다음 2주일간은 괴테
말고는 거들떠보지도 않는 나날이었습니다. 나는 고독했고 내 의지에
반하여 삶과의 모든 관계로부터 떨어져 나왔습니다. 나는 본능적으로
지식과 배움을 탐구함으로써 삶과 나 사이에 놓인 이 균열을 메워 보
려고 시도했죠. 그때 처음으로 나는 우리 집 정원이 도시의 일부분이
자 또한 계곡의 일부분인 것을 깨달았습니다. 그 계곡은 산이 중간에
서 잘려 나가면서 생긴 절단면으로, 그리고 산은 지표면의 다른 부분
과 뚜렷하게 경계를 이루고 솟아난 땅으로 파악할 수 있었습니다.

그때 처음으로 나는 별들이 우주의 몸이라는 것도 깨달았습니다. 산들의 형태는 땅의 힘에 의해서 필연적으로 탄생한 산물이라는 것도, 그리고 인민의 역사는 바로 이 땅의 역사라는 사실도 처음으로 깨달았습니다. 물론 당시에는 이렇듯 명확히 말로 표현하지는 못했습니다만, 내 안에서 선명한 인상으로 각인되어 남았습니다.

요약하자면, 이 시기에 나는 사고하기 시작한 것입니다. 내 삶을 조건에 종속된 것으로, 제한적인 것으로 인식하게 된 거예요. 그리고 나는 내 삶을 통하여 뭔가 선하고 훌륭한 일을 해내고자 하는 소망을 갖게 되었습니다. 아마도 거의 대부분의 청소년들이 나와 비슷한 경험을 하며 성장할 겁니다. 하지만 나는 이 일을 오직 나에게만 일어났던 극히 개인적인 체험인양, 그렇게 말합니다. 그리고 적어도 내게는 실제로 그렇기도 했습니다.

채워지지 않는 부족함과 닿을 수 없는 먼 곳에 대한 그리움에 시달리면서, 나는 그렇게 몇 달을 지냈습니다. 열심히, 하지만 불안하게, 열정으로 이글거리지만 동시에 따스한 온기를 간절히 원하면서. 어쨌든 자연은 나 자신보다 더욱 영리하여, 내가 처한 괴로운 상태의 수수께끼를 풀어 주었지요. 어느 날 나는 사랑에 빠졌던 겁니다. 그러자 모든 생명의 핏줄이 다시 연결되었습니다. 그것도 예전보다 더욱 강하고 더욱 다양한 형태로.

그날 이후 몇 달 동안 내 시간과 나날은 참으로 위대하고도 소중했습니다. 그처럼 지속적이고 격렬한 감정에 휩싸인, 그처럼 따뜻하고 충만한 시기는 내 생애 두 번 다시없을 겁니다. 지금 내 첫사랑 이야기를 하려는 건 아닙니다. 이 편지와 그 일은 전혀 상관없을 뿐만 아니라 당시의 환경이나 사정도 지금과는 완전히 달랐을 테니까요. 단지 내가 체험했던 삶에 대해서, 한때 나에게 있었던 그 시기의 특별함에 대해서 부인에게 잠시 설명하고 싶을 뿐입니다. 비록 그것을 정확히 설명하기란 불가능할 거라고 충분히 예상하지만 말입니다. 황망한 몸짓으로 헤매고 다니던 갈증의 시간이 드디어 끝났습니다. 나는 갑자기 생기 넘치는 세계의 한가운데에 서 있었고 수천의 실뿌리들을 통해 대지와 다른 인간들에게 연결된 상태였습니다. 내 감각 자체도 예전과 달라져서 나는 더 예리하고 더 생생하게 느낄 수 있었습니다. 특히 눈이 매우 밝아졌지요. 완전히 다른 사람의 눈을 갖게 된 것입니다. 마치 화가들이 그렇듯이, 빛은 더욱 환하게, 색채는 더욱 선명하게 보였습니다. 사물의 순수한 정수를 보게 된 나는 큰 기쁨을 느꼈습니다.

아버지의 집 정원은 한여름 한창때의 화려함을 자랑하고 있었습니다. 관목들은 다투어 꽃을 피웠고 나무들은 하늘을 향해 잎이 무성한 가지를 뻗어 올렸으며 옹벽을 뒤덮은 담쟁이는 하루가 다르게 자라났습니다. 그 뒤에 솟아오른 산 위로 불그스름한 바위와 짙푸른 전나무 숲이 보였습니다. 나는 정원에 서서 오래도록 자연의 풍경을 바라보았습니다. 그리하여 깨달은 것은, 각각의 사물들은 모두 저마다 독특하게 아름다우며, 저마다의 방식으로 생명을 향유하고, 저마다 고유한 화려함과 광채를 내뿜는다는 사실이었습니다. 줄기에 매달린 꽃송이가 가녀린 자태로 살짝 흔들리는 모습, 초록 꽃받침에서 하늘을 향해 피어나는 모습은 가슴이 떨릴 정도로 아름답고 감동적이었습니다.

나는 꽃을 사랑했고, 시인의 시를 음미하듯이 꽃을 음미했습니다. 뿐만 아니라 소리도 있었지요. 예전에는 결코 알아차리지 못했던 소리들이 들리기 시작하더니 내 귀에 직접 말을 걸었고, 내 마음을 빼앗았습니다. 풀이 우거진 들판과 전나무 숲의 바람 소리, 귀뚜라미의 울음소리, 멀리서 들리는 천둥소리, 제방에서 찰싹거리는 물결 소리, 그리고 온갖 다양한 새의 울음소리. 저녁이 되면 황금빛 저녁 햇살 속에서 무리지어 날아다니는 날벌레들의 잉잉거림에 귀를 기울였고 연못에서 개구리들의 합창을 들었습니다. 수천의 작고 사소한 사물들이 갑자기 더없이 사랑스럽고 소중해졌습니다. 그것들 하나하나가 심오한 체험이 되어 내 마음을 건드렸습니다. 예를 들어서 아침에 별 생각 없이 그냥 정원 화단에 물을 주고 있으면, 밤새 갈증에 시달리던 뿌리와 흙이 온몸으로 감사해 하며 물을 허겁지겁 빨아들이는 모습이 눈에 선명히 보이는 겁니다. 혹은 작고 푸른 나비가 환하고 눈부신 한낮에 술 취한 것처럼 비틀거리며 날아가는 모습도 있습니다. 언젠가는 작은 장미가 여린 꽃잎을 하나하나 펼치는 과정을 오랫동안 지켜보기도 했습니다. 저녁에 쪽배를 타고 강으로 나가 물속에 손을 담근 채 부드럽고 미지근한 물살의 흐름을 손가락으로 느껴 보기도 했지요.

그 시절, 첫사랑의 혼돈과 아픔, 아무에게서도 이해받지 못하는 고뇌, 매일매일 그리움과 희망과 실망에 번갈아 가며 시달리던 시간, 불확실한 사랑 때문에 비록 나는 두렵고 우울하긴 했으나 이처럼 매순간 가슴 깊은 곳에서는 비밀스러운 행복을 느끼고 있었습니다. 나를 둘러싼 모든 세계가 더없이 사랑스러웠고, 모든 사물이 나에게 말을 걸어 왔으니까요. 내 세계 그 어디에도 죽어 있는 것, 텅 비어 있는 것은 없었습니다. 이후로 나는 그것들 전체를 다 잃은 적은 한 번도 없습니다. 하지만 두 번 다시는 그때처럼 강렬하고 지속적인 감각으로 느끼지는 못했습니다. 다시 한 번 더 그때와 같이 세계를 경험하는 것, 그런 감각을 다시 한 번 느끼고 내 것으로 만드는 것, 이것이야 말로 지금의 내가 생각하고 바라는 행복입니다.

이야기를 계속 할까요? 그 시절 이후 오늘까지, 사실 나는 항상 사랑에 빠져 있었습니다. 살아오면서 내가 배웠던 그 어떤 감정도 여인에 대한 사랑만큼 고결하고 열정적으로 마음을 사로잡는 감정은 없었습니다. 그동안 내가 항상 여인이나 소녀들과 끊이지 않고 연애 관계였던 것은 아니고, 또 언제나 어떤 특정 대상을 의식하고 사랑했다고 할 수도 없지만, 그래도 나는 언제나 생각으로 사랑에 빠져 있었습니다. 아름다움에 대한 나의 숭배는 사실 여인들에 대한 지속적인 숭배였다고 할 수 있습니다.

연애담을 늘어놓으려는 건 아니지만, 예전에 나는 몇 달 동안 한 여인을 사랑했어요. 간혹 그녀의 눈길과 키스를 받았고, 어느 날은 크게 기대하지도 않았는데 그녀와 밤을 보내는 행운도 얻었습니다. 그러나 실제로 사랑을 나누게 되면 나는 늘 불행했습니다. 지금 기억을 되살려 보면 나는 여인의 사랑을 얻는 데 성공했을 경우 그저 그런 작은 만족감이 전부였지만, 이루어질 수 없는 절망적인 사랑에 빠져 고통받고, 두려움과 소심함에 시달리고, 불면의 밤을 보낼 때 정말로 훨씬 더 행복했습니다.

내가 당신을 아주 깊이 사랑한다는 것을, 부인 당신은 아십니까? 나는 부인을 거의 일 년 동안 알고 지냈지만 부인의 집을 방문한 것은 겨우 네 번 뿐입니다. 내가 처음으로 부인을 보았을 때, 부인은 밝은 회색 블라우스에 백합꽃 문양 브로치를 달고 있었지요. 한 번은 역에서 부인이 슈트라스부르그로 가는 기차표를 들고 파리행 급행열차에 오르는 것을 보기도 했습니다. 하지만 그 당시에 부인은 나를 알지 못했죠.

그 이후에 나는 친구와 함께 부인의 집을 방문했습니다. 그때 이미 나는 부인을 사랑하고 있었습니다. 부인은 내가 세 번째 방문했을 때 그 사실을 알아차리더군요. 슈베르트 음악이 흐르던 그날 저녁 말입니다. 적어도 내가 눈치채기로는 그랬습니다. 처음에는 내가 지나치게 진지하다고 놀리더니, 다음에는 내 언어가 시 같다면서 웃었죠. 작별 인사를 나눌 때는 약간 자비로운 어머니 같은 인상을 주었습니다. 그리고 마지막 만남에서, 부인은 나에게 여름 별장의 주소를 가르쳐 주면서, 편지를 써도 좋다고 허락했습니다. 그래서 나는 오늘, 오랫동안의 고심 끝에, 이렇게 편지를 씁니다.

어떻게 끝내야 할까요? 부인에게 쓰는 이 첫 번째 편지가 마지막 편지가 될 것이라고 나는 이미 말했습니다. 내 고백이 부인에게는 좀 우스워 보일 수도 있겠지만, 그래도 그것이 내가 부인에게 줄 수 있는 유일한 것이며, 부인에 대한 내 사랑과 존중을 증명할 수 있는 유일한 방법이라고 이해해 주셨으면 합니다. 부인을 생각하면서, 내가 그동안 사랑에 빠진 숭배자의 역할에 몹시도 서툴렀다는 것을 인정하면서, 나는 도리어 말할 수 없이 황홀한 느낌이 들고 그 황홀함에 기대어 이렇게 부인에게 편지를 쓰고 있는 겁니다. 이미 밤이 되었습니다. 아직도 내 방 창 앞 정원의 풀숲에서는 귀뚜라미들의 울음소리가 들립니다. 많은 것이 그해, 동화처럼 아름다웠던 여름과 마찬가지군요. 어쩌면 나는, 그 첫사랑 시절의 행복을 다시 한 번 체험하게 될지도 모른다는 생각이 듭니다. 나로 하여금 이 편지를 쓰게 만든 그 느낌에 내가 충실하기만 한다면 말이죠. 대부분의 젊은이들이 사랑에 빠진 다음에 하게 되는 일, 이미 나 자신도 충분히 알고 있는 그런 일들은, 나는 포기하고 싶습니다. 절반쯤은 진심이고 절반쯤은 꾸며 낸 시선과 몸짓의 유희, 분위기와 기회를 이용한 소소한 쾌락, 탁자 아래서 발 건드리기, 그리고 손등에 하는 입맞춤의 남용.

내가 정말로 생각하는 바를 충분히 표현할 수가 없습니다. 그럼에도 부인은 어쩌면 내 편지를 이해하게 될지도 모르겠어요. 내가 생각하는 부인이라면 이해할거라고 기대합니다. 만약 그렇다면 당신은 이 혼돈스러운 편지를 마음껏 비웃어도 됩니다. 반드시 나를 경멸하지는 않더라도 말이죠. 충분히 가능한 일입니다. 나 자신도 언젠가는 이 편지를 비웃게 될지도 모르니까요. 하지만 오늘은 그렇게 할 수 없습니다. 그렇게 하기를 소망하지 않습니다.

그대를 변함없이 사모하는 숭배자

B.

(1906)

# 얼음 위에서

　　　　　　　　　　　　　　　그 시절, 세계는 지금과 다르게
보였다. 내 나이는 열두 살 반이었고, 내 세계는 소년다운 희열과 도취
로 가득하여 매일이 풍요롭고도 다채로웠다. 그러나 미약하지만 그만
큼 더 감미로운 사춘기가 멀리서 푸르게 서서히 다가오면서, 내 놀란
영혼 속으로 최초의 어슴푸레한 빛을 수줍고도 음란하게 비추기 시작
하는 때이기도 했다.

　길고도 혹독한 겨울이었다. 내 고향 아름다운 슈바르츠발트의 강물
은 몇 주일이고 꽁꽁 얼어붙어 있었다. 처음으로 살을 에는 추위가 닥
쳤던 어느 날 아침, 강 위로 발을 디디던 순간의 오싹하면서도 황홀하
던 기이한 느낌을 나는 영영 잊지 못한다. 강은 깊었는데 얼음은 참으
로 투명하여, 마치 얇은 유리창을 통해 보는 것처럼 초록색 물속이 완
전히 들여다보이는 것이었다. 돌이 깔린 모래 바닥, 환상적으로 얽혀
있는 긴 수초들, 그리고 간간이 지나가는 물고기들의 검은 등 까지도.

　반나절 동안이나 나는 친구들과 어울려 얼음 위에서 놀았다. 뺨은

빨갛게 얼어서 트고 손은 새파래졌지만 스케이트의 강하고 리드미컬한 움직임에 심장도 덩달아 힘차게 부풀었다. 소년 시절에만 가능한, 신비로운 무아지경의 탐닉이었다. 우리는 달리기 경주를 벌였고, 멀리뛰기와 높이뛰기, 술래잡기를 하느라 시간 가는 줄 몰랐다. 우리 중에는 옛날식으로 뼈 스케이트 날을 겨울 장화 밑창에 끈으로 둘둘 묶은 아이들도 있었지만, 그들도 빠르기에서는 특별히 뒤지지 않았다. 하지만 '공장장 아들'인 한 아이가 '할리팍스' 스케이트를 신었는데, 그것은 별도의 끈 없이 날이 신발에 고정되어 있어서 신고 벗는 것이 순식간이었다. 소년 시절 할리팍스라는 이름은 매년 크리스마스 때마다 내가 받고 싶은 선물 목록에서 빠지지 않았으나 끝내 이루어지지 못한 소원으로 남았다. 그로부터 12년이 지난 어느 날 성능 좋은 스케이트를 사기 위해 상점으로 간 나는 점원에게 할리팍스를 달라고 했으나, 점원은 웃으면서 할리팍스는 구닥다리가 된 지 오래라서 더 이상 좋은 물건이라고 할 수 없다고 말했다. 그 순간 내 안에서 어린 시절의 무지갯빛 소망 한 조각이 고통스럽게 산산조각 나 버렸다.

나는 혼자서 스케이트 지치는 것을 가장 좋아했고, 종종 해가 질 때까지 얼음 위에서 머물곤 했다. 주로 전속력으로 쌩쌩 달리다가 임의의 지점에서 갑자기 멈추거나, 마치 비행기인 듯 두 팔을 벌리고 우아하게 균형을 잡으면서 빙그르 회전하는 것을 즐겼다. 내 또래의 사내아이들 대부분은 얼음 위에서 여자아이들을 따라다니고 집적대는 일이 흔했다. 하지만 아직 내 눈에는 여자아이들이 들어오지 않았다. 다른 소년들은 여자아이들을 수줍게 바라보면서 빙빙 돌다가 기사라도 되는 양 나서서 뭔가를 도와주거나 때로는 대담하게도 재빨리 소녀들과 짝을 이루어 스케이트를 타기도 했지만, 나는 혼자서 미끄러지며 자유롭게 질주하는 편이 훨씬 더 좋았다. 계집애 꽁무니를 쫓아다니는 소년들은 나에겐 그냥 경멸과 동정의 대상에 불과했다. 많은 친구들이 고백했듯이, 소녀들을 향한 그들의 친절이 사실은 수상쩍은 속셈에 기반하고 있다고 믿었기 때문이다.

그러다 겨울이 거의 끝나갈 무렵의 어느 날 새로운 소문이 들려왔다. 노드카퍼가 스케이트를 벗는 틈을 이용해 엠마 마이어에게 몇 번이나 입을 맞추었다고 했다. 그 소식을 듣자마자 나는 순식간에 온몸의 피가 한꺼번에 얼굴로 몰려드는 것을 느꼈다. 입을 맞추다니! 그것은 지금까지 여자 꼬시기 명수라는 소년들 사이에서도 드높이 칭송되던 성과인, 맥 빠진 대화나 몇 마디 나누고 머뭇거리면서 손이나 잡는 것 따위와는 달라도 너무 달랐다. 입을 맞추다니! 그것은 부끄러움 속에서 남몰래 상상하던, 폐쇄 구역의 낯선 언어였고, 금지된 과실의 달콤한 향기가 흘러넘쳤으며, 뭔가 비밀스럽고도 시적인, 이름 붙일 수 없는 세계에 속한 것이었다. 그 세계는 어둡고 달콤했으며 식은땀이 흐를 정도로 두려우면서 유혹적이었다. 아무도 설명해 주지는 않았으나 예전에 학교에서 퇴학당한 유명 난봉꾼의 연애 편력을 통해서 우리는 그 세계를 짐작으로 충분히 알고 있었다. '노드카퍼'는 열네 살로, 어쩌다가 우리 학교로 흘러들어오게 된 북쪽 함부르크 출신의 학생이었다. 나는 그를 매우 숭배했다. 학교 밖으로까지 널리 알려진 그의 명성에 가슴이 두근거려 밤에 잠을 이루지 못할 정도였다. 그리고 엠마 마이어로 말하자면, 게르베르자우에서 최고로 예쁜 소녀라는 데 아무도 이의를 달 사람이 없었다. 나와 동갑인 그녀는 금발에 행동이 날렵했으며 콧대가 아주 높았다.

그날부터 내 마음속에는 불안스런 걱정과 계획이 동시에 자라기 시작했다. 여자아이에게 입 맞추기, 이것은 지금까지 내가 가졌던 모든 소망과 꿈을 능가하는 이상적인 가치였다. 그 자체로도 당연히 그렇지만, 교칙으로도 분명 금지된 행동이기 때문이다. 그 일을 성사시키기 위해서는 스케이트를 타면서 여자에게 점잖게 친절을 베풀어야만 좋은 기회를 얻는다는 것을 나는 금방 깨달았다. 나는 일단 내 외모를, 능력이 닿는 한도 내에서 귀부인을 접대하기에 알맞은 수준으로 만들려고 했다. 시간과 공을 들여 머리를 빗고, 옷차림새를 꼼꼼하게 살피며 더러운 구석이 있나 점검하고, 품행이 단정해 보이게 털모자를 이마에 반쯤 내려오도록 썼다. 그리고 누나에게 사정사정하여 붉은 비단 손수건도 빌렸다. 얼음판 위에서 내가 후보자들로 고려한 소녀와 마주치면 의젓하게 인사를 건넸는데, 나의 이런 갑작스러운 친절에 소녀들이 놀라기는 하지만 그래도 싫지는 않은 기색인 것도 눈치챌 수 있었다.

하지만 최초의 접촉을 만들어 내기가 내게는 참으로 어려웠다. 살아오면서 단 한 번도 여자아이와 '엮여' 본 경험이 없기 때문이다. 그래서 친구들이 그런 경사스런 기회를 어떻게 만들어 내는지 알아보기로 했다. 특별한 말없이 그냥 허리를 숙이고 손만 쑥 내뻗는 아이들이 많았고, 어떤 아이들은 알아들을 수 없는 말을 더듬거리며 내뱉기도 했다.

하지만 대개는 하나의 고상한 문장을 애용하고 있었다. "내게 영광이 허락된다면." 이 문장은 내게 깊은 감명을 주었으므로, 나는 매일매일 그것을 연습했다. 내 방에 혼자 있을 때마다 난로를 향해 몸을 구부려 절한 다음, 이 장중한 표현을 몇 번이고 엄숙하게 반복하는 것이다.

어렵기만 한 첫 단계를 실행시킬 날이 다가왔다. 사실은 이미 그 전날에 실행할 생각이었지만 용기가 없어 한마디도 못한 채 그냥 집으로 돌아갔다. 하지만 그날은 내가 참으로 두려워하면서도 애타게 갈망하는 그것을 무조건 해치우리라 단단히 결심했다. 스케이트를 타러 가는 길에 마치 범죄라도 저지르려는 사람처럼 내 심장은 미친 듯이 뛰고 가슴이 죽을 만큼 두근거렸다. 스케이트를 신는데 손이 덜덜 떨리는 것 같았다. 나는 지체 없이 동작을 크게 하여 인파 속으로 들어갔다. 그리고 얼굴에는 일상적인 태연함과 자연스러움을 최소한으로라도 간직하려고 갖은 노력을 기울였다. 나는 전속력으로 코스를 두 바퀴 돌았다. 세찬 바람을 맞으며 몸을 격하게 움직이니 마음이 훨씬 편해졌다.

그런데 갑자기, 다리 아래에 이르렀을 때, 나는 누군가와 세게 부딪치는 바람에 비틀거리면서 가장자리로 밀려났다. 그런데 얼음 위에 넘어져 있는 것은 어여쁜 엠마가 아닌가. 아마도 고통 때문인지 이빨을 꼭 깨물고 나를 노려보고 있었다. 내 눈앞에서 세상이 빙글빙글 돌았다.

"얼른 날 좀 일으켜 세워 줘!" 엠마는 여자 친구들을 향해서 말했다. 나는 얼굴 전체가 홍당무가 된 채, 모자를 벗어 들고는 그녀 옆에 무릎을 꿇고 앉아 그녀를 일으켜 세워 주었다.

우리는 서로 놀라고 당황한 상태로 마주보고 서서, 두 사람 다 아무 말도 꺼내지 못했다. 털모자로 감싼 예쁜 여자아이의 얼굴과 머리카락을 이처럼 가까이서 보니 완전히 얼이 빠져 버린 나는 미안하다는 사과의 말조차 하지 못하고 바보처럼 손에 모자를 쥐고 있을 뿐이었다. 그런데, 여전히 내 눈앞은 안개가 서린 듯 뿌옇기만 한데, 갑자기 내 허리가 깊이 숙여지더니 입에서는 자동적으로 그 말이 튀어나오는 것이 아닌가. "내게 영광이 허락된다면." 그녀는 아무런 대꾸가 없었다. 하지만 곱디고운 손으로 내 손을 마주잡았는데, 나는 장갑을 투과하여 전달되는 그 손의 온기를 느낄 수 있었다. 그렇게 우리는 함께 스케이트를 탔다. 나는 황홀한 꿈을 꾸는 것만 같았다. 행복과 부끄러움, 촉촉함과 쾌락, 그리고 당황함으로 인해 숨이 멎는듯했다. 우리는 거의 15분가량 함께 손을 잡고 스케이트를 탔다. 그런 다음 스케이트를 잠시 멈추고 쉬는 장소에서 그녀는 작은 손을 살짝 빼내더니, "고마워" 하고 말했다. 그리고 너무 늦게 벗어든 털모자를 손에 쥐고 서 있는 나를 뒤에 남겨 두고 혼자서 스케이트를 지치면서 떠났다. 그제야 나는 스케이트를 타는 내내 그녀가 한마디도 입을 열지 않았던 것이 생각났다.

얼마 뒤 곧 얼음이 녹았고, 나는 계획했던 바를 더 이상 실행에 옮길 수가 없었다. 그 일은 내 일생 첫 번째로 경험한 여자와의 모험이었다. 하지만 내가 궁극적으로 꿈꾸었던 목표, 소녀의 붉은 입술 위에 내

입술이 마침내 가 닿을 수 있었던 것은, 그로부터 몇 년이나 지난 다음
의 일이었다.                                           (1909)

# 마을

산의 남쪽에 있는 첫 번째 마을. 여기에서부터 내가 사랑하는 진정한 의미의 방랑이 시작된다. 목적지 없는 발걸음, 햇빛 아래의 휴식, 해방된 떠돌이의 삶이. 배낭 속에 든 물건과 너덜너덜해진 바지 차림으로 지내게 될 그 시간이 나는 참 좋다.

야외 테이블에 앉아 주문한 포도주가 오기를 기다리고 있는데, 갑자기 페루치오 부조니*가 떠오른다. 우리가 마지막으로 만났을 때, 그는 살짝 비아냥거림이 섞인 어조로, "당신 정말로 시골 사람처럼 보이네요."라고 말했다. 바로 얼마 전, 취리히에서의 일이다. 그날은 안드레아가 말러의 심포니를 지휘한 날이고, 우리는 늘 가던 레스토랑에서 식사를 했다. 나는 유령처럼 창백한 부조니의 얼굴과, 속물이 아닌 이 뛰어난 남자의 날렵한 의식을 또다시 접하게 되니 기뻤다. 그런 류의 사람

..............

* Ferruccio Busoni(1866~1924). 이탈리아 출생의 독일 피아니스트 겸 작곡가. 바흐와 슈트라우스의 작품을 개작·편곡하여 명성을 얻었고, 피아니스트로서도 유명했다.

은 오늘날에도 여전히 있다. 그런데 어쩌다가 이런 기억이 떠올랐을까?

아, 알겠다! 내가 생각하는 건 부조니가 아니고, 취리히도 아니고, 말러도 아니다. 이것이야말로 모종의 불편함과 관련 있을 때 흔히 벌어지는 기억의 착각이다. 아무 문제가 없는 무난한 장면들이 먼저 의식의 전면으로 밀고 나오기 때문이다. 이제 확실히 알겠다! 바로 그 레스토랑에는 어느 젊은 여인이 있었다. 밝은 금발 머리와 아주 붉은 뺨을 가진 여인이었다. 그녀와 나는 서로 단 한마디도 나누지 않았다. 천사와 같은 여인이여! 그녀를 쳐다보는 것만으로도 희열이면서 동시에 고통이었다. 그날 그 자리에서 나는 그녀를 얼마나 깊이 사랑했던가! 나는 정녕 열여덟 살로 돌아간 듯했다.

갑자기 모든 사정이 명확하게 기억난다. 아름다우며 쾌활한, 밝은 금발의 여인! 당신의 이름을 나는 이미 잊었다. 나는 그날 한 시간 동안 당신을 사랑했고, 산마을 시골길가에 앉아 있는 이 화창한 오늘, 또다시 한 시간 동안 당신을 사랑한다. 나보다 더 많이 당신을 사랑한 사람은 아무도 없었다. 나는 당신에게 나를 마음대로 휘두를 수 있는 권한을 부여했는데, 그런 무조건적이고 막강한 권한을 당신에게 허용해 준 사람은 지금껏 아무도 없었다. 그러나 여인이여, 나는 정절을 모르는 운명이다. 나는 타고난 바람둥이이며, 내가 사랑하는 것은 어느 한 여인이 아니라 사랑 그 자체일 뿐.

우리와 같은 방랑자의 기질은 그런 것이다. 방랑벽과 떠돌이 생활의 상당 부분이 곧 사랑이며 성애이다. 여행의 낭만은 절반이 모험에 대한 기대이며, 나머지 절반은 성애의 욕구를 다른 방식으로 해소해 보려는 무의식적 충동이다. 우리 방랑자는 사랑의 욕망이 충족되지 않기 때문에 더더욱 사랑을 피워 올리는 일에 익숙하며, 원래는 여인에게 바쳐야 할 사랑을 마을과 산, 호수와 계곡에, 길가의 아이들에게, 다리 아래의 걸인에게, 풀을 뜯는 소에게, 새에게 그리고 나비에게 놀이하듯 나누어 주는 것에 익숙하다. 우리는 사랑을 대상으로부터 분리해 낸다. 우리는 사랑 자체만 있으면 충분하다. 우리의 방랑이 어떤 목적지도 갖지 않고 오직 방랑의 쾌락 그것만을 추구하는 것처럼, 오직 '길 위에서 떠돌기' 그것만을 향유하는 것처럼.

싱그러운 얼굴의 젊은 여인이여, 나는 그대의 이름을 알고자 원하지 않는다. 그대에 대한 사랑을 마음에 품지도 않을 것이며 그런 감정을 키우지도 않을 것이다. 그대는 내 사랑의 최종 목표가 아니라 촉진제이다. 내 사랑은 길가에 피어난 꽃송이, 와인 잔에 와서 부서지는 햇살, 교회 탑의 붉고 둥근 지붕을 위한 것이다. 그대는 내가 세상의 이러한 사물을 사랑하도록 만들어 준다.

무슨 쓸데없는 혼잣말을 하고 있는가! 지난밤 나는 산속 오두막에서 그 금발 여인의 꿈을 꾸었던 것이다. 나는 대책 없이 사랑에 빠지고 말았다. 그녀와 함께할 수만 있다면 남은 내 생애 전부와 방랑의 즐거움까지도 모조리 반납해 버렸을 것이다. 오늘도 하루 종일 그녀를 생각하면서 보냈다. 그녀를 위해서 와인을 마시고 그녀를 위해서 빵을 먹는다. 그녀를 위해서 스케치북에 마을과 탑을 그린다. 그녀를 위해서 신에게 감사를 드린다. 그녀가 살아 있음에 대하여, 내가 그녀를 만날 수 있었음에 대하여. 그녀를 위해서 나는 한 편의 노래를 짓고, 그리고 한 잔의 붉은 와인에 취할 것이다.

　그리하여, 이 화창한 남녘에서 맞는 내 첫 번째 휴식은 산 너머 먼 곳의 금발 여인을 향한 그리움으로 채우기로 했다. 그녀의 싱그러운 입술은 얼마나 아름다웠던가! 그리고 이 하찮은 삶은 또 얼마나 아름다운가, 얼마나 어리석으며 얼마나 매혹적인가!

THE MOMENTS

HESSE

LOVED

3.
헤세가
본
사람들

"그리고 문득, 번개에 맞은 듯
이 단번에 알게 된 것은, 내가
지금까지 가질 수 있었던 모든
순수하고 진실하고 소중한 친
구들은 모두 내 눈을 통해 마
음속에 들어왔다는 사실이다."

# 안과에서

수주일 전부터, 저녁 시간에 자유롭게 즐기던 독서를 모두 포기해야 하는 처지에 놓였다. 오래된 인쇄물과 글자를 들여다보느라 눈이 무척 나빠졌기 때문에 빛이 환한 낮에 아주 급한 일 정도만 처리하는 것이 고작이었다. 그런데 모든 수단을 동원해도 시력이 나아지지 않아서 마침내는 안과에 가 봐야겠다고 결심하게 되었다.

월요일 아침이었다. 다시 눈이 아팠다. 안과까지는 먼지 풀풀 날리는 길을 한참이나 가야 했다. 안과 대기실은 환자들로 초만원이었고 몹시 더웠다. 지친 데다가 기분도 언짢은 나는 이미 사람들이 가득 앉아 있는 대기실 의자 한구석에 억지로 비집고 앉았다. 그러고는 최대한의 인내심을 발휘하여, 과연 얼마나 더 기다려야 할지 마음속으로 계산하고 있었다. 대기실에서 말없이 진료를 기다리고 있는 다른 사람들의 얼굴을 짧고 피상적으로 슥 쳐다본 후 시선을 돌리고 말았다. 나는 옛날부터 이런 공간에서 기다리는 것 자체가 싫었다. 게다가 이 장소에서 마주친 얼굴들은 당연하지만 전부 이러저런 안질환에 걸려 약간씩은 멍청한 인상을 주고 있으니 더더욱 마음이 울적하고 어두웠다. 잔뜩 몰려 있는 사람들 중에서 내 시선을 끈 얼굴은 단 둘 뿐이었다. 한 명은 이탈리아인이었는데, 아마도 누군가와 싸움질을 하다가 다친 것이 분명한 왼쪽 눈을 희한하게 번쩍거리는 화려한 천으로 감싸고 있었다. 멀쩡한 오른쪽 눈으로는 남쪽 지방 출신 특유의 무덤덤한 시선으로 벽을 바라보고 있는데, 그 어떤 근심이나 조바심도 없는 태도였다. 그리고 또 다른 한 명은 구석자리에 꼼짝 없이 앉아 평화롭게 두 눈을 감고 있는 한 멋진 노신사였다. 흰 수염이 난 주름진 얼굴에 줄곧 잔잔한 미소가 떠나지 않는 것으로 보아, 감미로운 추억이나 기분 좋은 생각에 잠겨 있는 사람처럼 보였다. 그러나 나는 기분이 좋지 않았고, 또 내 눈 때문에 너무 걱정이 되어 다른 이들에게 관심을 갖거나 동정을 보낼 여유가 없었다. 나는 고개를 수그리고 두 손으로 머리를 받친 채 바닥만 뚫어져라 쳐다보았다. 진료실과 검사실에서는 커다란 질문과 나직하게 달래는 위로의 말이 들려왔고, 간혹 참아 보려고 애쓰지만 역부족인 비명이 새어 나오기도 했다.

한참을 그러고 있다가 지루해진 나는 고개를 들고 몸을 의자에 기대고 앉았는데, 그때 나와 마주보는 자리에 있는 한 소년이 눈에 들어왔다. 얼핏 보기에 열두 살 정도인 소년은 나를 가만히 지켜보는 자세였다. 하지만 나는 곧, 염증이 생겨 빨개진 소년의 눈동자에 생기라고는 조금도 없으며, 그냥 초점 없이 흐릿한 채 허공을 향하고 있음을 알아차렸다. 눈 때문에 일그러져 있는 얼굴은 원래는 무척 귀엽고 건강했을 것이 분명하고, 소년의 신체 또한 모양이 좋으면서 상당히 튼튼해 보였다. 내 어린 시절이 떠올랐다. 그 시절에 나는 빛과 태양에 얼마나 열광했던가. 숲과 들판, 고향의 산들을 돌아다니는 일에 얼마나 환호했던가. 내 삶의 유일하고도 위대했던 열정, 산과 들판과 나무와 물과 맺었던 찬란하고 고요한 우정을 기억했다. 그리고 문득, 번개에 맞은 듯이 단번에 알게 된 것은, 내가 지금까지 가질 수 있었던 모든 순수하고 진실하고 소중한 친구들은 모두 내 눈을 통해 마음속에 들어왔다는 사실이다. 이 깨달음은 너무도 강렬하고 충격적이어서, 나는 당장 그 자리를 박차고 달려 나가 어딘가 교외로 가서 햇빛에 빛나는 키 큰 풀들 사이에 그대로 드러눕고 싶다는 격한 충동을 느꼈다.

그러니, 거의 장님이나 마찬가지인 이 소년은 어찌할 것인가! 나는 소년에게서 눈길을 거둘 수가 없었고, 자꾸만 소년의 잘생긴 얼굴과 가엾게도 빨갛게 충혈된 눈에 시선이 갔다. 병든 눈에서는 자꾸만 굵은 눈물방울이 떨어졌는데, 소년은 매번 참을성 있는 동작으로 부끄러워하면서 눈물을 훔쳐 냈다.

그렇게 한 시간 이상이 흘렀다. 그동안 그늘을 만들어 주던 커다란 옆 건물의 그림자가 우리가 앉아 있는 대기실의 유리 지붕에서 물러나고, 열려 있는 채광창을 통해 태양빛이 사람들의 머리 위로 쏟아졌다. 소년의 손과 무릎에도 태양 광선이 내리쬐었다. 그 순간 소년은 놀라면서 몸을 흠칫 움찔거렸다.

"햇빛이란다" 하고 내가 말해 주었다. 그러자 소년은 얼굴을 위로 한 채 서서히 몸을 앞으로 움직여, 햇살이 자신의 눈에 닿도록 만들었다.

그의 눈꺼풀이 가늘게 떨렸다. 달콤하고 가벼운 햇살의 자극에 그의 얼굴 전체가 섬세하게 몸서리쳤다. 소년의 표정이 꿈틀 살아나면서 조그맣고 싱그러운 그의 입이 열렸다.

그것은 그냥 한순간에 벌어진 일이었다. 소년은 다시 의자에 몸을 깊이 파묻어 버리고는, 규칙적으로 맺히는 눈물방울을 느린 동작으로 닦아 낼 뿐 이전과 조금도 다름없는 모습으로 돌아갔다. 그리고 곧바로 여직원이 와서 소년을 데려갔다. 그러나 그 짧은 일순간, 모든 불쾌함과 모든 언짢음이 순식간에 나를 떠났다. 커다란 위안의 빛이 상처 입은 작은 생명에게 찰나의 환희를 선사하며 쏟아지는 것을 목격한 그 순간은, 참으로 진지하고 가슴 뜨거운 기억으로 내 안에 오래도록 남았다.

(1906)

# 행상인

                    늙고 구부정한 그 행상인 없이는, 팔켄가세와 내가 살던 도시 그리고 소년 시절을 상상하기란 불가능하다. 그는 수수께끼 같은 인물이었다. 나이가 몇 살인지, 과거에 뭘 하던 인물인지, 그에 대해서는 단지 막연한 추측만 떠돌 뿐이었다. 심지어는 서류상의 이름마저도 수십 년 전부터 아예 잃어버린 상태였고, 이미 우리 아버지들 시대부터 사람들은 그를 호테호테 풋츠풀버라는 신비한 이름으로 불러 왔다.

    내 아버지의 집은 크고 당당하고 보기 좋은 건물이었지만, 초라한 빈민가 골목들이 얽혀 있는 어두침침한 모퉁이에서 겨우 열 발자국 정도 떨어진 곳에 서 있었다. 어디선가 티푸스가 발생했다 하면, 보나 마나 그곳이었다. 한밤중에 주정뱅이의 고함과 욕설이 터져 나오고 두 명의 경찰관이 겁먹은 태도로 느릿느릿 다가가는 곳이 있으면 거기가 바로 그곳이었다. 누가 누구를 때려 죽였다거나 그와 비슷한 끔찍한 일이 벌어졌다 하면, 그건 반드시 그 동네에서 일어난 사건이었다. 도시에서 가장 좁고, 가장 어두운 구역인 그곳 팔켄가세는 나에게 비밀스러운 마법과도 같았고, 참을 수 없는 매혹으로 나를 강력하게 끌어당겼다. 비록 실제로는 그 구역 전체가 내 적으로 득실거렸고, 심지어 몇몇은 세상에서 가장 위협적인 인물이기도 했지만 말이다. 인류의 역사가 시작된 이래 게르베르자우에는 라틴어 학교 학생과 일반 학교 학생 사이에 피비린내 나는 다툼과 반목이 있어 왔다. 나는 당연히 라틴어 학교에 다니고 있었다. 그러다 보니 팔켄가세의 음침한 골목길에서 돌팔매질을 당한적도 많았고 머리와 등짝을 얻어맞은 적도 있었다. 물론 나도 똑같은 짓을 여러 번했고, 그것을 아주 영광스럽게 여겼다. 특히 구두장이와 두 명의 꺽다리 푸줏간 애송이는 마주치기만 하면 잡아먹지 못해서 안달을 했다. 그들이 바로 조심해야 할 악명 높은 적들이었다.

호테호테는 조그만 함석 수레를 끌고 게르베르자우에 도착하자마자, 곧장 그 고약한 동네로 가서 돌아다녔다. 그의 모습은 거기서 흔하게 볼 수 있었다. 호테호테는 체격이 건장한 난쟁이로, 몸에 비해 지나치게 길면서 이상스레 몸에 숨겨진 듯한 팔다리와 교활하고도 아둔한 눈동자를 가졌다. 다 떨어진 낡은 옷은 아이러니하게도 우직하고 성실하다는 느낌을 주었다. 얼마나 오랫동안 수레를 밀고 다녔는지 그의 등은 꼽추처럼 구부정해졌고 걸음걸이는 무겁고 힘겨웠다. 그가 수염을 기르는지 어떤지, 아는 사람은 없었다. 언제나 변함없이 딱 일주일 전에 면도한 듯한 모습이었기 때문이다. 그는 그 지저분한 골목길이 마치 태어난 고향이라도 되는 듯 능숙하게 움직였다. 어쩌면 정말로 그곳에서 태어난 건지도 모른다. 비록 우리는 늘 그를 이방인 취급했지만 말이다. 그는 골목길에 높다랗게 늘어선, 낮은 대문이 달린 어둑한 건물의 집들을 하나도 빼지 않고 전부 방문했다. 여기저기 창문으로 불쑥불쑥 모습을 보였다가 축축하고 시커먼 복도 끝으로 사라지는 듯했는데, 다시 지하실을 포함한 모든 집 창문에 얼굴을 들이밀고 사람을 부르는가 하면, 잡담을 하거나 혹은 저주를 퍼부었다. 늙고, 게으르고, 더러운 모든 동네 남자들에게 악수를 청했고, 투박하고 빗질도 하지 않은 황폐한 몰골의 여자들과 시시덕거리며 농담을 나누었다. 밀짚 색깔 머리를 가진 시끄럽고 버릇없는 꼬마들의 이름도 전부 알고 있었다. 그는 계단을 올라갔다가 내려오고, 밖으로 나갔다가 다시 옆 건물로 들어가기를 반복했다. 그의 옷과 움직임, 그리고 말투에는 일 년 내내 빛이 비쳐 들지 않는 변두리 세계 특유의 향기가 강하게 스며 있었다. 그 세계의 기분 좋은 으스스함이 나를 매혹시켰다. 그 세계는 우리 집과 아주 가까이 있었지만 이상하게 아무리 해도 알 수 없는 머나먼 외국처럼 느껴졌다.

나와 친구들은 매번 골목길 끝에 서서 그 행상인이 나타나기를 기다렸다. 그의 모습이 보이면 온갖 다양한 목소리를 동원하여, 고대부터 싸움을 치르기 전에 행했던 바로 그 전쟁의 고함을 질러 댔다. "호테호테 풋츠풀버!" 대부분의 경우 그는 별다른 반응을 보이지 않고 그냥 지나치면서 경멸을 가득 담은 미소를 지어 보일 뿐이었다. 하지만 간혹 가만히 멈춰 서서 무거운 머리를 돌려, 증오를 담은 눈빛으로 우리를 염탐하듯이 노려볼 때가 있었다. 그 상태로 분노를 다스리면서 손을 서서히 웃옷 주머니 속으로 깊숙이 넣는 것이다. 그 모습은 기이하게 음험하면서도 위협적으로 보였다.

그런 시선, 주머니 속에서 움켜쥐는 넓적한 갈색 손, 바로 그 인상이 너무도 강렬하여 나는 호테호테의 꿈을 몇 번이나 꾸었다. 그리고 호테호테가 꿈에 나왔기 때문에 나는 깨어 있을 때 그를 두려워했고 자꾸만 떠올릴 수밖에 없었다. 그로 인해 나는 그와 이상하고도 비밀스러운 관계를 형성하게 되었다. 물론 그는 전혀 알지 못하는 관계였다. 호테호테가 나오는 꿈은 늘 뭔가 흥분되면서도 섬뜩한 분위기가 있었고, 그래서 나는 악몽을 꾼 것처럼 겁에 질리고 가위눌림을 당하곤 했다. 얼마 지나지 않아 나는 호테호테가 깊숙한 주머니 속에서 손으로 뭔가를 움켜쥐더니, 그것을 꺼내는 것을 보았다. 그의 손에 들린 것은 날카로운 칼이었다. 나는 그 자리에서 얼어붙었고 죽을 것 같은 공포에 머리카락이 바싹 곤두섰다. 얼마 지나지 않아 나는 그가 사악한 미소를 지으면서 내 친구들을 모두 자신의 함석 수레에 밀어 넣는 것을 보았다. 너무 놀라서 꼼짝도 하지 못한 나는 그가 나까지 붙잡아서 수레에 실을 때까지 멍청하게 그냥 기다리고만 있었다.

늙은 행상이 동네에 오는 날이면, 꿈에서 보았던 그런 공포스러운 장면들이 어쩔 수 없이 떠올랐다. 하지만 그럼에도 나는 친구들과 함께 골목길 끝에 서서 그의 별명을 고래고래 외쳤으며, 그가 손을 주머니 속으로 넣은 채 말끔히 면도하지 않은 창백한 얼굴을 우리에게 찡그려 보일 때면 다 같이 웃음을 터트렸다. 그렇게 하면서도 내 마음은 심한 양심의 가책으로 남몰래 고통스러웠다. 그가 동네에 있는 동안은 어떤 일이 있더라도, 설사 환한 대낮이라도 혼자서는 팔켄가세로 가지 않으려 했다.

　나는 한 시골 목사와 친하게 지내고 있었는데 그는 손님 초대하기를 좋아했다. 어느 날 그의 초대로 목사관을 방문하고 집으로 돌아가는 길에, 나는 아름다운 전나무 숲 한가운데를 관통하는 길을 선택했다. 이미 저녁이었고 집까지는 최소한 한 시간 반은 걸릴 거리였기에 나는 보폭을 크게 하여 서둘러 걸었다. 길은 벌써 매우 흐릿하게 보였고, 밤이 아니더라도 어차피 어두운 숲이 양 옆에서 점점 더 가깝게, 점점 더 음험하게 다가오고 있었다. 반면에 높다란 전나무의 꼭대기 부분에는 아직 붉은 석양빛이 비스듬하게 고인 채 타오르고 있었다. 나는 걸으면서 자주 위를 올려다보았다. 한 번은 부드럽고 영롱하게 반짝이는 빛을 보면서 기쁨에 겨워, 그리고 다른 한 번은 위로를 간절하게 기다리면서. 고요하고 깊은 숲에 급격하게 어둠이 내리는 광경이 열한 살 소년인 내 심장을 조여 왔기 때문이다. 분명 나는 겁쟁이는 아니었다. 최소한 나를 공공연하게 겁쟁이라고 부를 사람은 한 명도 없었다. 게다가 이곳에는 적이라고는 없지 않은가. 눈에 보이는 어떤 위험도 없다. 오직 점점 짙어지는 어둠뿐, 숲 안쪽 비현실적으로 푸르스름한 기괴하게 뒤엉킨 그림자뿐. 여기서 결코 멀지 않은 곳에서, 에른스트 뮐레로 향하는 계곡 아래쪽으로, 한 사람이 맞아 죽은 사건이 있었다.

　새들도 둥지로 돌아가고 있었다. 사방은 고요했고, 더욱 고요해졌다. 길에는 나 말고는 사람의 그림자도 보이지 않았다. 나는 최대한 소리 내지 않고 조용히 걸었다. 왜 그런지 신은 아시겠지. 발길에 나무뿌리가 채이거나 해서 작은 소리라도 나면 나는 소스라치게 놀라곤 했다. 그런 일이 있으면 내 걸음은 빨라지는 것이 아니라 더욱 느려졌고, 동화책에서 읽은 상상의 이야기들이 점차 내 머릿속을 지배했다. 나는 뤼베찰*을 생각했다. 『숲속의 세 난쟁이』동화를 생각했고, 저 너머 에른스트 퓰레의 길가에서 죽은 사람에 대해서도 생각했다.

그때 어디선가 희미하게 그릉거리는 소리가 들렸다. 나는 걸음을 멈추고 서서 귀를 기울였다. 으르르르 하는 소리가 다시 들려왔다. 그것은 내 뒤쪽 길에서 들려오는 것 같았다. 하지만 아무것도 보이지 않았다. 사방이 이미 완전히 깜깜해졌기 때문이다. '아마 마차일 거야' 하고 생각한 나는, 마차가 앞질러 가기를 기다리기로 했다. 어쩌면 나를 태워 줄지도 몰랐다. 이 시간에 이 길을 다닐 만한 마차가 누구네 것일지도 대충 짐작이 갔다. 그런데 들려오는 그 소리는 말이 내는 소리가 아니었다. 말이 아니라 사람이 직접 끄는 소리 같았다. 게다가 다가오는 속도도 그만큼 느렸다. 이건 분명 손으로 끄는 수레다! 나는 계속 그자리에서 기다렸다. 아마도 우유 수레가 분명했다. 뤼칭어 농장에서 가져오는 우유 말이다. 그러나 그게 뭐든지 게르베르자우로 향하는 것만은 틀림없었다. 이 길로 가면 게르베르자우 이전에는 아무 마을도 나오지 않기 때문이다. 그래서 나는 계속 서서 기다렸다.

마침내 사람의 모습이 희미하게 나타났다. 나는 "안녕하세요" 하고

..............
* Rübezahl. 깊은 산속에 사는 정령.

큰 소리로 인사했다. 기침과 뒤섞인 가래 끓는 목소리가 내 인사에 답했다. 수레를 끄는 남자는 두세 걸음 더 가까이 다가와, 이윽고 나와 나란히 섰다.

오, 세상에. 그는 호테호테 풋츠풀버가 아닌가! 그는 나를 한 번 쓱 바라보더니 물었다. "게르베르자우로 가는 거야?" 그리고 계속해서 걸었다. 나도 그의 곁에서 걸음을 옮겼다. 우리 둘은 그렇게 족히 반 시간 정도, 고요한 어둠 속을 나란히 걷고만 있었다. 그는 한마디 말도 하지 않았다. 하지만 몇 분마다 한 번씩, 나직하게 키득거리는 웃음을 삼켰다. 깊은 감정이 들어 있는 듯하면서 동시에 심술궂게 즐거워하는 웃음이었다. 반쯤은 혼란스럽고 반쯤은 사악한 그 웃음소리는 내 골수를 후벼 파는 것 같았다. 나는 말을 하고 싶었다. 그리고 조금 더 빨리 걷고 싶었다. 하지만 그럴 수가 없었다. 마침내 나는 큰 용기를 내어 말을 꺼냈다.

"그 수레 안에 들어 있는 건 뭐예요?" 나는 더듬거리며 이렇게 물었다. 매우 수줍어하면서, 아주 예절 바르게 물은 것이다. 길거리에서 마주치면 등 뒤에서 수백 번이나 욕하고 놀렸던 바로 그 호테호테에게 말이다. 행상인은 우뚝 멈추었다. 그리고 다시 소리 내어 웃었다. 흡족한 듯 두 손을 비비더니, 나를 마주보며 씩 미소를 지으면서, 넓적한 오른손을 겉옷 주머니로 스윽 밀어 넣었다. 그것은 내가 이미 여러 번 보았던, 참으로 악의적이고 흉악한 동작이었다. 그리고 나는 꿈을 통해서, 그 동작의 숨은 의미까지도 벌써 알고 있는 것이다. 날이 기다란 칼을 꺼내려는 것이 아니던가!

아득한 절망에 사로잡힌 나는 그 자리에서 마구 달아났다. 어둠의 숲을 울리는 으스스한 메아리를 피해 미친 듯이 달렸다. 겁에 질린 채로 숨을 헐떡거리면서 마침내 아버지의 집 초인종을 누를 때까지 나는 한순간도 멈추지 않았다.

그것이 호테호테 풋츠풀버였다. 그날 이후 나는 어린아이에서 한 명의 남자로 성장했다. 내가 사는 소도시도 마찬가지로 성장했다. 더 아름다워지지는 않고 규모만 더 커진 것이다. 심지어는 팔켄가세에도 약간의 변화가 있었다. 그러나 늙은 행상인이 찾아오는 것만은 변함이 없었다. 그는 여전히 지하실 창으로 불쑥 얼굴을 들이밀었고, 축축한 복도에 발을 디뎠으며, 황폐한 여자들과 시시덕거리고, 씻지 않아서 지저분한, 밀짚 색깔 머리를 한 많은 꼬마들의 이름을 다 알고 있었다. 그는 옛날보다는 좀 더 늙어 보였지만, 그래도 거의 변하지 않았다. 언젠가 세월이 흐른 뒤, 내 아이들도 팔켄가세에서 그를 기다렸다가 옛날 별명을 부르면서 놀려 댈지도 모른다는 생각이 들었는데, 그건 정말로 묘한 기분이었다.

(1904)

# 어릿광대

싱가포르에서 나는 다시 한 번 말레이 연극을 보러 갔다. 물론 이곳에서 말레이의 민속 예술을 발견하겠다는 희망 따위는 전혀 없었고, 그렇다고 뭔가 의미 있는 연구를 해 보겠다는 의도 또한 갖고 있지 않았다. 그런 기대는 잊은 지 오래였다. 단지 외국의 항구 도시에서 보내는 어느 한가로운 저녁, 식사를 마치고 커피까지 마신 다음이니 무대 공연을 구경하면 어떨까 하는 생각이 문득 들었기 때문이었다.

공연의 내용은 바타비아batavia에 사는 어느 현대적 부부에 관한 것이었고 배우들의 연기는 매우 뛰어났다. 그중 한 배우는 유럽인을 연기했다. 연극은 실제 사건을 신문에 난 기사와 재판 기록을 토대로 하여 한 희곡 작가가 작품으로 각색한 것이었다. 낡은 피아노, 바이올린 세 대, 콘트라베이스 하나, 호른과 클라리넷이 각각 하나인 악단의 반주로 배우들이 연극 도중에 부르는 노래는 감동적인 코미디였다. 여배우 중 한 명은 눈부신 미모의 말레이 소녀였다. 아마도 자바 출신인 듯했다. 그녀의 걸음걸이는 품위 있고 매혹적이었다.

하지만 정말로 특이했던 것은, 비쩍 마른 어떤 젊은 여배우였다. 그녀가 맡은 역할은 매우 보기 드문 것이었는데, 바로 여자 어릿광대였다. 감정이 아주 민감하고, 뛰어나게 지적이라서 다른 모든 배우들보다 단연 우월하게 돋보였던 그녀는 검은 통자루 옷을 입고, 검은 머리 위로는 보기 흉한 창백한 금발의 삼베 가발을 뒤집어썼다. 게다가 얼굴에는 허옇게 석회 칠로 분장을 했고 오른쪽 뺨에는 커다란 검은 점을 붙였다. 엄청나게 흉측한 거지 분장을 한 이 배우는 움직임이 너무도 유연하여 조마조마하게 느껴질 정도였다. 그녀는 극의 내용과 큰 관련이 없는 단역이지만 그럼에도 내용상 줄곧 무대 위에 있어야만 했다. 비천한 어릿광대 역이었기 때문이다. 입을 크게 벌리고 씩 웃거나, 원숭이처럼 허겁지겁 바나나를 먹고, 다른 배우들의 연기나 오케스트라의 연주를 방해하고, 우스갯소리를 쏟아 놓아 줄거리의 진행을 잠시 중단시키는가 하면, 아무 말 없이 다른 배우의 행동을 흉내 내는 식이었다. 그러다가도 갑자기 십여 분 동안 무대 바닥에 팔짱을 낀 채 꼼짝 없이 앉아서, 병적으로 총명하면서도 무관심한 눈빛으로 허공을 냉정하고 오만하게 응시하거나 객석 가장 앞줄에 앉아 있는 관객들을 비판적인 시선으로 쏘아보는 것이다. 그런데 이렇게 괴상하게 굴 때 그녀는 더 이상 기괴하지 않았고 도리어 비극적으로 보였다. 불타는 듯이 붉고 얇은 입술은 너무도 빈번한 웃음에 지친 나머지 생기 없이 멍하고, 누덕누덕 회칠한 얼굴 가운데서 차가운 눈동자만이 슬프고 외롭게, 무언가를 갈망하듯이 앞을 응시하고 있었다. 그 얼굴을 보고 있노라니 셰익스피어의 희곡에 나오는 광대 혹은 햄릿과 대화하듯이 그녀와 대화를 나누고 싶을 정도였다. 그러다 어떤 다른 배우의 몸짓이 그녀를 자극하면 그녀는 또다시 생명력으로 넘실대면서 자리에서 벌떡 일어서, 별다른 노력 없이 그냥 손쉽게, 그러면서도 처절할 만큼 극단적인 과장으로 그 몸짓을 우스꽝스럽게 흉내 내 버림으로써 상대 배우를 깊은 절망에 빠뜨리는 것이었다.

그러나 이 천재적인 여인은 단지 어릿광대에 불과했다. 다른 동료 여배우들처럼 이탈리아 아리아를 부를 수도 없었고, 검고 굴욕적인 의상만을 걸쳐야 했으며, 영문 팸플릿이나 말레이어 팸플릿 그 어디에도 그녀의 이름은 올라 있지 않았다.

(1912)

# 처형

스승이 제자들을 데리고 산에서 내려와 평야로 향했다. 그들은 어느 도시의 성벽을 향해 다가갔다. 성문 앞에는 수많은 인파가 모여 있었다. 스승과 제자들이 가까이 갔을 때 그곳에는 단두대가 설치되어 있었고, 형리가 오랜 감옥 생활과 고문으로 수척해진 한 남자를 죄수용 수레에서 끌어내려 단두대로 데려가는 중이었다. 구경거리에 흥분하여 단두대 주변으로 몰려든 군중들은 죄인에게 침을 뱉고 조롱을 퍼부었다. 그리고 마침내 죄수의 목이 잘려 나가자, 욕망과 환희로 목이 찢어져라 함성을 내질렀다. "도대체 저 죄수가 누구길래." 제자들은 서로 수군거렸다. "도대체 무슨 죄를 저질렀길래 사람들이 저자의 죽음에 이토록 기뻐 날뛰는 것인가. 그를 동정하거나 눈물로 슬퍼하는 이가 단 한명도 없다니."

"저자는 아마도 이단자일 것이다." 스승이 슬픈 목소리로 말했다. 군중 속으로 들어간 제자들은 무심한 듯이 사람들에게 물어보았다. 조금 전까지 단두대 위에서 무릎 꿇고 앉아 있던 그 죄수의 이름과 죄목이 무엇이냐고.

"그는 이단자라오." 군중들은 분노의 목소리로 말해 주었다. "저기 보시오! 저주받은 모가지가 뎅강 잘려 나간 것을! 잘 죽었어! 저 죽일 놈이 우리에게 천국의 문이 두 개뿐이라고 했단 말입니다, 천국의 문이 열두 개인 것은 모르는 사람이 없는데 말이오!"

놀란 제자들이 스승에게 돌아가 물었다. "스승이여, 죄수가 이단자인 것을 어떻게 알았습니까?"

스승은 미소 짓는 얼굴로 그 자리를 떠나며 대답했다.

"어려운 일은 아니었지. 살인자나 도둑 등의 다른 범죄자라면, 동정심을 보이는 이가 분명히 있었을 테니까. 눈물 흘리며 우는 자들도 많았을 것이고 그의 무죄를 주장하는 목소리도 분명 들려왔겠지. 그러나 자기 자신의 생각을 믿는 사람은, 군중으로부터 그 어떤 동정도 얻지 못하지. 군중은 그를 죽여 버리고, 그의 시체를 개들에게 던져 버린다네."

(1908년 경)

# 희귀본

수십여 년 전, 독일의 한 젊은이 가 자신의 첫 시집이 될 작품을 썼다. 단순한 운율의, 달콤하고 무겁지 않은 시어들이 나직하게 읊조리는 사랑의 시들로, 형식미가 있는 것도 아니고 그렇다고 심오한 의미를 품은 것도 아니었다. 그 시를 읽는 독 자는 부드러운 봄바람이 수줍게 살짝 불어온다는 느낌을 받았다. 그 리고 거기에는, 연둣빛으로 움트는 나무들 뒤편에서 어른거리는 소녀 의 그림자가 있었다. 금발의 소녀는 흰색 옷을 나부꼈는데, 그 모습이 여리고도 아련했다. 소녀는 저녁 무렵, 붉고 찬란한 석양빛에 잠긴 봄 의 숲 속을 산책 중이었다. 독자들은 그 이상의 일은 알지 못했다.

시인의 눈에는 그 정도면 충분한 책이 될 것 같았다. 그래서 시인은, 자금이 전혀 없지는 않았으므로, 시집을 출간하려는 대담한 계획을 품었다. 그리하여 수많은 시인 지망생들이 지금껏 벌여 왔던 희비극의 전투에 그도 뛰어들었다. 여섯 개의 유명 출판사를 비롯하여 작은 출 판사 여러 곳까지 차례차례로, 가슴 졸이며 기다리는 젊은 시인에게 정중한 거절의 답장과 함께 깨끗하게 정서한 그의 원고를 되돌려 보냈다. 아주 짧은 그들의 답장은 지금 우리의 수중에 있는데, 오늘의 출판사들이 그와 유사한 경우에 써 보내는 답장들과 스타일에 있어서 근본적으로 완전히 다르지는 않았다. 하지만 그것들은 전부 손으로 적혀 있으며, 적어도 미리 작성해 둔 문구들을 기계적으로 갖다 쓴 듯이 보이지는 않는다.

연이어서 거절만 당하자 화가 나고 지치기도 한 시인은, 자신의 시들을 자비로 출간하여 4백 부를 찍어 냈다. 그렇게 하여 세상에 나온 작은 시집은 프랑스식 12절판 크기 총 39쪽으로, 뒷면이 거친, 질긴 적갈색 종이로 표지를 만들었다. 시인은 30부를 친구들에게 증정했다. 2백 부는 한 서적상에게 판매용으로 넘겼는데, 얼마 지나지 않아 서고에 화재가 나는 바람에 모두 불타 버리고 말았다. 나머지 170부는 시인이 갖고 있었다. 이 170부의 행방에 대해서는 오늘날 알 길이 없다. 그 작품은 태어날 때부터 죽은 운명이었다. 시인은 이후, 추측컨대 경제적인 성격의 이유에서, 시에 대한 꿈을 일단은 완전히 포기하게 되었다.

하지만 그로부터 약 7년 후, 그는 우연한 계기에 긴장감과 재미가 넘치는 희극 작법을 터득하게 되었다. 그는 온 열성을 기울여 작품을 썼고, 운도 따라 주었다. 그때부터 그는 매년 부지런한 제조업자처럼 민첩하고도 꾸준하게 희극 작품을 발표했다. 극장은 연일 만원이었고 그의 희곡집과 무대 사진, 그리고 그의 초상화가 서점 진열대를 장식했다. 그는 유명해졌다. 하지만 그는 젊은 시절의 시집을 다시 출간하지는 않았다. 아마도 지금 와서 보니 자신의 시들이 부끄러워졌을 수도 있다. 그는 한창 전성기를 구가하던 시기에 죽었다. 그의 죽음 이후 유작 원고들 속에서 짧은 자서전이 나왔고, 사람들은 그것을 탐독했다. 그 자서전을 통하여 비로소 그의 젊은 시절 출간되었던 처녀 시집의 존재가 알려지게 되었다.

수없이 많았던 그의 희곡 작품들은 이제 유행이 지나갔고 아무 곳에서도 공연되지 않는다. 중고 서점마다 희곡집이 산더미같이 쌓여 있으며, 그 대부분은 꾸러미인 채로 가격이 매겨질 정도이다. 그러나 젊은 시인이었던 그가 쓴 첫 번째 작은 시집은, 아마도 출간 당시 직접 친구들에게 선물한 서른 권이 남아 있는 전부일 텐데, 수집가들이 눈에 불을 켜고 찾으려 하며 아무리 큰돈을 주고서라도 손에 넣고 싶어 하는 최고의 희귀품이 되었다. 매일매일 구입 희망 리스트에서 사라지는 일은 한 번도 없었지만 실제로 고서점에 그 시집이 나타난 것은 도합 네 번뿐이며 그때마다 열성 수집가들 사이에는 불붙는 전보 전투가 벌어졌다. 그 책은 일단 유명 작가의 작품이고, 게다가 최초의 책인데다가 자비 출판 되었다는 사실도 중요했지만, 그보다 한 단계 더 나아가서 좀 더 고급스러운 수집가들과 독자들의 관심을 자극한 요소는, 그토록 냉혹하게 공연 시장의 섭리에 맞는 작품 활동을 한 극작가가 한때는 감상적인 사춘기 취향의 시를 썼다는 점이었다.

그래서 사람들은 그 작은 소책자를 찾느라 온갖 노력을 기울이는 중이다. 상태가 좋고 온전하게 보존된 시집은 이제 부르는 게 값이 되었다. 그 사이 몇몇 미국의 수집가들도 그 시집을 찾는 일에 끼어들었기 때문이다. 그러다 보니 지식인들마저도 관심을 갖게 되어서, 이 희귀본을 다룬 두 편의 박사 논문까지 나온 실정이다. 한 편은 언어적 측면을, 다른 한 편은 심리적인 측면을 조명한 연구이다. 65부가 만들어진 복사본은 다시 인쇄할 수 없도록 제한했는데 이미 오래전에 다 팔려 나갔고, 애서가들의 간행물에는 시집에 관한 수십 편의 소논문과 해설 등이 실리곤 한다. 특히 논란이 되는 것은 화재로 불타 버린 책을 제외한, 혹시 어딘가에 남아 있을지도 모르는 170권의 행방에 관한 것이다. 작가는 그것들을 모두 폐기해 버렸을까? 아니면 그냥 잃어버렸거나 팔아 버린 것일까? 알 길이 없다. 외국에 살고 있는 그의 후손들은 이 문제에 대해서 전혀 관심을 보이지 않았다. 근래 들어 수집가들은 그 시집 한 권을 구하는 데 그토록 귀하다는『초록의 하인리히』초판본보다 더 많은 돈을 내놓고 있다. 이런 상황에서 만약 어느 날인가 어딘가에서 그 의문의 170권이 우연히 한꺼번에 나타난다면, 그리고 한 명의 수집가가 그것들을 모조리 싹쓸이해서 일괄 폐기 처분해 버리지 않는다면 무슨 결과가 벌어질 것인가. 이 유명한 책은 순식간에 값어치가 바닥에 떨어질 것이다. 최선의 운명이라고 해 봐야 장서 수집사의 수많은 에피소드와 더불어, 우스개이자 가벼운 조롱의 대상으로 간혹 언급되는 일이 전부일 것이다.

(1905)

# 크뇔게 박사의 최후

한때 김나지움 교사였다가 이
른 은퇴를 한 후 사적으로 어문학 연구를 하면서 살아가는 크뇔게 박
사는, 만약 어느 날 호흡 곤란과 류머티즘의 경향이 있다고 하여 어쩔
수 없이 채식 위주의 식이 요법을 강요당하지 않았더라면 죽는 날까지
채식주의나 채식주의자 같은 단어와는 결코 인연이 없었을 사람이었
다. 식이 요법은 무척 성공적이어서, 이후로 그는 매년 몇 달 동안은 대
개 남쪽 지방에 있는 채식주의 요양소나 채식 제공 하숙집을 찾아가
머물게 되었다. 그러다 보니 원래 조금이라도 익숙하지 않거나 낯선 것
을 싫어하는 크뇔게 박사의 성향에도 불구하고 그곳에서 알게 된, 원
래의 그와는 잘 맞지 않으며 아주 간혹 고향에 그런 사람들이 불가피
하게 방문해도 박사 자신은 결코 탐탁하게 여기지 않았던, 그런 집단
이나 개인들과도 어울리게 되었다.

수년 동안 크뇔게 박사는 봄과 초여름, 혹은 가을의 몇 달 동안을
남프랑스 해안 지방이나 라고 마조레lago maggiore에 많이 있는 분위기

좋은 채식주의 하숙집 중 한 곳을 찾아가 휴가를 보냈다. 그런 곳에서 그는 많은 사람들을 사귀었고, 그런 곳을 찾아오는 이들의 별난 습관에도 어느 정도 익숙해졌다. 맨발로 걷는다거나 머리를 길게 늘어뜨린 남자들, 단식주의 광신자나 채식주의 애호가들 말이다. 특히 마지막 부류 중에는 그와 친한 친구가 된 사람들도 많았다. 건강이 허락하지 않는 까닭에 남은 여생 동안 고칼로리의 음식을 점차 더 줄여 나가야만 하는 입장이므로, 크뇔게 박사 자신도 결국 야채와 과일을 즐겨 먹는 겸손한 미식가로 거듭나야 했기 때문이다. 그는 꽃상추 샐러드가 맛있다고 생각해 본 적이 한 번도 없으며, 이탈리아 오렌지 대신에 캘리포니아 오렌지를 먹는 일도 없었다. 그는 채식주의 이념을 가진 것이 아니라, 그냥 자신의 병 치료에 도움이 된다니 채식 위주로 먹을 뿐이었다. 간혹 이 분야의 새로운 용어나 독특한 조어가 어문학자로서 그의 관심을 자극하는 것이 전부였다. 채식주의자, 식물주의자, 생식주의자, 과일주의자 그리고 혼합주의자라는 말도 있었다!

박사는 채식주의 입문자들의 언어로 따지자면 혼합주의자에 해당했다. 과일과 생식뿐 아니라 익힌 야채와 달걀, 유제품도 먹었기 때문이다. 그런데 엄격한 채식주의, 그것도 순수한 생식주의의 계율에 비추어 보면 이런 혼합식은 만행이나 다름없으므로, 박사 또한 순수주의자들의 비판에서 자유롭지는 못했다. 하지만 박사는 채식 형제들의 광신적 교리 다툼에서 항상 멀찌감치 떨어져 있었으며, 다수의, 특히 오스트리아인 동료들이 채식주의 레벨이 새겨진 명함을 내밀며 자랑스러워할 때도 그는 늘 자신의 정체성을 철저하게 자신의 행위와 일치시켜서 오직 혼합주의자로 규정해 두고 있었다.

이미 말했듯이 크뇔게는 기질상 이런 류의 사람들과는 맞지 않았다. 평화로운 인상의 붉은 얼굴과 살찐 체구의 박사는 대부분 비쩍 말라빠지고 금욕적인 눈빛에 옷마저도 종종 공상적으로 차려입는 순수 채식주의자 형제들과는 외모부터가 판이했다. 채식주의자들은 머리카락을 어깨 아래로 내려오게 기른 자들도 드물지 않았고, 자신들의 특별한 이상을 위해 모든 것을 바치는 광신자로, 신봉자로, 순교자로 일생을 살아가는 것이 보통이었다. 반면에 크뇔게는 어문학자이며 애국자였다. 그는 동료 채식주의자들이 갖는 인류 사상과 사회 개혁 이념, 독특한 삶의 양식 그 어느 것에도 동의하지 않았다. 로카르노나 팔란차 등지의 역이나 선착장에 박사가 도착하면, 비채식주의 세속 호텔에서 미리 나와 있던 하인들은 이처럼 점잖은 차림새의 사람이 탈리시아Thalysia나 세레스Ceres의 하인에게 여행 가방을 넘기거나, 심지어는 몬테 베리타의 당나귀꾼에게 짐을 맡기는 것을 보고 깜작 놀랄 정도였다. 그 하인들은 보통의 경우라면 '양배추 신자'의 냄새를 아주 멀리서도 금방 포착하고는, 그들에게 맞는 여관을 알아서 척척 추천해 줄 만큼 전문가들인데도 말이다.

하지만 그는 이런 낯선 분위기도 시간이 흐르면서 차츰 마음 편하게 받아들일 수 있었다. 박사는 기본적으로 낙천가이고, 삶의 지혜를 아는 자이기도 했다. 그는 같은 장소로 몰려든 각국의 식물 섭취자들, 그중에서도 붉은 뺨의 평화 애호가 프랑스인들과 친구가 되었다. 그들과 함께 어울리면 엄격한 근본주의자 동료로부터 혼합식에 대한 비판을 들을 필요도 없고 쌀을 주식으로 하는 불교 신자로부터 종교적인 무신경을 비난받는 일도 없이 유쾌한 대화를 나누며 신선한 샐러드와 복숭아로 마음 편한 식사를 할 수 있었다.

그러던 어느 날 크뇔게 박사는 국제 채식주의 공동체가 대규모로 건설된다는 소식을, 처음에는 신문에서 읽었고, 다음에는 지인으로부터 직접 전해 들었다. 소아시아에 엄청난 규모의 대지를 확보하여, 전 세계의 채식주의자 형제들이 저렴한 비용으로 단기 혹은 장기적으로 머물 수 있는 거주지를 짓는다는 것이다. 그것은 모종의 채식주의 시오니즘을 꿈꾸는 독일과 네덜란드 그리고 오스트리아 채식주의자로 이루어진 이상주의 단체가 추진하는 사업이었다. 그 단체의 최종 목표이자 이상 세계는, 공동의 신념을 가진 추종자들이 모여 이 세상 어딘가 생명이 살아갈 만한 자연 조건이 구비된 장소에 독자적인 행정력을 가진 독자적인 나라를 세우는 것이었고 소아시아의 공동체는 그 첫걸음이었다. 공동체 창립자들은 전 세계의 '모든 채식주의와 나체주의 옹호자, 삶의 개혁주의자'를 향해 호소했다. 그들은 참으로 많은 것을 약속했고 그들의 문장은 구구절절 아름답고 인상적이었으므로 크뇔게 박사는 천상의 언약과도 같은 그 소리에 깊은 감동을 받은 나머지 다가오는 가을에 공동체의 손님으로 묵겠다고 신청해 버렸다.

풍부한 야채와 과일이 시골에서 갓 딴 싱싱한 상태로 운반되며, 『낙원의 길』의 저자가 직접 대형 중앙 건물의 주방을 운영했다. 많은 방문자들이 특히 매력적으로 생각한 점은, 그곳에서는 악의적인 외부 세계의 조롱과 간섭 없이 편하게 지낼 수 있으리라는 것이었다. 모든 종류

의 채식주의가 허용되고 그 어떤 의복 개혁도 자유다. 고기와 술 이외
에는 그 무엇도 금지되지 않는다.

그리하여 구세계로부터 달아난 수많은 별종들이 공동체로 몰려왔
다. 일부는 그곳 소아시아에서 자신들의 기질에 맞게 살면서 평온과
안락을 찾으려는 자들이고, 일부는 구원에 대한 열망으로 공동체에
몰려든 광신자들을 이용해 이익도 얻고 생계도 해결하려는 자들이었
다. 그 안에는 모든 종류의 교회로부터 도망쳐 나온 성직자와 교사, 가
짜 힌두교인, 심령학자, 어학 교사, 안마사, 자기 요법 치료사, 마술사, 기
도 치료사 등이 있었다. 기벽스러운 이런 존재들의 정체는 진짜 사기꾼
과 악당이라기보다는 별 해를 끼치지 않는 자잘한 거짓말쟁이라고 하
는 편이 더 정확했다. 대단하게 이익을 노리는 것이 아니라 대개는 그
저 생계 수단이나 구할 목적으로 사기를 치고 다닌 것이 고작인데, 남
쪽 나라에서 그것도 채식주의자가 생계를 유지하는 데는 크게 돈이
들지 않기 때문이다.

아메리카와 유럽에서 도망쳐 온 이들 대부분이 공통적으로 지니고
있는 유일한 문제점은 많은 채식주의자들의 특징이라고 할 수 있는 노
동 기피 성향이었다. 그들은 돈도 향락도 권력도 오락도 원하지 않았
다. 그들이 가장 원하는 것은 오직 노동하지 않고, 귀찮은 일도 없이 소
박한 삶을 이어가는 것뿐이었다. 상당수는 이미 걸어서 전 유럽을 몇
번이고 횡단하며 부유한 동지들을 찾아가 구걸한 돈으로, 혹은 세상
의 종말을 예언하는 설교자나 기적의 치유사 일을 하면서 벌어들이는
몇 푼의 돈으로 살아온 사람들이었다. 크뇔게 박사도 퀴시사나에 도착

하자마자 예전에 라이프치히에 있는 그를 찾아와 돈을 얻어가곤 하던 무해한 걸인 지인들과 많이 마주쳤다.

그러나 그중에는 각종 채식주의 교단에서 이름을 날리던 위대한 영웅들도 있었다. 긴 곱슬머리와 수염, 햇볕에 그을린 피부를 한 이런 영웅들은 마치 구약에서 튀어나온 인물처럼 모자hood가 달린 길고 헐렁한 겉옷에 샌들을 신고 거리를 활보했다. 보통 사람들은 다들 밝은 캔버스 천의 운동복 차림이었다. 명망이 아주 높은 몇 명의 남자들은 나체에 직접 짜서 만든 천 한 장만 허리에 걸치고 돌아다녔다. 공동체 안에는 이미 여러 개의 모임이, 심지어 협회까지 조직되어 있었다. 과일주의자들이 모임을 갖는 장소는 정해져 있었다. 금욕주의 단식자도 자신들의 장소에서, 접신론자들 혹은 빛 숭배자들 또한 각자 다른 곳에서 모였다. 아메리카의 예언자 데이비스를 숭배하는 신자들이 사원을 건설했는데, 그중의 홀 한 개는 신(新)스베덴보리주의자들의 예배실로 사용되었다.

이렇듯 세상의 온갖 이상한 신앙들이 한데 뒤엉켜 있으니 크넬게 박사도 처음에는 당황하고 어리둥절할 수밖에 없었다. 그는 바덴 지방에서 교사로 일했다는 클라우버의 강연을 들으러 갔다. 클라우버는 땅의 백성들에게 순수 알레만어로 아틀란티스 대륙에서 일어난 사건을 강의했다. 또한 원래 이름이 베포 치나리인 요기 비쉬난다도 만나 보았는데, 놀랍게도 비쉬난다는 수십 년간의 수련을 통해 심장 박동 수를 약 3분의 1정도 수준으로 임의 조정하는 단계에 이르렀다고 했다.

경제 활동과 정치가 삶의 주된 현상인 유럽에 이런 공동체가 생겼다면 아마도 정신병자들의 소굴이나 상상으로 꾸며 낸 코미디처럼 보일 것이 분명했다. 하지만 이곳 소아시아에서는 모든 것이 상당히 이해가 되고, 완전히 불가능하다는 생각은 전혀 들지 않았다. 간혹 새로 도착한 사람 중에는, 자신의 오랜 꿈이 지상에서 그대로 실현된 것을 보고는 감격하고 황홀하여 유령처럼 창백한 얼굴로 넋이 나간 듯 여기저기 돌아다니는 이들도 있었다. 두 눈에 기쁨의 눈물이 그렁그렁 맺혔고 손에 꽃을 든 그들은, 마주치는 모든 사람을 포옹하고 평화의 입맞춤을 건넸다.

하지만 가장 돋보이는 집단은 순수 과일주의자들이었다. 그들은 집이나 사원을 짓지도 않았고 어떤 종류의 조직도 만들지 않았다. 오직 더욱더 자연에 가까워지고자 하는 열망, 그들 자신의 표현대로라면 '땅과 더욱 가까워지고자' 하는 열망 말고는 아무것도 원하지 않았다. 그들은 지붕도 없는 야외에서 살았고 나무나 덤불에서 딴 것 이외에는 먹지 않았다. 그들은 다른 모든 종류의 채식주의자를 극도로 경멸했다. 그들 중의 한 명이 크게 박사의 면전에다 대고 말했다. 쌀이나 빵을 먹는 것은 고기를 먹는 것과 다를 바 없이 더러운 야만 행위이며, 자신의 눈으로 볼 때는 유제품을 먹는 '자칭 채식주의자'와 독주를 마시는 술꾼은 차이점이 전혀 없다고 말이다.

과일주의자 중에서도 특히 요나스의 명성은 대단했다. 요나스는 이 방면에서는 이견의 여지없는 최고의 성공 주자라고 할 수 있었다. 그는 허리에 천 하나를 두르고 다녔지만 그 천은 털이 숭숭 난 그의 갈색 몸뚱이와 조금도 구분되지 않았다. 그가 사는 곳은 조그만 덤불숲이었는데, 가지 사이로 그가 유연하고 민첩하게 움직이는 모습이 비쳐 보였다. 그의 엄지손가락과 커다란 발가락은 놀라운 퇴화의 과정을 거치는 중이었다. 육체뿐만 아니라 그라는 존재 자체는, 인간이 자신의 원형이라고 생각하는 자연물로의 회귀가 가능하다는 명백하고도 확실한 증거였다. 아주 소수의 사람들은 그에게 냉소적이기도 했는데, 그들은 자기들끼리 있을 때면 요나스를 고릴라라고 불렀다. 하지만 그런 예외를 제외한다면 요나스는 이 공동체 전역에서 명성과 존경을 한 몸에 받는 입장이었다.

그 위대한 생식주의자는 언어 사용을 중단해 버렸다. 신실한 형제자매들이 그의 덤불 근처로 모여 들어 대화를 나눌 때면 요나스는 그들의 머리 위 가지에 앉아서 격려의 미소를 띠거나 비판적인 실소를 터트릴 때가 있었지만, 말은 한마디도 하지 않았다. 대신 몸짓으로 의미하기를, 자신의 언어는 완전무결한 자연의 언어이며, 이후 전 세계의 모든 채식주의자들과 자연의 아들들은 이 언어를 사용하게 될 것이라고 했다. 그와 가장 가까운 친구들은 매일 그를 만나서 씹는 기술과 열매 껍질 깨는 기술을 전수받았으며 나날이 완성을 향해서 성큼성큼 다가가는 그의 자연 회귀 과정을 경외심 가득한 눈빛으로 지켜보았다. 하지만 그렇게 되면 곧 그를 잃는 것은 아닌지 걱정이 되기도 했다. 어쩌면 그는 아주 짧은 시일 안에 완전히 자연에 소속되어서, 자신의 고향인 야생으로 돌아가 버릴 테니 말이다.

한 추종자가 이런 제안을 했다. 생명의 순환을 완결하고 인간으로 진화하기 시작한 출발점으로 다시 돌아간 이 기적의 인물을 신으로 받들자는 것이다. 그래서 그들은 어느 날 아침 동이 틀 때 이 일을 행하기 위해서 그의 덤불로 찾아갔다. 예배와 노래가 시작되자 찬미의 주인공이 항상 즐겨 앉던 가지 위로 모습을 나타냈고, 허리에 묶었던 천을 풀어 조소하듯이 허공에다 흔들더니 숭배자들에게 딱딱한 솔방울을 집어던졌다.

크뇔게 박사는 이 완전자 요나스, 즉 고릴라를, 진심으로 몹시 역겹게 여겼다. 지금까지 박사가 채식주의 세계관의 기형적 일면이나 광신자들의 맹목을 마주할 때마다 드러내고 말하지는 않았지만 속으로 느꼈던 모든 부정적인 인상이 요나스라는 한 인물 안에 통째로 들어 있는 듯했고, 그리하여 심지어는 박사 자신의 중도적인 채식주의마저도 처참하게 조롱당하는 기분이었다. 품위 있고 고상한 지식인의 가슴에서 상처받은 인간의 존엄이 고개를 쳐들었다. 다른 사상을 가진 자들에게 일생 동안 관대하고 초연했던 그였지만, 완전자의 거주지 앞을 지나갈 때마다 들끓는 증오와 분노는 다스리기가 힘들었다. 그리고 높은 나뭇가지 위에 앉아 모든 채식의 동지들, 숭배자들 그리고 비판자들까지 무심한 눈길로 관찰하고 있던 고릴라 역시 자신에게 증오를 품는 자들을 싫어하기는 마찬가지였다. 아마도 고릴라는 동물적인 본능으로 그런 증오의 냄새를 맡은 것이 분명했다. 반감은 점점 치열해졌다. 덤불 앞을 지나갈 때마다 박사는 나무 위에서 사는 인간을 힐난과 모욕의 시선으로 훑어보았고, 그 인간도 박사에게 흰 이빨을 드러내고 분노의 콧김을 쉭쉭대며 화답했다.

크뇔게 박사는 다음 달에 공동체를 떠나 고향으로 돌아가겠다고 결심했다. 그러던 중 어느 환한 보름달이 뜬 밤, 산책길에서 박사는 전혀 그럴 마음이 없었는데도 불구하고 발걸음이 고릴라의 덤불 근처로 향하게 되었다. 그는 애수어린 마음으로 아직 건강했던 시절을, 고기도 먹을 수 있는 평범한 인간으로서 자신과 마찬가지인 평범한 인간들과 어울려 살던 시절을 회상했다. 좋았던 과거의 추억에 너무 깊이 함몰된 나머지 그의 입에서는 자신도 모르게 오래전 대학 시절에 즐겨 부르던 노래가 휘파람으로 흘러나왔다.

그러자 덤불 속에서 나뭇가지 꺾이는 소리가 나더니 유인원이 튀어나왔다. 휘파람 소리 때문에 흥분하고 화가 나서 날뛰는 모습이었다. 유인원은 박사 앞에 위협적으로 떡 버티고 섰다. 손에는 울퉁불퉁한 방망이까지 휘두르면서. 박사는 깜짝 놀랐으나, 그보다는 분통이 터지고 화가 치밀어 올랐다. 그래서 달아나지 않았다. 그는 이제 적과 정면 대결을 벌여야 할 시간이 다가왔음을 알았다. 박사는 싱글싱글 웃으면서 허리를 굽혀 절을 했다. 그러고는 자신이 할 수 있는 한 최대의 조롱과 모욕을 담뿍 담아 이죽거리며 말했다. "안녕하십니까. 허락하신다면 제 소개를 하고 싶습니다만. 저는 크뇔게 박사라고 합니다."

고릴라는 분노의 고함을 지르며 몽둥이를 던져 버리고는 박사의 몸 위로 그대로 엎어졌다. 그리고 바로 그 자리에서 무시무시한 두 손으로 박사의 목을 졸랐다. 박사는 다음날 아침 발견되었다. 다들 사정을 짐작할 수는 있었지만, 그 누구도 나뭇가지 위에서 무심한 눈으로 열매껍질을 까고 있는 원숭이 요나스의 이름을 감히 발설하지 못했다. 박사가 이곳에서 알게 된 극소수의 친구들이, 낙원을 찾아온 이방인인 그를 공동체 근처에 묻었다. 무덤에 꽂아 둔 소박한 나무판에는 이렇게 짧은 묘비명이 적혔다. 독일인 혼합주의자, 크뇔게 박사.

(1910년경)

# 니나와의 재회

　　몇 달 동안 떠나 있다가 테신의
구릉으로 되돌아올 때면, 얼마나 숨 막히게 아름다운지 매번 내 가슴
은 놀라움으로 벅차다. 그것은 이제 내가 집에 왔다는 의미일 뿐만 아
니라, 나를 다시 이곳에 옮겨 심어 새로이 뿌리를 내리고, 이곳과 연결
될 수 있는 실마리를 만들어야 함을 의미한다. 과거의 습관들을 회복
하고 고향의 느낌을 되살려서 남쪽 시골 생활이 물꼬를 트도록 해야
한다. 테신에 온다는 것은 단순히 짐을 풀고 야외용 신발과 여름옷을
찾는 일만이 아니다. 겨울 동안 비가 심하게 내려 침실 안으로 빗물이
스며들지 않았는지, 이웃 사람들이 여전히 살아 있는지, 지난 반 년 동
안에 변한 것들은 무엇인지 살펴보아야 하는 것이다. 이 사랑스러운
고장도 오랫동안의 순수를 벗어던지고 차츰 문명의 혜택으로 갈아입
기 시작했는데, 그 과정이 얼마나 진행되었는지도 궁금하다. 역시 생각
대로다. 계곡 아래쪽 산비탈의 숲이 완전히 벌목되었고, 거기에 곧 빌
라 한 채가 들어선다고 한다. 그리고 길이 구부러지는 지점을 확장하

는 공사를 했는데, 덕분에 신비롭던 오래된 정원 하나가 박살 나고 말았다. 우리 고장에 남은 최후의 역마차 정류소도 문을 닫았고 대신 자동차들이 다닌다. 새로 도입된 차들은 이곳의 좁고 오래된 골목길을 다니기에는 덩치가 너무 크다. 이제는 마부 피에로가 위풍당당한 자세로 말 두 마리를 몰고 다니는 모습을 다신 볼 수 없을 거다. 푸른색 제복 차림의 그가 노란색 우편 마차를 타고 덜그럭거리면서 산을 내려오던 모습도 볼 수 없으며, 이제 그로토 델 파체에서 피에로를 만날 때마다 공무를 잠시 멈추고 포도주나 한잔 하면서 쉬어 가라고 그를 유혹하는 재미도 두 번 다시 없을 것이다. 아, 이제 나는 리구노 너머의 숲 가장자리, 항상 즐겨 그림을 그리던 그 자리에 더 이상 이젤과 함께 앉아 있을 수 없게 되었다. 한 외지인이 숲과 들판을 매입하고 주변에 철조망으로 울타리를 둘렀기 때문이다. 아름다운 물푸레나무가 몇 그루 서 있던 자리에는 지금 그의 차고가 들어섰다.

그렇지만 포도 덩굴 아래의 풀밭은 예나 지금이나 마찬가지로 초록이 짙고, 땅에 떨어진 이파리들 사이로 항상 그랬듯이 청록색의 비취도마뱀이 재빠르게 돌아다닌다. 협죽도와 아네모네, 산딸기 꽃이 핀 숲은 푸른색과 흰색이 어우러졌다. 막 초록이 피어나기 시작한 싱그러운 숲 사이로 차갑고도 은은한 호수가 모습을 드러낸다. 나는 짐을 풀었다. 마을에서 그간 있었던 새로운 소식들을 들었다. 세스코가 죽었다는 말을 듣고 미망인 니네타에게 조문을 갔으며 검은 눈동자의 아기 예수상 앞에서 그녀의 행운을 빌었다. 그리고 내 미술 도구들, 배낭과 휴대용 의자, 보기만 해도 사랑스럽게 표면이 도돌도돌한 수채화 도

화지들, 연필과 물감 등을 꺼내서 언제라도 그림을 그릴 수 있게 준비했다. 그림 그릴 준비를 할 때 가장 가슴이 두근거리고 희열이 넘치는 작업은, 팔레트의 칸이란 칸마다 신선한 기쁨으로 반짝거리는 새 물감을 짜서 채우는 일이다. 행복을 주는 코발트블루, 웃고 있는 주홍, 레몬처럼 연한 노랑, 그리고 투명한 겨자 색으로. 이렇게 해 놓으면 준비는 다 끝난 셈이나 마찬가지다. 하지만 그림을 다시 그린다는 것은 준비와는 또 다른 문제인데, 그 일은 조금 뒤로 미루기로 한다. 내일 혹은 다가오는 일요일, 혹은 다음 주에 시작해도 된다. 6개월 만에 자연으로 돌아온 사람이 곧바로 이젤 앞에 앉아서 붓을 물에 담그고 여름의 한 부분을 종이에 옮겨 그리려 하면, 그동안 둔감해진 눈과 서툴러진 손으로는 도저히 성공할 수 없고 서글픈 결과만 얻게 된다. 풀과 돌, 하늘과 구름이 예전보다 더욱 아름다워서, 그런 모습을 그린다는 것이 예전보다 더 불가능하고 더욱 무모한 행동으로 느껴지는 것이다. 그러니 나는 조금 더 기다리기로 한다.

어쨌든 여름 한철과 가을이 내 앞에 놓여 있는 것이다. 앞으로 몇 달 동안 긴긴 하루를 야외에서 보내고, 통풍(痛風)을 완화시키고, 물감들과 유희하면서, 겨울 내내 도시에서 지내던 때보다 더 즐겁고 순수하게 삶을 즐기고 싶다. 세월은 빠르게 흘러가 버린다. 몇 년 전에 내가 이 마을에 처음 이사 올 때는 맨발로 학교로 달려가던 아이들이, 지금은 벌써 결혼을 했거나 아니면 루가노*나 밀라노 등지로 나가 사무실

.............
* 스위스 남부 티치노 주에 있는 소도시.

타자기 앞이나 상점 계산대 뒤에 있다. 그리고 그때 알았던 마을 노인들은 어느새 세상을 떠났다.

그러자 갑자기 니나가 떠올랐다. 니나는 아직 살아 있을까? 맙소사, 이제야 그녀 생각을 하다니! 니나는 이 고장에서 몇 명 안 되는 아주 좋은 내 여자 친구이다. 나이가 78세인 그녀는 멀리 외따로 떨어진 아주 작은 마을, 새 시대의 손길이 아직 미치지 않는 곳에서 산다. 그녀의 집으로 가는 길은 가파르고 험하다. 뙤약볕 속에서 몇백 미터나 산길을 내려갔다가 반대편으로 다시 올라가야만 한다. 하지만 나는 그 즉시 길을 나선다. 처음에는 산비탈의 포도밭을 통과하여 숲 아래쪽으로 내려가고, 그 다음 초록이 우거진 좁은 계곡을 비스듬히 지나, 여름이면 시클라멘으로 겨울이면 크리스마스로즈로 뒤덮이는 반대편의 가파른 산등성이를 넘는다. 마을에서 마주친 첫 번째 아이에게, 니나 할머니는 잘 지내냐고 물어본다. 오, 그런데 나에게 돌아온 대답은, 그녀는 여전히 저녁마다 교회 담벼락에 기대 앉아 코담배 냄새를 맡는다는 것이 아닌가. 안심한 나는 계속해서 걷는다. 그녀는 아직 살아 있다. 나는 아직 그녀를 잃지 않았다. 그녀는 나를 반가이 맞을 것이며, 불만스럽게 툴툴거리기는 하겠지만, 고독한 노인으로 살 수 있는 올바른 모범을 다시 나에게 보여 줄 것이다. 노년에 들어선 사람이 나이와 통풍, 궁핍, 그리고 모든 것으로부터의 고립을 굳건하게, 하지만 유머를 잃지 않고 견디는 법을 가르쳐 줄 것이다. 세계를 향해 바보짓을 하거나 허리를 굽히지 않고, 대신 세계를 경멸하고 세계에 침을 뱉으며, 최후의 순간까지 의사에게도 목사에게도 의지하지 않으리라 작정하는 노년을.

눈이 멀 정도로 햇빛이 강한 길을 벗어난 나는 교회당 앞을 지나 태고의 어둠처럼 짙은 담장 그늘 속으로 들어간다. 산마루 바위 위에 구불구불하고 복잡한 모양으로, 하지만 꿋꿋하게 버티고 선 이곳의 담장은 시간의 흐름을 잊었으며, 영원히 반복해서 떠오르는 태양 말고는 그 어떤 오늘도 알지 못한다. 수십 년, 수백 년에 걸친 계절의 변화 말고 다른 종류의 변화란 이곳에 존재하지 않는다. 이 오랜 담장도 언젠가는 무너질 것이다. 이 아름답고 검고 지저분한 두메도 언젠가는 시멘트와 양철로 개량될 것이며 수도가 들어오고 위생 시설과 축음기를 비롯한 문명의 이기가 도달할 것이다. 늙은 니나의 유골 위로는 프랑스어 메뉴판을 내놓는 호텔이 세워지거나 베를린 사람의 빌라가 들어서게 될 것이다. 그런데, 그녀는 아직 두 발로 살아 있다. 나는 높다란 석조 문지방을 넘어 구불구불한 돌계단을 지나 여자 친구 니나의 부엌으로 들어선다. 그곳에는 늘 그랬듯이 돌과 냉기, 그을음, 커피, 그리고 덜 마른 나무가 타면서 내뿜는 독한 연기 냄새가 강하게 난다. 엄청나게 커다란 난로 앞 돌바닥에 낮은 앉은뱅이 의자를 놓고 거기 늙은 니나가 앉아서 난로에 불씨를 붙이고 있다. 매운 연기가 흘러나오는 바람에 그녀의 눈에는 살짝 눈물이 고여 있다. 그녀는 관절염으로 구부러진 갈색 손가락으로 남아 있는 나뭇가지들을 불 속으로 쑤셔 넣는다.

"안녕하세요, 니나! 저 왔어요! 설마 그새 절 잊어버리신 건 아니겠죠?"

"아이고, 시인 선생, 어서 오구려. 다시 만나게 되니 참으로 반가워요!"

그녀는 몸을 일으킨다. 그러지 않아도 된다고 내가 만류했음에도 불구하고. 그녀가 뻣뻣해진 관절로 일어서려면 시간도 많이 걸리고 무척이나 힘들기 때문이다. 그녀는 왼쪽 허리에 담배가 든 나무 상자를 매달고 있었고 가슴과 등은 검은 모직 천으로 둘둘 감쌌다. 맹금류를 연상시키는 그녀의 나이든 아름다운 얼굴에서 예리하고 영리한 눈동자가 슬픔과 냉소의 시선으로 나를 바라본다. 친한 친구들 사이에서 통하는 그런 놀림과 냉소의 눈빛이다. 그녀는 황야의 늑대를 알고 있다. 그녀는 내가 예술가 선생인 것을, 하지만 그다지 잘나가지는 못한다는 것을 알고 있다. 내가 테신에서 홀로 지낸다는 것, 그녀 자신과 마찬가지로 삶에서 그다지 많은 행운을 움켜쥐지는 못한 사람이라는 것을 알고 있다. 비록 우리 둘 다 일생 동안 그것을 상당히 날카롭게 노려 왔던 것은 분명하지만 말이다. 니나, 당신이 나보다 40년이나 먼저 태어난 것은 참으로 크나큰 유감이다. 속이 상해 죽을 지경이다! 비록 모든 남자들이 당신을 아름답게 보지는 않을 것이고, 심지어 대다수 남자들은 당신을 눈병에 걸리고 관절이 굽은, 더러운 손가락에 코담배를 달고 사는 늙은 마녀라고 생각하겠지만, 그래도 주름 잡힌 독수리 얼굴 가운데 있는 그 코는 얼마나 대단한지! 당신이 몸을 일으켜 세울 때의 그 동작이란! 비쩍 마르고 키 큰 그 몸이 일어서는 모습이란! 자유롭고 겁 없는, 멋진 모양의 눈동자가 보여 주는 그 시선은 얼마나 영리하고 오만한지! 거기에는 경멸이 가득하면서도 악의라고는 찾아볼 수가 없다! 늙은 니나여, 당신은 참으로 아름다운 소녀, 아름답고, 용감하고, 기상 높은 소녀였음이 분명하다!

니나는 작년 여름의 나를 기억했으며, 내 친구들을, 내 여동생을, 내 애인을 기억해 낸다. 그녀는 이들을 모두 알고 있다. 이야기를 하면서도 그녀의 날카로운 눈길은 솥에서 물이 펄펄 끓기 시작하는 것을 놓치지 않고, 커피밀coffee mill에서 갈아진 커피 가루를 물속에 쏟아 넣는다. 커피를 한 잔 따라서 내 앞에 놓고, 코담배도 권한다. 우리는 난로 앞에 나란히 앉아서 커피를 마시고, 불 속에 침을 뱉고, 이런저런 일들을 이야기하고, 질문하고, 그리고 점차 말수가 줄어들며, 어느덧 화제는 통풍에 관한, 겨울에 관한 그리고 삶의 불확실성에 관한 것으로 옮아간다.

"지긋지긋한 통풍! 염병할 놈 같으니! 완전 후레자식! 귀신이라도 물어 가야 할 텐데! 그래서 콱 뒈져 버렸으면 좋겠네. 욕이라도 시원하게 하게 가만 둬요! 선생이 와서 반가워요. 암, 반갑고말고. 우리는 누가 뭐래도 친구잖아. 나이가 들면 찾아오는 사람도 없어지는 법이지. 난 올해 일흔여덟 살이라오." 그녀는 다시 힘겹게 일어서더니 옆방으로 간다. 그곳에는 거울 모서리에 흐릿한 옛날 사진들이 꽂혀 있었다. 나는 지금 그녀가 나에게 줄 만한 선물을 찾고 있다는 것을 안다. 하지만 아무것도 찾아내지 못한 그녀는 손님에게 선물이라며 낡은 사진을 한 장 주려고 한다. 나는 그 사진을 받지 않고, 대신 한 번 더 코담배 냄새를 맡기로 한다.

여자 친구의 주방은 연기로 시커멓게 그을렸고, 아주 깨끗하다고는 말할 수 없으며 위생과는 거리가 멀다. 바닥은 뱉어 놓은 침으로 얼룩천지고 의자의 쿠션은 찢어져 지푸라기가 삐져나와 덜렁덜렁 매달려 있다. 이 글을 읽는 독자들 중에서 그녀의 커피 주전자를 본다면 그 커피를 정말로 마실 사람은 거의 없을 것이다. 낡아 빠진 양철 주전자는 검댕과 재가 달라붙어 시커맸고, 주전자 입구에는 몇 년 전부터 닦아

내지 않은 커피 찌꺼기가 켜켜이 말라붙어 두터운 층을 이루며 굳어 있다. 이곳에서 우리는 현대의 시간과 현대의 세계를 비껴나서 살고 있다. 물론 어느 정도 거칠고 허름하지만, 약간은 황폐하고 위생적이지는 못하지만, 그 대신 숲과 산 가까이에 살며, 염소와 닭들과도 가까이 살고(이 순간도 닭들은 바닥에서 뭔가를 쪼아 먹으며 부엌을 돌아다닌다), 마녀나 동화와도 더 가깝다. 표면이 우툴두툴한 양철 주전자에서 따라 주는 커피의 맛은 기가 막히다. 장작 연기의 쌉쌀한 향기가 살짝 스민 검고 진한 커피다. 이렇게 함께 앉아 늙고 용맹스러운 니나의 얼굴을 보면서 커피를 마시는 일, 다정함이 깃든 걸쭉한 욕설을 듣는 일은, 도시의 댄스파티에서 곁들여진 차 대접을 열두 번 받는 것보다, 유명 작가 지식인들과 어울려 문학 토론을 열두 번 하는 것보다 나에게는 더 행복하다. 물론 그런 멋들어진 일들이 전혀 가치가 없다는 말을 하려는 건 아니지만 말이다.

밖에서는 해가 저물어 간다. 니나의 고양이가 집 안으로 들어와 그녀의 무릎으로 뛰어올라 앉았다. 난로의 불빛이 회칠한 돌벽을 따스하게 비춘다. 이 높은 고지대, 그늘지고 텅 빈 동굴 같은 집 안에서 지낸 그녀의 지난겨울은 얼마나, 얼마나 혹독하게 추웠을까. 몸을 데울 수단이라곤 난로 안에서 파닥거리는 작은 불꽃뿐, 관절 통풍을 앓는 늙은 여인은 고양이 한 마리와 닭 세 마리만을 데리고 얼마나 고독했을까.

무릎에 올라앉은 고양이는 니나의 손길에 쫓겨나고 만다. 니나는 다시 일어선다. 어스름 빛 속에 서 있는 그녀의 모습은 유령처럼 커다랗다. 뼈마디가 불거진 비쩍 마른 형상, 맹금류의 얼굴과 매서운 눈빛, 그

리고 백발이 성성한 머리. 그녀는 아직 나를 보내 줄 생각이 없다. 나
는 한 시간은 더 그녀의 집에 손님으로 머물게 될 것이다. 지금 막 그녀
가 빵과 포도주를 가지러 갔으므로.

(1927)

# 침대에서 신문 읽기

어떤 한 호텔에서 3, 4주 이상을 묵게 된다면 최소한 한 번은 거슬리는 일을 겪을 각오를 해야 한다. 난데없이 결혼식이 열리는 바람에 웃고 떠들고 노래하는 소리에 하루 종일, 심지어는 밤새도록 시달리다가 다음날 아침 복도에서 흥분기가 가시지 않은 술 취한 하객들을 집단으로 마주치게 되는 일이 그 하나이다. 혹은 왼쪽 방의 투숙객이 가스를 틀어 놓고 자살 시도를 하는 바람에 가스가 당신의 방까지 스며드는 일도 있을 수 있다. 가스가 아니면 권총 자살을 할 수도 있다. 그것이 방법 자체만으로 보자면 훨씬 더 깔끔하지만, 호텔 투숙객들 모두가 당연히 옆방의 정숙함을 기대하는 시간대에 그 일이 벌어진다는 것이 문제이다. 가끔은 수도 파이프가 터져 버리는 사건도 생긴다. 그러면 당신은 헤엄쳐서 방을 빠져나와야만 한다. 혹은 이른 아침인 여섯 시에 당신의 방 창 앞에 갑자기 사다리가 등장하고, 남자들이 떼를 지어 사다리를 올라갈 수도 있다. 나중에 알고 보니 지붕을 고치는 인부들이라고 한다.

내가 바덴의 낡은 호텔 할리겐호프에서 평화롭게 묵은 지도 이미 3주가 지났다. 그러니 이제 슬슬 뭔가 일이 터질 거라고 예상할 때가 된 것이다. 그래서 결국 일이 터지긴 터졌는데, 이번에는 수준이 극히 미미하여 거의 문제될 것이 없었다. 난방기가 고장 나서 우리가 하룻밤 동안 떨면서 지낸 것이 전부였다. 오전에는 용감하게 견뎌냈다. 나는 잠시 동안 산책을 다녀온 후, 따뜻한 겉옷을 껴입고 작업을 시작했다. 그러다 얼마 후 증기 난방기의 차가운 철제 파이프에서 새로운 생명의 부활을 알리듯이 꿀럭꿀럭, 피식피식 소리가 났고, 나는 그 소리가 참으로 반가웠다. 하지만 문제는 그렇게 간단하게 해결되지 않았다. 오후가 되면서 손과 발이 꽁꽁 얼어붙을 지경이 되자 나는 마침내 항복하고 말았다. 옷을 벗고 침대 속으로 파고 들어간 것이다. 대낮에 베개에 파묻혀 있다니, 일상의 규칙을 깨고 방종을 저지른 셈이다. 기왕 이렇게 된 것, 나는 평소에는 잘 하지 않는 다른 일도 감행해 보기로 했다.

내가 아는 사람들, 내 글의 비판자들은 거의 모두 하나같이 내가 원칙 없이 생활하는 사람이라고 생각하고 있다. 무슨 사소한 일로 꼬투리를 잡아서, 혹은 내 책의 어느 귀퉁이 한 구절을 근거로 그렇게 판단한 것인지는 알 수 없지만, 그다지 통찰력이 뛰어나지 못한 그런 사람들은 내가 허락받지 못할 자유와 방종의 삶을 마구 예찬하고 있다고 믿는다. 내가 아침에 늦도록 침대에서 나오지 않기 때문에, 삶의 절실한 요구가 있을 때마다 마다 않고 언제 어디서나 포도주 병을 기울이기 때문에, 방문객을 들이지 않고 나도 다른 이를 방문하지 않기 때문에, 그런 등등의 소소한 이유를 들어 그들 실력 없는 관찰자들은 내가 되는 대로 유약하게 흐느적거리며, 중심을 잡을 줄 모르고 그때그때 마음 내키는 대로 문란하고 방탕하게 산다고 결론 내린 것이다. 그런데 그들이 이렇게 비판하는 이유는 단지, 내가 나 자신의 나태한 습관을 숨기지 않고 솔직하게 인정하고 밝히는 것이 오만해 보여서 기분 나쁘기 때문이다. 만약 내가 세상을 상대로 단정하고 반듯한 시민적인 태도로 위장한다면(하기에 따라서는 쉬운 일일 수도 있다), 즉 내가 마시는 포도주 병에 콜론 생수 상표를 붙여서 속이거나 찾아오는 자들에게 방문객을 맞는 일이 부담스러우니 돌아가 달라고 솔직하게 말하는 대신에, 지금 집에 없다는 등의 거짓 핑계를 댄다면, 한마디로 가식과 속임수를 써야겠다고 마음먹는다면, 그러면 내 명예는 올라가다 못해 머지않아 명예박사 학위가 수여될지도 모른다.

그런데 실상은 이렇다. 내가 시민적인 원칙을 벗어나면 벗어날수록, 나 자신이 정한 원칙은 더더욱 강해진다. 내가 훌륭하다고 여기는 원칙들이 분명 있다. 아마 내 비판자들은 그런 원칙을 한 달도 채 지키기 힘들 것이다. 그중의 하나는 신문을 읽지 않는 것이다. 작가라고 콧대가 높아서 그러는 것은 절대 아니며, 일간 신문의 글이 독일의 소위 현대 '시문학'이라고 불리는 작품들보다 질이 떨어진다고 착각해서도 아니다. 이유는 아주 단순하다. 나는 정치나 스포츠, 경제 분야에 흥미가 없고, 더구나 몇 년 전부터는 세계가 또다시 전쟁을 향해 치닫고 있는 모습을 매일매일 무력하게 들여다보는 일이 도저히 견딜 수 없기 때문이다.

그래도 일 년에 한두 번 정도는 그런 습관을 깨고 반 시간가량 신문을 읽기도 하는데, 그때 나는 엄청나게 충격적인 일을 저지르는 듯해서 차라리 재미있어진다. 그것은 마찬가지로 일 년에 한 번 정도만 가는 극장 문을 들어설 때의 비밀스러운 섬뜩함과 비슷하다. 이렇듯 낮에 침대 속으로 기어들어 가야만 했던 바로 그날, 달리 읽을거리도 챙겨 오지 않았으므로, 나는 두 개의 신문을 읽었다. 하나는 스위스의 「노이에 취리히 차이퉁」인데 겨우 4, 5일밖에 지나지 않은 상당히 최근 자였다. 내가 그 신문을 갖고 있었던 이유는 그날 자의 「노이에 취리히 차이퉁」에 내 시가 실렸기 때문이다. 또 다른 신문은 그보다는 한 주일정도 더 지난 것인데 마찬가지로 내가 직접 돈을 주고 구입하지는 않았고 물건을 살 때 포장지로 딸려 온 것이다. 나는 이 두 개의 신문을 흥미진진한 호기심을 가지고 읽어 보았다. 물론 여기서 읽었다는 것은 당연히 내가 이해할 수 있는 언어로 된 기사만을 읽었다는 의미다. 나로서는 도저히 알 수 없는 특별한 비밀 언어 능력을 요구하는 분야는 그냥 건너 뛸 수밖에 없었다. 말하자면 스포츠, 정치 그리고 증권 기사 말이다. 그러다 보니 남는 건 작은 뉴스 몇 개와 문예면 정도였다. 다시금 나는 왜 인간들이 신문을 읽는지, 그 이유를 몸과 마음으로 완전히 납득하게 되었다. 뉴스라는 촘촘한 그물에 걸려서 무책임한 방관자가 되는 황홀함에 도취된 채 신문을 읽는 한 시간 동안, 내 영혼은 기억 속에 있는 수많은 노인들의 영혼으로 변해 있었다. 몇 년 동안이고 라디오 앞에 붙어 앉아서 오직 라디오만 들으면서 생을 소진하던 노인들, 단지 라디오를 듣기 때문에, 단지 매 시간 새로운 뉴스를 기다려야 하기 때문에 죽지 않을 수 있었던 그 노인들 말이다.

사실 시인은 대개 상상력이 매우 빈약하다. 그래서 나 역시 뉴스 기사를 읽자마자, 나로서는 한 번도 상상 못할 경지임이 분명한 사건들이 실제 세상에서 아무렇지도 않게 마구 일어난다는 사실에 놀라고 또 감탄해 버렸다. 내가 읽은 기사들은 전부 기막히게 이상한 내용이어서, 앞으로 한동안은 밤낮없이 곰곰이 연구해 봐야만 할 것 같았다. 신문에 실린 극히 몇몇 뉴스만이 내 평정심을 유지시켜 주었다. 예를 들면 인류가 암과의 전쟁을 벌이느라 고군분투하지만 아직은 아무런 성과도 거두지 못했다거나 다원주의 근절을 위한 종교 재단이 미국에서 설립되었다는 소식은 나를 별로 놀라게 하지 않았다. 하지만 스위스의 어느 도시에서 전해 온 단신은 서너 번이나 반복해서 읽었다. 그 곳에서 한 젊은이가 과실치사로 자기 어머니를 살해하여 유죄 판결을 받았는데, 법원은 그에게 1백 프랑켄의 벌금형을 선고했다고 한다. 그 불쌍한 젊은이는 어머니가 있는 자리에서 총을 손질하다가 손이 미끄러지는 바람에 불행히도 어머니에게 총을 발사하게 되었다는 것이다. 참으로 슬픈 사건이지만, 아주 일어날 수 없는 일은 아니다. 신문의 모든 지면은 묘하게 소름 돋는 이런 기분 나쁜 기사들이 가득했다. 그리고 얼마나 오랫동안 내가 그 젊은이의 벌금 액수를 계산하고 있었는지도, 부끄러운 마음으로 고백해야만 하겠다. 한 인간이 어머니를 쏴 죽였다. 만약 그가 의도적으로 그렇게 했다면 그것은 살인이다. 어차피 세상은 달라졌으니 그 젊은이에게 살인의 어리석음을 깨닫게 해 주고 인간으로 거듭나게 도와줄 짜라투스트라는 없다. 대신 사람들은 그를 긴 시간 동안 감옥에 가두거나, 아직도 옛날식의 야만적인 영주가 세력을 잡고 있는 나라에서는 질서를 유지하기 위해 그의 아둔한 머리를 베어 버린다. 그런데 그 기사와 같은 경우에 그 살인자는 살인자가 아니고 그냥 운이 억세게 없는 작자라서, 황당하게도 비극적인 사건이 일어난 것일 뿐이다. 어떤 기준을 토대로 삼았기에, 한 인간의 생명의 값어치를 어떻게 측정했기에, 혹은 벌금의 교육 효과를 어떻게 계산했기에 법원은 과실치사로 희생된 한 생명에게 정확히 1백 프랑켄이란 액수를 적용할 수 있었을까? 나는 단 한순간도 판사의 성실함이나 선량한 의지에 대해서 의심할 마음은 없다. 나는 판사가 올바른 판결을 내리려고 무척 애썼다고 믿으며, 그가 분명 자신의 이성적 판단과 법조문 사이에서 심각한 갈등을 겪었을 거라고 생각한다. 그러나 이 기사에 나온 판결 내용을 납득이라도 할 수 있는 자가, 더 나아가서 이 판결에 진심으로 흡족해할 자가 과연 이 세상 어디에 있을 것인가?

문예면에서는 다른 종류의 기사를 읽었다. 아주 유명한 내 동료 작가에 관한 내용이었다. "정통한 소식통에 의하면" 유명 대중 작가 M은 현재 S에서 지내면서, 자신의 최근작의 영화화 계약을 진행하고 있다고 했다. 또한 M 선생은 이렇게 말했다고 한다. 자신의 다음 작품은 상당히 중요하고도 흥미진진한 문제를 다루고 있다. 하지만 자신이 이 대작을 완성하기까지는 2년 가까운 시간이 걸릴 거라고 말이다. 이 기사 역시 오랫동안 내 주의를 끌었다. 이런 전제를 미리 밝힐 수 있으려면 얼마나 성실하고 훌륭하고 신중하게 매일매일 작업을 진행해야 할 것인가! 그런데 그는 왜 이런 말을 미리 하는 것일까? 글을 쓰는 중에 갑자기 다른 문제가 더 다급하고 과격하게 그를 사로잡을 수도 있고, 그러면 그는 쓰던 원고를 치워 두고 새로운 원고를 쓸 수밖에 없을 텐데. 또한 일을 하다 보면 타자기가 고장이 나거나 그의 비서가 병가를 내 버릴 수도 있다. 그러니 이렇게 미리 다음 작품의 계획을 발표해서 좋을 게 뭐란 말인가? 2년이 지난 다음에도 작품을 완성하지 못하면 뭐라고 변명할 생각인가? 혹은 그의 소설이 영화화되면 그에게 엄청난 수입이 생기고, 그러면 그는 일생 동안 부자로 살아가게 되는 것인가? 그러면 그의 다음 작품은 없을 것이고, 만약 여비서가 그의 사업을 알아서 진행하지 않는다면 앞으로도 영영 그의 작품은 탄생하지 않게된다는 의미일까.

신문의 다른 단신에서 나는 에케너 박사가 조종하는 체펠린 비행선이 곧 아메리카를 떠나 독일로 돌아올 예정이라는 소식을 읽었다. 그 말은 곧, 비행선이 이미 한 번 그곳으로 날아갔다는 의미이다. 얼마나 멋진 성과인가! 이 뉴스는 나를 기쁘게 했다. 도대체 몇 년 동안이나 나는 에케너 박사를 잊고 살았던가! 18년 전 나는 그가 조종하는 비행선을 타고 보덴 호수와 아를베르크 상공에서 내 생애 최초의 체펠린 비행을 하지 않았던가! 에케너 박사는 체구가 탄탄하고 말수가 적으며, 얼굴은 침착하고 확고하며 신뢰가 가는 선장의 인상이다. 그 당시에 겨우 몇 마디 말을 나눈 것이 전부지만, 그의 이름과 얼굴은 내 기억 속에 남았다. 그로부터 얼마나 많은 세월이 흘러갔는가. 얼마나 많은 운명이 흘러갔는가. 그런데 이 남자는 여전히 자신의 일에 매진하고 있다. 꾸준히 앞으로 전진하여, 지금은 아메리카까지 도달했다. 전쟁도, 인플레이션도, 그 밖의 삶의 부침과 굴곡도 그가 자신의 일을 하는 것을, 자신의 고집을 관철시키는 것을 막지는 못했다. 나는 지금도 분명히 떠올릴 수 있다. 당시 그가, 1910년에, 나에게 친절하게 몇 마디 말을 건넨 후(아마도 그는 나를 보도 기자라고 생각한 듯하다) 비행선의 조종실로 올라가던 모습을. 그는 전쟁 중에 장군의 자리에 앉지도 않았고, 인플레이션 때 파산하지도 않았다. 그는 여전히 비행선 설계사이며 조종사로 남아 있다. 그는 자신의 일에만 끝까지 충실했다. 두 신문에 실려 있던 정신없이 많은 뉴스들 중에서 유일하게 에케너 박사의 소식만이 진정으로 내 마음을 편하게 만들어 주었다.

하지만 이만하면 충분하다. 신문 두 개를 읽으면서 오후 한나절을 다 보내지 않았는가. 난방기는 아직도 작동할 기미가 없다. 그러니 나는 이제 잠시 낮잠을 청해 보려 한다.

(1929)

# 눈부신 겨울날

네 번의 밤과 세 번의 낮 동안 거의 쉬지 않고 눈이 내렸다. 송이가 작고 아주 잘 형성된 눈이어서 손으로 잡아도 모양이 유지될 정도였다. 그리고 지난밤, 세상은 온통 유리처럼 단단하게 얼어붙었다. 그동안 매일매일 자기 집 앞의 눈을 삽과 빗자루로 치우지 않았던 사람은 집 안에 갇히는 신세가 되지 않으려면 이제는 쇠스랑으로 얼음을 깨서 현관 앞과 지하실 입구·등에 접근로를 만들어야 한다. 그런 사람이 이 마을에 한둘이 아니다. 다들 벙어리장갑과 긴 장화로 무장하고 목에는 털목도리를 칭칭 감은 복장으로 집 앞에 나와 투덜투덜 불평을 늘어놓으며 뒤뚱뒤뚱 서툴게 움직인다. 반면에 흡족하고 평화로운 자들도 있다. 혹한이 오기 전에 큰 눈이 와서 파종한 들판을 지켜 주었기 때문이다. 하지만 그렇게 여유 있는 자들은 다른 마을과 마찬가지로 여기에도 극소수이고, 대부분의 주민들은 울 것 같은 표정으로 혹독한 겨울을 욕하기에 바쁘다. 이 겨울로 인해 예상되는 손실을 서로서로 계산해 보고, 예전 어느 해 겨울이 올해

와 비교할 만하게 끔찍했는지 기억을 나눈다. 하지만 이 눈부신 겨울
날을 속상한 걱정거리가 아니라 그와는 다른 것, 환희와 광채 그리고
신의 은총이나 기적으로 여기는 사람은, 마을 전체를 통틀어서 두세
명도 채 되지 않는 것 같다. 사람들은 최대한 집 안에서 머물거나 가
축우리 정도만 둘러보고 말지만, 할 수 없이 밖으로 나가야 하는 자들
은 머리뿐 아니라 영혼에까지 방한 천을 둘둘 두르고, 마음속에는 오
직 자신이 떠나온 따뜻한 난롯가, 초록색 타일 난로의 이글거리는 뜨
거운 열판 앞으로 돌아갈 생각뿐 다른 것에는 신경 쓰지 않는다. 하지
만 만약 한 화가가 이날 마을의 풍경을 그림으로 그렸다면 도시인들
은 화가를 믿지 않았을지도 모른다. 가장 눈부신 한여름의 하루보다
더 큰 탄성이 나오고, 더 푸르고, 더 눈부신 하루였다. 하늘은 티 한 점
없이 새파랗게 개어 세계의 가장 먼 곳까지 그대로 하염없이 이어졌으
며, 숲은 두터운 눈을 머리에 인 채로 고요히 잠들어 있고, 산들은 햇
살을 받아 번갯불인 양 번쩍이며 눈부셨고, 불그스름한 빛을 발하거
나 동화 속과 같은 푸르고 기다란 그림자를 드리웠다. 그 풍경 사이에
아직 얼어붙지 않은 호수가 투명한 초록으로 누워 있었다. 가까운 곳
의 수면은 거울처럼 환하게 반짝였다. 호수의 멀리 떨어진 기슭에는,
앙상하게 헐벗은 채 추위에 떠는 가느다란 포플러 나무 몇 그루 이외
에는 그 어디에도 어두운 얼룩의 흔적을 찾을 수 없는 백설의 눈부신
기슭이 호수의 검붉은 물에 둘러싸여 있었다. 대기와 무한대의 하늘
전체를 장악한 빛은 감탄을 자아냈다. 화려하고 오묘한 어룽거림이 모
든 언덕에서, 모든 벌판에서, 모든 바위에서 눈빛에 반사되면서 두 배

228

로 찬란하게 빛났다. 빛은 흰 평원 위로 완벽한 만곡을 그리며 부서졌고, 숲과 맞닿은 경계에서는 지그시 이글거리고, 먼 산등성이 위로 황금빛 테두리를 만들었다. 거미줄처럼 섬세한 빛줄기가 다이아몬드나 무지개 빛깔로 반짝이며 대기를 가로지르다가, 노란색 갈대 위로, 저 멀리서 초록 그림자로 보이는 호수 반대편 움푹 들어간 기슭으로 느긋하고 사랑스럽게 내려앉았다. 빛은 심지어 그림자조차도 훨씬 더 연하게, 푸르스름하고 부드럽게, 무게감 없이 희석시켰다. 마치 이 광채의 하루 동안은 모든 억세고 곤두선 얼룩들을 환함으로 관통하고 환함으로 충전시켜야 한다는 듯이. 이런 한낮은 밤의 존재를 믿을 수 없다. 설사 하루의 끝에 어스름이 내린다 해도, 눈을 찌르며 용맹하게 번쩍거리던 광선이 피곤한 듯 서서히 기울어 가며 뒤집어쓸 베일을 찾는 모습에 숨이 막힐 뿐이다. 이런 하루가 지나간 다음에는 설사 달 없는 밤이라 해도 완전히 깜깜해질 수는 없는 법이다. 또 이렇게 눈이 내린 날은 하루가 유난히 길다. 청명한 겨울 하늘과 거칠 것 없이 분방한 빛이 우리를 어린아이처럼 행복하게 만들어 주어, 우리는 다시 한 번 창조의 빛 속에서 대지를 보기 때문이다. 다시 한 번 시간을 의식하지 않고 아이처럼 그냥 삶에 몸을 맡겨 버리며, 모든 순간을 놀라워하고, 지상의 그 무엇도 사라지거나 멈추어 버린다고는 믿지 않기 때문이다. 이날의 저물녘쯤 긴 산책에서 돌아오는 내 마음이 바로 그랬다. 이미 어둠이 내려앉은 숲을 떠나는데, 마을이 붉은 석양빛 속에 잠겨 있는 것이 보였다. 내가 있던 곳은 주변이 탁 트인, 살을 에일 듯 추운 봉우리였다. 그곳에 서면 아래로 펼쳐진 구릉들과 숲, 경작지, 호수와 멀

리 알프스의 빛나는 봉우리들도 눈에 들어왔다. 눈이 두텁게 쌓여 신음하는 나무들 말고는 그 어떤 소리도 없는 죽음과도 같은 정적 속, 푸르스름한 겨울 숲을 나는 헤매고 다녔다. 산속에서 나는, 경계심은 많으나 하는 짓이 대담한 붉은 여우 한 마리와, 갈대 우거진 늪지의 검은 야생 오리들을 몰래 지켜보았다. 한 시간도 넘게 검은 너구리 한 마리를 따라다녔고 바람으로 움푹 파인 경사지에서 얼어 죽은 멧새 한 마리를 발견했다. 내가 특히 좋아하는 장소 중 한 곳에 서서, 넓게 퍼져 번쩍거리는 눈부신 글래르니쉬 봉우리를 붉은 소나무 숲 사이로 바라보았다. 두 겹으로 덧댄 내 겨울용 로덴 천 바지를 입은 엉덩이를 땅바닥에 댄 채 가파른 비탈길을 몇 번이나 엉덩방아로 미끄러져 내려왔으며, 하루 종일 단 한 사람도 마주치지 않았다.

이제 나는 피곤에 지친 몸으로, 하지만 매우 즐겁고 상쾌한 기분으로 빠르게 짙어지는 어스름 속을 걸어 집으로 돌아가는 중이다. 다리가 조금 뻣뻣하고 무척이나 허기지지만, 마음은 그득하고 흡족했다. 오늘은 행복한 날이었다. 청명하고, 아름답고, 잊을 수 없는 날, 무의식적으로 살아 버리고 그냥 망각해 버렸던 백 번의 날들만큼 가치가 있다. 어둠이 내리는 이 저물녘, 눈에 덮여 창백하게 빛나는 시골길 저 앞에서 무언가가 가고 있었다. 나는 그것이 무엇인지 보려고 걸음을 빨리해 다가갔다. 우리 사이가 백 걸음 정도로 좁혀지자 나는 그것이 한 어린 소년의 모습인 것을 알아차렸다. 머리에는 아버지의 것이 분명한 지나치게 커다란 모직 두건을 뒤집어쓰고, 손에는 빈 양동이를 들고 있었다. 내가 소년의 모습을 알아보는 바로 그 순간, 소년의 소리도 함께 들려오기 시작했다. 소년은 노래를 부르고 있었던 것이다. 나는 소년에게 무슨 노래를 부르는 거냐고 물으려고 잠시 지체했으나, 소년은 날이 너무 추운 탓인지 바람처럼 빠르게 걸어가 버렸다. 내 귀에는 토막토막 끊어진 멜로디만 남았다. 나는 다시 소년에게 다가가, 소년이 눈치 채지 못할 정도로 뒤에 바싹 붙어서 걸었다. 소년은 서둘러 걸음을 옮겼다. 왼손은 주머니에 푹 찔러 넣은 채로, 울퉁불퉁하게 얼어붙은 길 위에서 몇 번이나 넘어질 듯이 비틀거렸다. 하지만 노래는 쉬지 않고 불렀다. 십오 분, 삼십 분 동안, 아니 어쩌면 그보다 더 오래, 소년은 한 번도 노래를 멈추지 않았고, 우리가 마을에 도착하여 가장 처음으로 나타난 어두운 골목 안으로 들어가 버렸다. 소년이 부른 노래는 무슨 노래였을까, 나는 그 생각을 떨쳐 버릴 수가 없었다. 그것은 정말로 저녁의 석양에 어울리는 노래처럼 들렸다. 잊을 수 없을 만큼 풍요로웠던, 그렇지만 아득하고 어두운 기억 저편으로 사라져 간 내 어린 시절의 노래처럼 들렸다. 소년은 가사를 붙여서 부르지는 않았다. 단지 '라' 와 '리' 그리고 '로'라는 음절만을 사용했는데, 항상 거의 같은 멜로디가 반복해서 나왔다. 매번 라리, 라로 하고, 변화가 있더라도 아주 살짝만 다른 가락으로 불렀다. 내게는 무척이나 익숙하게 느껴지는 멜로디였다. 내 입에 완전히 달라붙은 가락이라서, 소년을 따라 함께 저절로 흥얼거릴 수 있을 정도였다. 그러나 그것은 내가 모르는 노래였다. 아마도 그것은, 오래전에 널리 불리다가 한동안 사라져 버린 동요의 가락일 가능성도 있지만 나는 그렇게 믿지 않는다. 이런 놀라운 겨울날 우연히 듣게 된 멜로디와 눈에 들어온 사물은 마치 태어날 때부터 알고

있는 듯이 참으로 오래고 정겹고 익숙하겠지만, 사실상 그것은 내가
일생 동안 단 한 번도 들은 적도, 본 적도 없는 멜로디이고 사물인 것
이다.

(1905)

# 꿈

어젯밤의 꿈. 나는 어느 박물관에 있다. 아니 그것은 박물관이라기보다는 무슨 전시회처럼 보인다. 널찍한 홀들이 있다. 벽에는 그림과 고블랭 직물, 낡은 깃발과 천, 온갖 색채의 잡동사니들이 가득 걸려 있다. 홀을 둘러보던 나는 곧 피곤을 느낀다. 가도 가도 홀은 끝날 줄 모른다. 특히 발이 너무 피곤하다. 그래서 돌아가기 전에 잠시라도 쉬고 싶은 마음이 간절하다. 하지만 커다란 홀들 중 아주 일부만 의자가 하나씩 놓여 있고, 그나마도 내가 발견했을 때는 이미 다른 누군가가 앉아서 쉬고 있다. 상실감, 영원히 계속되는 헛된 노력과 슬픔, 점점 공허하게 변해 가는 책임감이 공포와 음울의 감정이 되어 나를 옥죄어 온다. 내가 이 피곤한 전시회를 구경 온 것은 기분이 내켜서가 아니라, 내가 아는 어떤 사람, 혹은 어떤 친척이 가 달라고 부탁했기 때문이다. 여기 전시회를 보고 글을 하나 써 주기로 그와 약속했던 것이다.

아픈 발과 절망적인 마음을 질질 끌고 나는 커다란 홀로 들어섰다.

넘치듯 가득한 전시물에 눈길을 줄 여유조차 없었다. 그런데 갑자기 나는 달리기 시작했다, 그것도 점점 더 빠르게 달렸다. 그때까지 지루한 얼굴로 벽 앞의 의자에 앉아 있던 한 방문객이 막 일어섰기 때문이다. 의자가 비었다. 나는 달리고 또 달렸다. 전시실은 숨이 막힐 듯이 넓었다. 그런데 내가 한 발짝이나 두 발짝만 더 떼면 의자에 가 닿을 순간인데, 그 순간 한 남자가 내게로 다가왔다. 나는 그때까지 그 남자를 전시실 감독원으로 생각했다. 그런데 이제 알고 보니 그는 국가의 보호를 받는 상이군인 혹은 상이군인에 준하는 사람이었다. 나는 그 사실을 그의 신발을 보고 알아차렸다. 국가에서 그와 같은 사람에게 지급하는, 징이 단단히 박힌 신발을 신고 있었기 때문이다.

내가 의자에 막 닿기 직전에 나에게 다가온 그 남자는, 내 코앞에서 흡족한 표정으로 편안하게 의자에 앉았다. 그리고 얼굴을 내게로 향했는데, 그것은 단순히 선량하고 인간미 넘치는 정도가 아니라 아주 특별한 개인적 호의를 가득 담은, 기쁨으로 광채가 나는 얼굴이었다. 그의 얼굴은 내가 전혀 생각하지 못한 사실을 말해 주고 있었다. 나는 의자에 앉겠다는 욕망으로 허겁지겁 달려 왔지만 최후의 순간에 의자를 뺏기는 바람에 잔뜩 실망하고 말았는데, 의자에 앉아 있는 승자는 내가 예의 바르게도 그를 위해서 의자를 양보했다고 생각하고 있는 게 아닌가. 그는 나에게 고맙다고 인사했고, 자신이 얼마나 기쁘고 감사한지 그 마음을 전달하려고 무척이나 애를 썼다. 그래서 그는 자리에서 일어섰고, 돌아서서 발걸음을 계속하는 나를 따라오기까지 했다. 나는 할 수 없이 그와의 대화에 억지로 호응해 주는 척하는 차원이었지만, 그는 마치 예의의 최고봉을 보여 주겠다는 태도였고 그것이 우리의 언어에서도 여실히 드러났다. 그곳은 이탈리아 같았다. 그래서 그 '상이군인'도 이탈리아인이었다. 하지만 그는 외국인인 나에게 불명확한 프랑스어로 말을 걸었고, 나는 거기에 형편없는 실력의 이탈리아어로 대꾸를 했던 것이다.

이제 나와 마찬가지로 앉고 싶은 욕망과 피곤을 깡그리 잊어버린 이 상냥한 남자는 처음에 나를 예의 바른 모범생으로, 자기를 도와준 사람으로 착각했다. 그래서 나에게 뒤지지 않는 배려와 예의를 보이려고 애썼다. 또한 그는 나를 내 실제 나이보다 훨씬 어리게 보았고, 보호가 필요한 가난한 젊은이라고 짐작해 버렸다. 그는 안정적인 위치에 있는 평범한 성인 남자가 젊고 가난한 예술가를 대하듯이 나를 대했다. 우리가 매우 애를 써서 서로 예의를 차린 말로 힘겹게 인사를 나누자마자 그는 즉각, 자신이 나에게 아주 좋은 감정을 가지고 있으므로 자신이 베풀어 주는 호의와 배려를 그야말로 마음 편하게 받아들여도 된다고 말했다. 또한 그는 내가 자신의 구두를 유심히 보는 것을 알아차렸다면서, 구두의 의미와 정체에 관해서 내가 이미 알고 있을 것으로 생각한다고 말했다. 그리고 내 귀에 대고 이렇게 속삭이기까지 했다. 내가 눈치 챈 대로 그것은 매우 유명한 최고급 상이군인용 구두인데, 자신이 나를 위해서 이 구두를 공짜로 얻을 수 있는 방법을 찾아보겠노라고.

앉을 자리를 찾아서 그와 경쟁을 벌일 때와는 달리 기분도 많이 나아졌는데, 이런 입장에 처하고 보니 피곤이 다시 도지면서 기분도 점차 울적하게 가라앉았다. 나는 내가 착실하게도 호의를 베풀어서 자신에게 자리를 양보했다고 철석같이 믿고 있는 그의 생각을 고쳐 줄 수가 없었다. 그가 착각하고 있다고, 나는 그가 생각하는 것처럼 고귀하고 선한 인간이 결코 아니라고 솔직히 털어놓을 용기가 없었다. 내 발은 이미 무거운 징이 박힌 상이군인용 구두를 신고 있는 듯했다. 나는 의무감이라는 걸쭉한 죽 속에 빠진 채 꼼짝할 수가 없었고, 보이지 않는 끈에 묶인 것처럼 부자유스러웠다. 그래서 비록 이유는 다르지만 조금 전 의자를 찾아다닐 때와 겉보기에는 똑같은 동작으로, 힘겹고 무거운 걸음을 질질 끌면서 움직였다. 이러다 보니 구두를 주겠다는 그의 약속을 내가 받아들인 셈이나 마찬가지가 되었다. 감사하지만 나는 구두가 필요 없다고, 가벼운 거절의 대꾸까지 이미 머릿속에 생각해 놓고 있었지만 이상하게도 입이 떨어지지 않았다. 단지 몇 마디면 충분한 그 표현이 아무리 애를 써도 머리에 떠오르지 않았다. 그가 신고 있는 그런 모양의 발목을 덮는 반장화를 지칭하는 이탈리아어 단어조차도 생각나지 않았다. 원래는 분명히 내가 알고 있는 단어인데도 말이다. 우리는 미소 띤 얼굴로 과도하게 겉치레를 부리고 예의를 차린 대화를 나누면서 걸어갔다. 한 발자국 한 발자국 내디딜 때마다 나는 점점 더 내 선행의 노예, 어쩌다가 떠맡게 된 잘못된 역할의 노예가 되어 갔다.

참으로 근면한 그 남자는 어느덧 작은 문 앞에 도달하여 문을 열고 안으로 나를 이끌었다. 자신이 진 신세를 어떻게 갚을까 생각해 보았다면서, 이렇게 커다란 전시장에서 일하면서 소정의 수입을 챙긴다면 좋지 않겠느냐고 했다. 나에게 추천할 만한 일이 바로 이 방에 있다는 것이다. 우리가 들어선 곳은 좁다랗고 어두침침한 작은 방인데, 화덕이 하나 들어갈 만큼 벽을 파서 만든 조그만 주방 앞에 한 여자가 서 있었다. 투박하고도 웃기게 보이는 여자는 빵을 굽느라 분주했다. 조그만 가스 불꽃 위로 손잡이 달린 커다란 팬을 올려놓고 있는데, 팬에는 납작하고 둥근 케이크 혹은 빵으로 보이는 밀가루 반죽이 지글지글 익는 중이었다. 밀가루 반죽 한가운데는 현란한 색채의 종이 그림이 눌린 채 붙어 있었다. 빵이 익으면 그림 주변으로 밀가루가 빙 둘러싸며 주름을 만들 것이고, 그러면 그림은 입체적인 테두리를 얻게 된다. 나는 지금 이 여자가 엄청난 분량으로 만들고 있는 이 빵 혹은 케이크가, 전시회를 위해서 특별히 유머러스하게 고안된 상품임을 즉시 알아차렸다. 나 또한 여기서 빵 굽는 기술을 익혀야 하는 것이다. 상이군인과 여자는 나에게 일의 과정과 요령을 설명하려 했다. 그들은 무척이나 열성적이었는데, 이번에도 역시 그들의 열성은 진짜 열성인 반면, 내 열성은 가짜였다. 나는 그저 배우고 싶은 척, 이해하는 척하면서 그들의 열성을 상대해 주고 있을 뿐이었다. 내 가짜 열성은 나를 더욱 지치게 만들었다.

　빵 굽는 일을 제대로 이해하기도 전에, 문득 나는 화덕이 들어 있는 공간이 숨 막힐 정도로 좁다는 것을 알아차렸다. 여자는 그 앞에 서서 일을 하고 있는데, 나는 아무리 오랜 시간이 지나도 그녀처럼 능숙하고 정확하게 일을 해치우지는 못할 것이다. 매번 그녀가 무거운 팬을 밀어 넣는 화덕 위의 빈 공간은 그야말로 팬에 딱 맞게 만들어져서, 팬과 양 옆의 벽 사이에는 단 1밀리미터도 여유가 없어 보였다. 그렇다, 이 일은 정말로 까다로우며 무척이나 힘들 것이 분명했다. 하지만 그 두 사람은 내가 느끼는 숨 막힘과 답답함을 전혀 느끼지 못하는 듯했다. 답답해하기는커녕 그들은 웃고 있었다. 그들은 진정으로 즐거워하는 것이다……

(1932)

# 『클라인과 바그너』 중에서

그는 보트의 가장자리에 바깥을 향하고 앉아 발을 물속에 담갔다. 그는 서서히 상체를 앞으로 수그렸다. 점점 더 수그렸다. 마침내 보트가 그의 몸 뒤편에서 반동으로 밀려 나갈 때까지. 그리고 그는 무한한 우주 공간 안에 있었다.

이후 그가 아직 살아 있었던 아주 짧은 순간, 지금 바로 이 목적을 위하여 달려온 셈이 되는 그의 40년의 삶에서보다 훨씬 더 많은 경험들이 그에게 밀려들었다.

시작은 이러하였다. 그가 떨어지던 순간, 그의 몸이 보트 가장자리와 물 사이에 머물던 그 번개처럼 짧은 찰나에, 그는 자살을 시도하고 있는 자신을 보았다. 유치한 일이다. 나쁜 일이라고는 할 수 없지만, 웃기고 한심한 것이 사실이다. 죽음을 열망하는 격정과 죽음 자체의 격정까지도 모두 허물어져 버렸다. 그런 것은 어차피 아무런 의미도 없었다. 그의 죽음은 더 이상 필연적이지 않았다. 적어도 이제부터는 아니었다. 간절하게 소망하고, 참으로 아름다우며, 두 팔 벌려 환영하지만, 그래도 필연적인 것은 아니었다. 모든 열망을 담아, 동시에 모든 열망을 완전히 포기하면서, 모든 것을 내던지며 보트 가장자리에서 물속으로 떨어지던 순간, 어머니의 무릎이자 신의 두 팔에 가 안기던 그 순간 이후로, 섬광보다 더 짧았던 그 찰나의 순간 이후로 죽음은 아무런 의미가 없었다. 그것은 너무도 간단했다. 그것은 너무도 쉬워서 감탄스러울 정도였다. 까마득한 심연으로의 추락하는 공포도, 힘들게 수고할 일도 없었다. 필요한 기술은 오직 한 가지, 그냥 몸을 던지면 된다! 이러한 삶의 사건을 겪은 그의 전 존재는 환하게 빛이 났다. 그냥 몸을 던지면 된다! 그 일을 일단 감행하고 나면, 그 일에 한 번만 몸을 맡기고 나면, 체념과 복종으로 자신의 모든 것을 넘겨주고 나면, 그 순간 사람은 발아래 디디고 선 모든 단단한 대지를 포기해야만 한다. 그리고 자신의 심장에서 울리는 지도자의 명령만을 따른다면, 이미 일은 성공한 셈이다. 이제 아무런 문제가 없다. 이제는 아무런 공포심도 생기지 않고, 이제는 더 이상 위험하지도 않다.

그 일이 이루어졌다. 위대하고도 유일한 그 행위가. 그는 몸을 던졌다! 물속으로, 죽음 속으로 그는 몸을 던졌지만, 할 수 있는 일이 그것뿐이어서 불가피하게 선택한 건 아니었다. 죽음 속으로 몸을 던진 것처럼 삶을 향해서 몸을 던질 수도 있었다. 하지만 그의 행동 자체는 별 의미가 없고, 심지어 중요하지도 않다. 그는 살게 될 것이고, 다시 돌아오게 될 것이다. 그러면 더 이상 자살이 필요 없게 된다. 지금 하고 있는 이런 이상하고도 번거로운 일을 벌일 이유가 모두 사라진다. 길을 멀리 돌아 제자리로 오는 귀찮은 바보짓을 할 이유가 없게 된다. 그는 두려움을 극복한 상태일 테니까.

상상만으로도 얼마나 멋진가! 두려움 없는 삶이라니. 두려움의 극복, 그것은 축복이며 거의 구원의 경지였다. 그는 일생 동안 두려움에 쫓기며 살았는데, 지금, 죽음이 날개를 펴고 다가오는 이 순간 그는 더 이상 두려움을 모른다. 두려움도 없고 공포도 없다. 오직 미소만이, 오직 구원만이, 오직 완전한 합일만이 있다. 이 순간 그는 갑작스럽게 두려움이 무엇인지를 알게 된다. 그리고 두려움을 아는 자만이 두려움을 극복할 수 있음도 깨닫는다. 인간은 수많은 두려움을 갖는다. 고통을 두려워하고 재판관을 두려워하며 자신의 마음을 두려워한다. 또한 인간은 잠을 두려워하고 깨어남을 두려워한다. 혼자인 것을 두려워하고 냉혹함을, 광기를, 그리고 죽음을 두려워한다. 그러나 그것들은 사실 두려움의 가면이자 두려움의 분장이라고 말할 수 있다. 실제로 인간이 두려워하는 것은 오직 하나뿐이다. 스스로 몸을 던지는 일, 불확실함을 향해서 허공에 발을 내딛는 일, 단단한 토대 위에 자리 잡은 모든 확실성의 경계 너머로 걸어 나가는 일이다. 그런 일을 한 번이라도, 정말이지 오직 단 한 번이라도 감행해 본 사람, 운명에게 결정권을 넘겨주고 모든 것을 하늘에 홀연히 맡긴 채 미지의 길로 나아갔던 사람은 자유를 얻었다. 그는 더 이상 지상의 법칙에 매이지 않았으며, 우주를 운항하는 별들의 윤무에 합류했다. 그렇게 된다. 그것은 참으로 간단한 일이어서, 아이들조차도 쉽게 이해하고 알아듣는다.

그는 사람들이 생각하는 방식대로 생각하지 않았다. 그는 살았고, 느꼈고, 만지고, 냄새 맡고, 맛을 보았다. 삶을 맛보고, 냄새 맡고, 보았고 그리고 삶이 무엇인지 이해했다. 그는 세계의 창조와 세계의 몰락을 보았는데, 그 둘은 서로 대결하는 군대처럼 항상 상대를 마주보면서 영원히 멈추지 않는 끝없는 움직임을 계속했다. 세계는 끊임없이 다시 태어났고 끊임없이 죽어갔다. 신이 한 번 숨을 내뱉은 자리마다 삶이 시작되었고, 신이 한 번 숨을 들이마신 자리마다 죽음이 생겨났다. 자신을 던지는 일을 저항 없이 받아들일 줄 아는 자들, 그들은 힘들지 않게 죽었다. 그리고 기꺼이 태어났다. 그러나 저항하는 자들은 두려움에 시달렸으며 고통스러운 죽음을 맞았고 달리 어쩔 수 없기 때문에 억지로 태어날 뿐이었다.

가라앉는 자는 보았다. 밤의 호수 위로 우주의 유희가 펼쳐지는 것을. 태양과 별들이 천공의 높은 곳으로 올라갔다가 굴러 떨어졌다. 인간과 동물, 영혼과 천사들이 함께 서서 노래 부르고, 침묵하고, 그리고 비명을 질렀다. 모든 인간이 서로 대적하면서 움직이고 있었다. 모두 자기 자신의 정체를 오해하고 있으며, 모두 자기 자신을 증오했다. 모든 다른 존재 속에 들어 있는 자신을 증오하면서 끝까지 괴롭히고 추격했다. 그들이 진정 갈망하는 것은 죽음이고 안식이었다. 그들의 최종 목적은 신이었다. 신에게로 회귀하여 신 안에서 머무는 것이었다. 이 목적 때문에 인간은 두려워했다. 그것은 착각이기 때문이다. 신 안에서 머물 수는 없다! 누구도 안식을 갖지 못한다! 오직 끝없이 내뱉어지고 들이마셔지는 성스러운 절대 호흡의 영원한 반복이 있을 뿐이다. 형성과 해체, 탄생과 죽음, 방출과 회귀가 쉴 새 없이, 중단을 모른 채 반복될 뿐이다. 그러므로 오직 하나의 예술, 하나의 가르침, 하나의 비밀만

이 의미 있다. 바로 자신을 내던지는 일이다. 신의 의지에 맞서서 저항하지 않기, 그렇지만 선이나 악 그 무엇에도 매달리지 않기. 그리하여 인간은 구원을 얻는다. 그리하여 인간은 고통에서 해방되고, 마침내 두려움으로부터 자유로워진다.

그가 살아온 일생이 마치 높은 산에서 내려다보는 숲과 계곡, 그리고 마을의 모습처럼 그의 눈앞에 펼쳐졌다. 처음에는 모든 것이 좋았다. 단순하면서도 만족스러웠다. 그런데 이후 모든 것이 그의 두려움으로 인해, 그의 반항과 발버둥으로 인해 고뇌와 혼돈으로 변했으며 끔찍하게 뒤엉켜 두 번 다시 풀 수 없는 실 뭉치, 비탄과 번뇌의 발버둥이 되어 버렸다! 함께 살지 못하면 정말로 삶 자체가 불가능해지는, 그런 여자는 세상에 없었다. 마찬가지로 함께 사는 것이 완전히 불가능한 그런 여자 또한 없었다. 세상에 존재하는 어떤 것이 아무리 아름답고 탐나고 황홀하다고 해도, 그 반대의 존재 역시 마찬가지로 아름답고 탐나고 황홀했다. 삶은 축복이었다. 사람이 우주에 홀로 떠 있는 순간, 죽음은 축복이었다. 외부에는 안식이 없었다. 묘지에는 안식이 없었다. 신 안에도 안식이 없었다. 그 어떤 마법도 신의 영원한 호흡, 끝없는 탄생의 고리를 끊지는 못했다. 그러나 인간은 자기 자신의 내부에서 다른 종류의 안식을 찾을 수 있었다. 그 방법은 곧, 자신을 내던지는 것이다. 자신을 내던져라! 방어하려고 하지 마라! 기꺼이 죽어라! 그리고 기꺼이 살아라!

그의 생애를 거쳐 간 모든 형상들이 거기 있었다. 그가 사랑한 모든 얼굴들, 모습을 바꾸며 그를 괴롭혀 왔던 모든 고통들. 그의 아내는 그와 마찬가지로 순결하고 깨끗하게 보였다. 테레지나가 그에게 어린아이같이 천진한 미소를 보냈다. 클라인의 존재 위에 항상 커다란 그늘을 드리웠던 살인자 바그너도 진지하게 미소를 짓고 있었다. 바그너의 미소는 그 자신의 행위 역시 구원을 찾아가는 한 방법이었다고 말하고 있었다. 그 역시 신의 호흡에 불과했으며, 하나의 상징에 지나지 않았다고. 그리고 살인과 피, 흉악함이란 것은 정말로 존재하는 실체가 아니라 자학적인 우리 영혼의 가치 판단일 뿐이라고. 그, 클라인은 수년 동안 바그너가 저지른 살인에 대한 생각에서 좀처럼 놓여나지 못했다. 거부했다가 용인하고, 단죄했다가 감탄하며, 그 행동을 혐오하다가 은연중에 모방했다. 그렇게 그는 바그너의 살인이 불러일으킨 고뇌, 두려움, 그리고 불행의 영원한 고리 속에 스스로 갇혀 버렸다. 살인이 곧 그 자신의 존재의 내용이 되었다. 그는 이미 예전에 엄청난 공포에 사로잡힌 채 스스로의 죽음을 상상해 왔다. 그는 자신이 교수대에서 처형당하는 모습을 보았다. 자신의 목을 가르고 지나가는 면도날을, 혹은 관자놀이를 파고드는 총알의 압력을 느꼈다. 그런데 지금, 그 두려운 일이 실제로 일어나는 이 순간에, 죽음은 이다지도 쉽고 이다지도 간단하며, 심지어는 기쁨과 크나큰 승리이기도 하구나! 그러므로 세상에는 두려워할 일이 아무것도 없다. 공포에 떨어야 할 일도 없다. 두려움과 끔찍한 공포 그리고 고통까지도 모두 광기 때문에 발생하는 느낌이다. 우리 자신의 겁에 질린 영혼이 선과 악을 만들어 내고, 소중함과 하찮음을 만들어 내고, 욕망과 공포를 만들어 낸다.

바그너의 모습이 저 멀리서 가라앉았다. 그것은 더 이상 바그너가 아니었다. 바그너는 원래 존재하지 않았다. 그와 관련된 모든 것은 단지 환상이었다. 이제, 바그너는 죽는다! 그러므로 그, 클라인은, 살 것이다.

물이 그의 입속으로 흘러 들어왔다. 사방에서, 그의 모든 감각과 의식으로 물이 침입했다. 모든 것이 와해되었다. 그는 빨아들여졌다. 그는 들이마셔졌다. 그의 주변에는, 그를 마구 밀치면서, 물방울과 물방울처럼 촘촘하게 들어찬 다른 사람들이 헤엄치고 있었다. 테레지나가 헤엄치고 있었고, 그 늙은 가수가 헤엄치고 있었고, 한때 그의 아내였던 여자가 헤엄치고 있었고, 그의 아버지가, 그의 어머니와 여동생이, 그 밖의 수천, 수천, 수천의 다른 사람들이 헤엄치고 있었다. 뿐만 아니라 그림들과 건물들이, 치티아노의 비너스가, 슈트라스부르크<sup>Strasbourg</sup>의 대성당이, 모든 존재하는 것들이 서로 바싹 엉키고 달라붙은 채 헤엄치고 있었다. 거대한 강물 속에서 필연에 몸을 맡기고, 죽음을 향해서 빠르게 더욱 빠르게 미친 듯이 돌진했다. 그리고 이 집단 형상들의 거대하고 엄청난 흐름을 마주하고 또 다른 흐름이 반대로 흘러가고 있었다. 숨 막히게 어마어마한 규모로 흘러가는 사람의 얼굴, 다리, 배 그리고 동물과 꽃, 사상, 살인, 자살, 책과 저작들, 흘러내린 눈물들, 한 치의 틈새도 없이 서로 촘촘하게 엉켜서, 이 세계 전체를 가득 채우며, 아이들의 눈동자와 검은 고수머리, 생선 대가리, 기다란 칼이 딱 박혀 있는 배에서 피를 줄줄 흘리는 한 여자, 그와 비슷하게 닮은 청년, 얼굴에는 성스러운 열정이 환하게 넘치는데, 그것은 정말로 스무 살의 그 자신이니, 지금은 사라진 당시의 클라인의 모습이 맞구나! 시간이란 존재하지 않는다는 사실을 지금이라도 깨달았으니 얼마나 다행인가! 청년과 노인 사이에, 바빌론과 베를린 사이에, 선과 악 사이에, 주는 것과 받는 것 사이에 있는 유일한 것은 오직 인간의 정신일 뿐. 차이와 판단, 고통과 싸움, 그리고 전쟁으로 이 세상을 채우는 것도 오직 인간의 정신일 뿐. 광란하는 청년기의 젊은 정신은 격렬하고 잔혹했으니 앎으로부터 아득히 멀고, 신으로부터는 더더욱 멀었다. 그 정신은 대체물을 고안했으니, 그것은 곧 이름이었다. 어떤 사물은 아름다운 이름으로, 어떤 사물은 흉측한 이름으로 명명하였으며, 어떤 것은 선하다고, 어떤 것은 악하다고 규정하였다. 삶의 어떤 부분은 사랑이라고, 다른 부분은 살인이라고 불렀다. 젊은 정신은 그랬다. 멍청하고, 한심했다. 그가 고안한 것 중의 하나가 시간이었다. 비겁하기 때문에 만들어 낸 생각이었다. 스스로를 더욱 내적으로 괴롭히고 세계를 더욱 복잡하고 어렵게 만들기 위한 교묘한 장치! 시간으로 인해, 그는 인간이 간절히 욕망하는 모든 것으로부터 분리되었다. 다른 것이 아닌 단지 시간 때문에, 스스로 만들어 낸 뛰어난 발명품 때문에! 시간은 일종의 지팡이이자 일종의 목발이었다. 인간이 자유롭게 되는 순간 가장 먼저 몸에서 풀어 버려야 하는 것들이다.

형상들로 이루어진 세계의 강물은 신이 들이마시는 호흡에 따라 계속해서 끓어 넘치며 밀려왔고, 그와 반대 방향에서는 내쉬는 호흡의 흐름이 있었다. 클라인은 보았다. 흐름에 거역해 보려고 애쓰는 사람들, 무서운 경련과 고통을 견디면서 두 다리로 우뚝 서려는 사람들, 스스로 선택한 잔인한 운명을 견디내는 사람들을. 그들은 영웅과 범죄자, 광인, 사상가, 사랑에 빠진 자 그리고 수도자였다. 그는 또 보았다. 그 자신과 마찬가지로 축복받은 사람들을. 스스로를 고스란히 내맡긴 사람들, 빠르고 간단하게, 죽음으로 흘러가는 것에 완전히 동의한 사람들, 그 자신과 마찬가지로 내적인 희열에 잠긴 사람들을. 두 줄기의 거대한 흐름 위로는 축복받은 자들이 부르는 노래와 그렇지 못한 자들이 내지르는 영원한 고통의 비명으로 이루어진, 투명한 둥근 지붕의 음악당이 솟아 있었다. 그 한가운데에 신이 앉아 있었다. 환하게 빛나는, 환함 그 자체 때문에 눈에 보이지 않는 광채의 별, 빛의 정수인 존재가, 세상의 합창, 끊임없이 밀려오는 영원한 소리의 파도에 둘러싸인 채.

영웅과 사상가들, 예언자와 선지자는 속세의 흐름을 빠져나왔다. "보아라, 여기 주인이신 신이 있다. 신의 길이 평화로 이끌리라." 한 사람이 이렇게 외치자 많은 이가 그를 따랐다. 다른 사람이 나서서 신은 다툼과 전쟁을 야기한다고 선언했다. 또 다른 이는 신은 빛이라고 했다. 그리고 다른 이가 신은 밤이라고 했으며, 그 다음 사람은 신을 아버지라고 불렀고 또 다른 사람은 어머니라고 불렀다. 어떤 사람은 신은 안식이라고 찬양했으며 다른 사람들은 신을 움직임이라고, 불이라고, 냉기라고, 재판관이라고, 위로하는 자라고, 창조자라고, 파괴자라고, 용서하는 자라고 그리고 복수하는 자라고 지칭했다. 신은 스스로를 지칭하지 않았다. 신은 호칭을 얻기를 원했다. 그는 사랑받기를 원했고, 찬양받기를 원했고, 저주받기를, 증오받기를, 그리고 경배받기를 원했다. 세계의 소리가 만드는 합창은 신의 집이며 그 소리가 만드는 음악은 신의 삶이기 때문이다. 하지만 인간이 그를 무슨 이름으로 부르는지는 신의 관심사가 아니었다. 무슨 이름으로 찬양하는지도 상관하지 않았다. 인간이 그를 사랑하는지 아니면 증오하는지, 그에게서 안식과 잠을 원하는지 혹은 춤과 광란을 원하는지, 그 역시 신에게는 아무 상관없는 문제였다. 누구나 다 자신이 원하는 것을 신에게서 구할 수 있고, 누구나 다 자신이 원하는 것을 신으로부터 얻을 수 있었다.

지금 클라인의 귀에는 자신의 목소리가 들린다. 그는 노래를 부르고 있었다. 전에는 없던, 힘차고, 밝게 메아리치는 새로운 목소리로 그는 크게 노래했다. 크고 왕왕 울리는 목소리로 그는 신을 찬미하고 찬양했다. 그는 거대한 흐름 속에서 무서운 속도로 휩쓸려 가면서 노래를 불렀다. 수백만 군상들의 한가운데 파묻힌 한 명의 예언자이자 선지자가 되어. 그의 노래는 우렁차게 울렸고, 이 세계의 소리로 이루어진 드높은 궁형 천장은 더욱 높이 치솟았으며, 밝게 빛나는 신은 광채의 내부에 앉아 있었다. 세계의 흐름은 거대한 물살을 이루며 흘렀고, 양 방향으로 무시무시하게 부글거렸다.

(1919)

THE MOMENTS

HESSE

LOVED

# 4.
# 헤세의
# 생각

"나는 오직 현재적인 것, 오직
새롭고 가장 새로운 것만이 전
부인 그런 정신은 견딜 수 없이
무의미하다는 것을 깨달았다.
정신적인 삶이란 있었던 것, 지
나간 것, 오래되고 원초적인 것
과의 지속적인 관계가 성립될
때만이 가능하기 때문이다."

# 무위에 대하여
– 예술가의 건강법

　　　　　　　　　　　　정신적인 분야조차 전통과 미학을 점점 잃어버린 채 오직 폭압적인 산업 구조만 닮아 가고 있고, 학문과 학교는 이미 어린 시절부터 우리에게서 자유와 개성을 말살하고 오직 강제적인, 숨 막히는 긴장과 경쟁을 이상적인 삶이라고 가르치면서 주입하려 든다. 이런 상태가 심화되면 될수록 반대로 몰락하는 것은 고전적인 유형의 예술뿐만이 아니다. 무위의 태도 또한 따라서 자취를 감추게 된다. 사람들은 아무도 그런 것을 신뢰하지 않고, 아무도 그런 삶을 선택하지 않는다. 그렇다고 우리가 과거에 무의의 삶을 한 번이라도 제대로 향유했다는 말은 결코 아니다! 느림을 예술의 경지로 발달시킨 사람들은 서구에서는 모든 시대를 통틀어 오직 천진한 딜레탕트*밖에 없었다.

　　그런데 더더욱 이상한 것이, 오늘날 많은 사람들이 동경에 가득 찬

..............

* dilettante. 이탈리아어의 딜레타레(dilettare, 즐긴다)에서 유래된 말로서 미술, 음악, 문예, 학술을 비직업적으로 애호하는 사람을 뜻한다.

눈빛으로 동양을 흠모하고 있고, 시리아와 바그다드에서 약간의 기쁨을 얻고, 인도에서 약간의 문화와 전통을 취하고, 부처의 성스러운 가르침에서 약간의 진지함과 심오함을 배우려고 애를 쓰면서도, 아무도 바로 눈앞에 보이는 소중한 것을 취할 생각은 하지 않는다. 우리가 동양의 이야기책들을 읽을 때 거기서 풍겨 나오는, 무어인의 궁전 안 차가운 분수에서 불어오는 싱그러운 산들바람의 마법에 취할 줄을 모르는 것이다.

그렇다면 무엇 때문에 그 많은 사람들이 동양의 『데카메론』에 해당하는 『아라비안나이트』, 터키의 민담, 참으로 멋진 인도의 전래 동화 『앵무새 책』을 읽으면서 그토록 큰 재미와 만족감을 느끼는 것일까? 파울 에른스트와 같은 창의력 넘치는 영민한 젊은 시인조차 자신의 작품 『동방의 공주』를 쓰면서 그런 책들이 마련해 놓은 오래된 오솔길을 따라간 것은 무슨 이유일까? 왜 오스카 와일드는 과도하게 부풀린 자신의 판타지를 동양으로 도피시키기를 즐겼을까? 솔직한 마음으로 고백하자면, 그리고 동양학자들의 학문적 고견을 염두에 두지 않고 말하자면, 『아라비안나이트』의 내용만을 놓고 볼 때 그 책이 우리의 그림 동화나 중세의 기독교 전설보다 더 나은 것은 아니다. 게다가 우리는 그 책들을 재미있게 읽고, 곧 잊어버리는 것이 보통이다. 이야기들이 하나하나 다 자매처럼 비슷하기 때문이다. 그런데도 똑같은 이야기를 또 읽고도 처음처럼 재미있어 한다.

왜 그런 것일까? 사람들은 그 이유를 교묘하게 발달한 동양식 서사 기법 탓으로 돌리기 좋아한다. 하지만 그건 분명 우리가 스스로의 미적 판단력을 지나치게 과대평가해서 나온 생각일 것이다. 우리 문학에서 극히 희귀하게 진실한 서사적 재능이 나타날 때는 항상 하찮게 평가하면서, 왜 동방의 문학은 그처럼 열광적으로 추종하고 있는 것인가? 그러므로 그것은 서사 기법에서 느끼는 재미 때문이 아니다. 최소한 그것 한 가지만이 이유는 아닌 것이다. 사실 우리는 서사 기법에 관한한 결코 예민하지 않다. 책을 읽을 때 대략적인 소재만 알면 그 다음에는 심리적이고 감상적인 자극을 찾는 것에 더 골몰한다.

우리를 사로잡는 동방 문학의 비법은, 그것이 갖는 느림이다. 즉 예술의 차원으로 발전한, 취향으로 잘 통제되고 훌륭하게 향유되는 무위의 기술 말이다. 아랍의 이야기꾼들은 최고로 흥미진진한 대목에 이르면, 예외 없이 한참씩 뜸을 들인다. 왕이 기거하는 화려한 보라색 텐트, 보석이 주렁주렁 달린 수놓인 안장 덮개, 어떤 승려의 덕이나 진정한 현자의 완벽함에 대해서 아주 시시콜콜히 시간을 들여 묘사하는 것이 보통이다. 왕자나 공주가 입을 열어 한마디 하려면 우선 그 전에 그들의 입술이 얼마나 붉으며 그 모양은 또 어떠한지, 그들의 이가 얼마나 눈부시게 희고 모양은 또 얼마나 곱고 아름다운지, 그들의 눈빛이 얼마나 대담하게 타올랐는지 혹은 부끄러워하며 내리까는 시선이 얼마나 매혹적이었는지, 눈처럼 흰 손이 움직일 때 장미색 손톱의 광채와 손가락에 낀 보석 반지가 서로 경쟁하듯 빛나는 장면을 하나하나 모두 묘사하고 또 묘사해야만 한다. 듣는 사람들은 아무도 그의 말을 끊지 않는다. 참을성 없이 성격 급한 사람은 하나도 없고, 현대의 독자답게 탐욕을 부리는 사람도 없다. 늙은 은자의 특성이 길게 묘사

될 때도 젊은이의 사랑 이야기나 총애를 잃어버린 대신의 자살 이야기와 마찬가지로 열성과 흥미를 갖고 귀를 기울인다.

우리는 그런 책을 읽으면서 질투와 선망을 느낀다. 이 사람들은 시간이 있구나! 그것도 엄청나게 많은 시간이! 아름다운 여인의 미모와 악당의 비열함을 묘사할 새로운 비유를 생각해 내느라 하루 낮 하루 밤을 소모할 수가 있구나! 만약 오후에 시작된 이야기가 저녁이 되었는데도 겨우 절반밖에 진행되지 않았다면, 듣는 사람은 그냥 거기서 자리를 깔고, 알라에게 감사의 저녁 기도를 올리고, 그대로 누워 잠을 청하는 것이다. 내일 그들은 또 다른 하루를 가질 테니까. 시간에 관한 한 그들은 모두 백만장자이다. 마치 바닥이 없는 우물에서 물을 퍼 올리듯 시간을 길어 올린다. 그러므로 한 시간, 하루, 한 주일 정도를 허비하는 것을 전혀 개의치 않는다. 복잡하게 서로 얽히며 끝없이 이어지는 참으로 독특한 우화와 이야기들을 읽고 있노라면, 우리 안에서도 기묘한 인내심이 솟아나며, 이야기가 영원히 끝나지 않기를 바라게 된다. 그 순간 우리는 마법에 걸렸기 때문이다. 신성한 무위가 기적의 지팡이로 우리를 건드렸기 때문이다.

최근 들어 셀 수도 없이 많은 사람들이 인류 문화의 고향을 찾겠다는 신념으로 힘든 순례의 길을 떠나고, 위대한 스승 공자나 노자의 발 아래로 모여드는 추세지만, 그들이 그토록 깊은 열정으로 찾아 헤매는 것은 결국 신성한 무위 바로 그것이다. 세상을 등진 은자는 산등성이에 앉아 하루 종일 자신의 그림자가 순환하는 것을 지켜본다. 머리 위 해와 달의 변함없이 고요한 리듬에 도취된 채 스스로의 영혼마저도 망각하는 아득한 심연의 휴식에 빠져든다. 그것에 비하면, 근심을 날려 주는 바카스 신의 비방이니 달콤하고 나른한 해시시의 쾌락이니 하는 것들이 다 무슨 힘이 있겠는가? 우리 불쌍한 서구인들은 시간을 잘게, 더욱 잘게 쪼개 버린 후 그 작은 조각 하나하나에 동전 한 닢의 값어치를 매겼다. 그러나 동양의 시간은 조각나지 않았고, 끝없이 이어지는 거대한 파도로 넘실거리며, 하나의 세계를 갈증에서 구원해 주고, 바다의 소금이나 성좌의 빛처럼 영원히 마르지 않고 흘러간다.

그렇지만 나는 개성을 말살시키는 우리 서구 산업과 학문의 양상에 뭔가 충고를 할 생각 따위는 전혀 없다. 산업과 학문이 더 이상 인간의 개성을 필요로 하지 않는다면, 그렇다면 개성 없이 그냥 가도록 내버려 두는 수밖에. 그러나 지금 총체적 파국을 맞은 문화의 한가운데에 빈약한 생존 능력으로 간신히 버티면서 섬처럼 떠 있는 우리 예술가들은, 지금까지 늘 그래왔듯이 세상과는 다른 원칙을 쫓아야만 한다. 우리에게 개성은 사치품이 아니라 필수품이며, 생명의 공기이고 없어서는 안 되는 자본이다. 내가 여기서 말하는 예술가란, 스스로 살아 있으며 스스로 성장한다는 느낌, 그런 자신의 힘의 토대를 자각하고 그것을 바탕으로 자기 고유의 법칙에 따라서 자기를 구축하는 것이 가장 강력한 생의 갈망이며 존재의 필수 요소인 사람을 말한다. 그런 사람들은 그 어떤 종속적인 활동도 표현도 거부하는 사람들이다. 종속된 활동이나 표현은 그 속성이나 파생되는 효과에서 원래의 토대와 명확하고 의미 깊은 관계를 유지하지 못하며, 튼튼한 건축물에서 돔형 천장과 벽의 관계, 혹은 지붕과 기둥의 관계가 아닐 가능성이 많기 때문이다.

그런데 예술가란 원래 아무것도 행하지 않는 일시적인 무위가 필요한 사람이다. 자신이 추구하고 이룩한 성과를 명백하게 이해하기 위해, 그리고 무의식중에 작업한 내용이 무르익기를 기다리기 위해, 아무런 의도 없이 몰두하는 시간을 가짐으로써 자연에 더 가까워지기 위해, 다시 아이로 되돌아가기 위해, 대지와 식물, 바위와 구름의 형제이며 친구라는 느낌을 다시 한 번 더 얻기 위해. 그림을 그리거나 시를 쓰는 사람, 혹은 그냥 자신을 계발하기 위해서 창작 행위를 즐기는 사람이나 상관없이 모두 어느 일정 시기의 휴지기가 반드시 필요하다. 새로 초벌칠을 한 화판 앞에 화가가 서 있다. 그런데 그림을 그리기 위해 필요한 힘이 아직 내면에 충분히 축적되지 않았다고 느낄 때, 화가는 이것저것 시험해 보다가 의심에 빠져들고, 마침내는 분노와 슬픔 속에서 모든 것을 그냥 던져 버리고 만다. 스스로가 참으로 무력한 것만 같고 도저히 위대한 작품을 만들어 낼 수 없을 것 같고, 자신이 화가가 된 그날을 저주한다. 작업실의 문을 닫아걸고, 하루하루 변함없는 작업에 종사하며 편안하고 안정된 기분을 누리는 거리의 청소부를 부러워한다. 시인은 자신의 구상을 글로 옮기기 시작하면서 뭔가 잘못되었다는 생각이 든다. 그가 처음에 예감했던 위대함은 흔적도 없다. 글자를 지우고 페이지 전체를 삭제한다. 다시 쓴다. 새로 쓴 것도 난로불 속으로 집어던져 버린다. 처음에는 명확한 형태로 눈앞에 보였던 것들이 갑자기 흐릿한 윤곽으로 아득하게 멀어져 간다. 자신의 열정이나 감정이 너무도 하찮고 무의미하며, 우연히 얻어걸린 가짜로만 느껴진다. 도

망치듯 작업실을 나온다. 마찬가지로 거리의 청소부를 부러워한다. 그렇게 계속된다.

대개의 예술가들은 생애의 3분의 1이나 절반 정도를 이런 일로 허비한다. 중단 없는 창작 활동을 꾸준히 이어나가는 것은 극소수의 예외적 인간뿐이다. 그래서 겉으로 보기에 예술가들이 아무것도 하지 않고 빈둥대는 시간들이 생겨나는 것이다. 그런 모습을 보고 속물들은 예로부터 예술가를 동정하거나 멸시해 왔다. 속물들은 단 한 번의 창조적 순간이 수천 배의 시간을 들인 엄청난 작업량과 대등하다는 것을 이해하지 못한다. 왜 저 괴짜 예술가는 닥치고 앉아 계속 그림을 그리지 않는지, 그냥 하던 대로 똑같이 붓질을 쓱쓱 그어 대면 그림이 완성될 텐데 왜 그렇지 하지 않는지, 그림을 못 그리는 상태가 왜 그토록 자주 발생하는지, 왜 며칠이고 몇 주고 작업실 문을 닫고 틀어박혀서 혼자 무슨 생각에 그리 골몰하는지, 속물들은 좀처럼 짐작할 수가 없다. 그런데 예술가 스스로도 매번 이런 식의 휴지기가 찾아올 때마다 깜짝 놀라고 자신에게 실망하기는 마찬가지다. 매번 똑같은 위기감을 느끼고 매번 똑같이 자학에 빠져든다. 그러다가 타고난 기질의 법칙에 순응할 수밖에 없음을 알아차린 다음에야 안정을 되찾는다. 예술적인 충만 역시 피로감과 마찬가지로 사람을 마비시킨다는 사실을 깨달은 다음에야 위안을 얻는다. 그가 아름답고 멋진 예술품으로 탄생시키고자 원하는 바로 그것이 지금 그 안에서 꿈틀거린다. 그러나 아직은 때가 아니다. 아직은 충분히 무르익지 않았다. 아직 그것은 유일하게 실현 가능한 최고의 모습을 자기 안에 수수께끼로 품고 있을 뿐이다. 그러니 지금 당장은, 기다리는 것 말고는 방법이 없다.

이 기다림의 시간을 유익하게 보낼 소일거리는 수없이 많다. 예를 들면 그동안 고금의 뛰어난 문학 작품들을 읽을 수도 있다. 하지만 해결되지 않은 과제가 심장에 가시처럼 박혀 있는 드라마틱한 고통의 상태라면, 셰익스피어의 드라마를 읽는 것은 그다지 마음 편한 일이 아니다. 그림을 구상하는 첫 단계에서 아이디어가 막히는 바람에 참담하게 망가진 기분이라면, 티치아노의 그림을 감상한다고 해서 큰 위로가 되지는 않는 법이다. 특히 '생각하는 예술가'를 이상으로 삼는 젊은이들은 예술 활동을 쉬는 이 기간 동안 생각에 전념하는 것이 최고라고 여기는 경향이 있다. 그래서 목적도 이유도 없이 비판적인 상념이나 공허한 망상에 하염없이 몰두한다.

예술가들 사이에서 최근 들어 큰 유행이 되고 있는, 반(反)알코올 성전에 아직 참여하지 않은 자들은 훌륭한 포도주를 찾아 길을 나선다. 나는 이런 자들에게 전적으로 공감한다. 우리의 감정을 조정하고, 우리에게 위안을 주고, 우리를 달래 주며 우리를 꿈꾸게 만드는 포도주야 말로 참으로 품위 있고 근사한 신이기 때문이다. 그에 비하면 포도주의 적들이 우리에게 주입시키려고 하는 믿음은 형편없이 앙상하다. 그러나 포도주가 모든 사람에게 무조건 좋은 것은 아니다. 지혜롭고 예술적으로 포도주를 사랑하고 즐기며, 달콤한 속삭임으로 우리의 마음을 애무하는 포도주의 언어를 이해하기 위해서는, 다른 예술 분야와 마찬가지로 타고난 자질이 필수적이다. 뿐만 아니라 훈련도 필요한데, 모범적인 전통에 따른 훈련이 아닐 경우 어느 정도라도 능숙한 경지에 다다르기는 아주 어렵다. 설사 이 모든 것을 갖춘 선택받은 자라고 해도, 우리가 스스로 지칭하듯이 요즘과 같은 불모의 시대에는, 신을 진정으로 경배하기 위한 최소한의 헌금조차 주머니에 갖고 있지 못할 가능성이 아주 높다.

그렇다면 몸과 마음이 모두 진정한 예술가는, 때가 무르익지 않아 전혀 흥이 나지 않는 무의미한 작업을 계속해야 하는가, 아니면 낙담에 빠진 채 홀로 방구석에서 머리를 싸매고 이 공허한 시간을 보내야 하는가? 사교, 스포츠, 여행 등은 이런 상황에서는 전혀 도움이 되지 않는다. 게다가 그것들은 대개 부유한 자들이나 즐기는 여가 활동인데 예술가의 욕망은 결코 그런 자들과 동류의 인간이 되는 데 있지 않다. 또한 각각의 예술 분야는 이런 안 좋은 시기에는 서로가 서로에게 별 도움이 되지 못한다. 시가 써지지 않아 괴로워하는 시인은 화가에게서 마음의 평정을 얻지 못하고, 마찬가지로 그런 화가는 다른 음악가에게서 위안을 발견하는 경우가 드물다. 예술가는 창조력이 마음껏 발휘되는 시기에만 깊은 감동과 떨림을 진정으로 즐길 수 있기 때문이다. 그런데 그 자신의 예술이 곤경에 처한 지금 다른 예술도 전부 맥 빠지고 창백하게 보이거나, 그렇지 않으면 위협적일만큼 위대해서 그의 기를 죽인다고 느낄 뿐이다. 절망적인 기분에 빠진 자가 한 시간 동안 베토벤을 들으면 구원을 받을 수도 있겠지만 그만큼이나 쉽게 최악의 좌절로 치달을 수도 있다.

바로 이것이, 내가 무위의 예술을 간절하게 아쉬워하는 이유이다. 나는 다른 면에서는 얼룩 하나 없이 순수한 게르만족의 심성을 가졌지만, 이 점에 있어서만은 질투와 갈망의 눈동자로 어머니 아시아를 바라볼 수밖에 없다. 그들은 원초적인 풍습에 따라, 아무 일도 하지 않고 빈둥거리는 하찮은 상태에도 정돈과 품위의 리듬을 부여해 왔기 때문이다. 내 자랑은 아니지만, 나는 이런 무위의 예술과 관련한 실험적인 활동에 많은 시간을 들였음을 말하고 싶다. 내 경험의 성과를 설명하는 일은 나중에 특별한 기회가 있을 때까지 미루기로 하고, 지금은 그냥 비관의 시기에 내가 무위를 행하는 방법과 쾌락을 대충이나마 익혔다는 한마디면 충분할 것 같다. 하지만 독자들 중에 무위라는 게으름을 직접 실천해 보지 않은 예술가들은 이 글이 사기꾼의 수작 같다며 실망하여 외면해 버릴 수도 있다. 그러지 않도록 무위의 사원에서 수행하던 초창기 시절 내가 터득한 몇 가지를 간략한 문장으로 정리해 보겠다.

1. 어느 날 나는 문득 막연한 느낌에 휩싸여 『아라비안나이트』 독일어 완역판과 『자지드 바탈의 모험』을 도서관에서 가져와 펼쳐 보았다. 그런데 처음 잠시 동안은 재미있었지만 한나절 정도가 지나니 두 권 다 지루해졌다.

2. 왜 이런 걸까 곰곰이 생각해 본 결과, 이 책들은 모두 눕거나 혹은 바닥에 앉아서 읽어야 한다는 것을 깨달았다. 서구의 독서 습관대로 의자에 반듯하게 앉아서는 책을 전혀 즐길 수가 없다. 눕거나 쪼그리고 앉아 있을 때 인간은 공간과 사물을 완전히 다른 관점에서 보고 이해한다는 것을 이때 최초로 알게 되었다.

3. 그리고 곧 이어서 깨달은 사실은, 내가 직접 읽을 때보다 누군가

가 읽어 주는 것을 들을 때 동양적 분위기의 효과는 배가된다는 것(그런데 이 효과를 성공적으로 느끼려면 읽어 주는 사람 역시 눕거나 쪼그리고 앉은 자세여야 한다)이었다.

4. 그래서 마침내 목적에 맞게 독서를 하게 되자, 나는 만사를 체념한 방관자의 마음이 되었다. 그렇게 잠시 시간이 지나자 이제는 책을 읽을 필요도 없이, 몇 시간이고 아무것도 하지 않고 그냥 가만히 있는 것이 가능해졌다. 주변의 극히 사소해 보이는 사물들에게 관심을 기울이면서 말이다. (모기가 날아가는 법칙, 햇빛 속에서 날리는 먼지 알갱이의 움직임, 빛의 파동이 만들어 내는 멜로디 등) 그런 사건들이 생성하는 무한한 다양성, 그리고 나 자신에 대한 완전한 망각은 엄청난 놀라움을 불러 일으켰고, 놀라움은 점점 커져만 갔다. 그리하여 결코 지루해지지 않는, 유익한 무위가 탄생했다. 그것이 시작이었다. 이렇듯 의식의 삶으로부터 빠져나와 몰아의 단계에 이르는 것은 예술가에게 반드시 필요하지만 도달하기 참으로 어려운 일이기도 하다. 그러기 위하여 나와는 다른 길을 선택하는 예술가들도 있을 것이다. 만약 이 서구에 어느 무위의 대가가 있어, 내 설명에 자극을 받아 자신의 방법 또한 알리고 전파하게 된다면, 그것이야말로 내가 가장 소망하는 바이다.

(1904)

# 어느 공산주의자에게 보내는 편지

공산주의에 대한 나 개인의 입장을 정리하는 것은 크게 어렵지 않습니다. 공산주의(과거 맑스 선언문에 나타난 사상과 목적이라고 내가 이해한 바로 그 용어)는 현재 세계의 공산화 실현을 눈앞에 두고 있다는 것, 자본주의의 부패 징후가 분명할 뿐만 아니라 '다수당'인 사회민주주의가 혁명의 깃발을 완전히 져 버린 지금, 세상은 이미 공산주의를 받아들일 준비가 되어 있다는 것입니다.

나는 공산주의가 옳을 뿐 아니라, 당연히 도래할 결과라고 생각합니다. 공산주의는 올 것입니다. 그리고 승리할 것입니다. 설사 우리 모두다 그것에 반대한다 할지라도 말입니다. 오늘날 공산주의의 편에 서 있는 자는 미래를 긍정하는 자입니다.

당신의 프로그램에 부합하는 내 생각은 이것이 전부가 아닙니다. 일생 동안 내 정신의 내부에는 고통받는 자들을 옹호하는 목소리가 있어 왔습니다. 일생 동안 나는 억압당하는 자들을 지지하고 억압하는 자들에게 저항해 왔습니다. 고발당한 자들을 변호하고 재판하는 자들

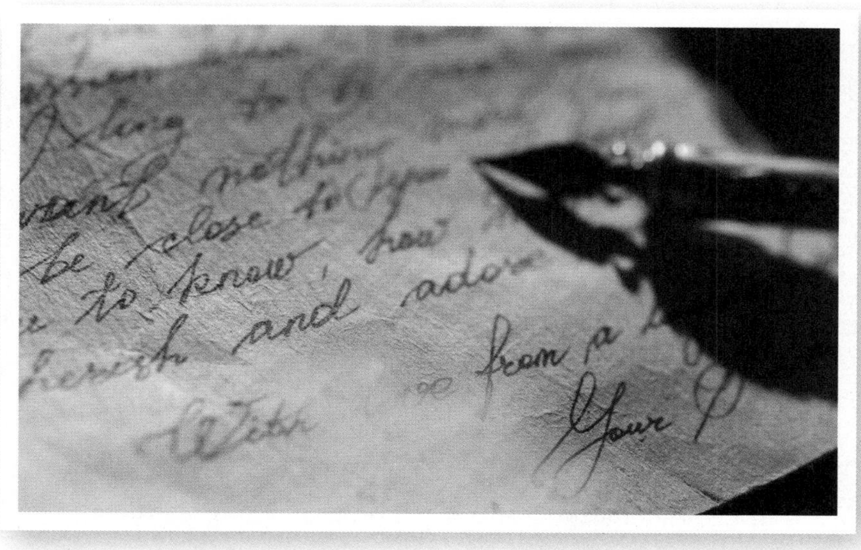

에게 맞서며, 굶주리는 자들을 위하고 탐식하는 자들을 혐오했습니다. 단지 내 안에서 자연스럽게 피어나는 이런 감정들을 공산주의라는 개념으로는 생각하지 않고 그냥 기독교 정신이라고 생각한 것 같습니다.

그러므로 결론은, 나는 맑스주의야 말로 사멸하는 자본주의를 대신하여 우리를 프롤레타리아 해방으로 이끌어 줄 미래의 길이라는 당신의 생각에 동의합니다. 그리고 세계는 원하든 원하지 않든 어차피 그 길로 나아가야 한다는 것에도 동의합니다.

여기까지는 우리들의 의견이 같습니다.

그러면 이제, 아마도 당신은 이렇게 묻고 싶겠지요. 왜 나는, 공산주의의 정당성도 믿고 공산주의가 억압받는 자들을 위한 희망이라고 믿는다면서, 왜 당신들의 편에 서서 투쟁하지 않느냐고, 왜 글로 당신들의 편을 들어 주지 않느냐고 말입니다.

이 질문에 대답하기란 좀 어렵습니다. 왜냐하면 여기에는 내가 신성시 하는 것, 나에게는 중요하고 드높은 가치이지만 당신에게는 존재감도 의미도 없는 요소들이 개입되기 때문입니다. 나는 공산당 입당을 거부합니다. 모두가 형제이자 동지가 된다는 이념, 같은 의견을 가진 이들이 모여서 하나의 세상을 이루겠다는 그 희망이 충분히 유혹적이긴 합니다만, 그래도 당을 위해서 저술 활동을 할 생각은 추호도 없습니다.

왜냐하면 이제부터 우리의 생각은 일치하지 않기 때문입니다. 설사 내가 당신의 목적을 인정한다고 해도, 정확히 말해서 공산주의의 때가 무르익었으며 세상의 지배권과 그에 따르는 엄청난 책임까지도 모두 떠맡을 만큼 성숙했다고 믿는다 해도, 그와 함께 닥치게 될 유혈 전쟁을 생각하면 내 마음은 곧 도래할 겨울을 예감하는 11월처럼 스산해집니다. 나는 인류를 위한 미래 프로그램으로서의 공산주의를 믿습니다. 그것은 인류에게 반드시 필요하며, 따라서 불가피하다고 생각합니다. 하지만 그렇다고 하여 인류가 오래전부터 품어 왔던 궁극적인 질문에 대해 공산주의가 과거의 현자들보다 더 나은 해답을 주고 있다고는 생각하지 않습니다. 백여 년 동안의 이론을 거쳐서 위대한 러시아가 실제 실험에 들어간 지금, 이 세계에 공산주의의 이상을 실현시켜야 하는 것은 이제 공산주의의 권리일 뿐 아니라, 의무이기도 하다는 생각입니다. 공산주의가 굶주림을 몰아내어 인류의 가장 참혹한 악몽 중 하나를 제거하는 데 성공할 것이라고, 나는 진정으로 믿고 있으며 또 그러기를 희망합니다. 하지만 그렇다고 해도 지난 세기의 종교와 입법, 철학이 이룩하지 못했던 일들을 공산주의가 이룩하리라고는 믿지 않습니다. 공산주의가 모든 인간의 빵과 존엄에 대한 권리를 공표하는 것 이상의 권한을 갖고 있다고, 과거부터 있어 왔던 인간의 어떤 신앙보다 더 나은 종류의 믿음이라고는 생각하지 않습니다. 공산주의는 19세기, 가장 메마르고 가장 오만했던 이성의 시대 한가운데에 뿌리를 내리고 탄생했습니다. 그것은 학문을 뽐내면서 거들먹거리는, 삭막하고 인정머리 없던 지식인의 시대였습니다. 칼 마르크스는 바로 그런 시기의 학교에서 사고를 습득했습니다. 그의 역사관은 민족경제학자의 역사관, 대단히 뛰어난 전문가의 역사관이지만, 다른 어떤 역사관보다 조금이라도 더 '객관적인' 역사관은 결코 아닙니다. 그것은 매우 편파적이고 유연하지 못한 역사관입니다. 그것이 확보한 천재성과 정당성은 높은 정신적 수준 때문이 아니라 남다르게 단호한 실행력에 기인한 것입니다.

우리가 만약 1931년이 아니라 1831년에 이렇게 편지를 주고받았다면, 시인이자 작가로서 나는 아마도 내일 혹은 모레 닥쳐 올 고통과 재앙 때문에 매우 불안해했을 겁니다. 그래서 점점 무르익고 있는 혁명을 현실로 인식하는 일에, 어느 일정 기간 동안은 나 자신을 온전히 바쳤을 겁니다. 그 시절에 살았던 시인 하인리히 하이네가 바로 그렇게 했습니다. 하이네는 어느 일정 시기에, 아마도 그의 인생에서 작가로서 가장 창의적이고 생산적이었을 기간 동안, 파리에서 젊은 칼 마르크스의 친구이자 동료로 지냈습니다. 하지만 만약 오늘날이라면 그런 하이네조차도, 이미 오래전부터 당연히 실행되어야 마땅하다고 인정받은 일의 실행에 관심을 쏟기보다는 내일 혹은 모레 닥칠 일을 더욱 중시할 것입니다. 하이네가 오늘날 살아 있다면, 사회주의를 공부해야 할 시기는 이미 다 지나갔으며 이제는 사회주의가 세계를 실제로 장악하지 못한다면 그건 사회주의의 실패라는 사실을 즉시 깨달았을 테니까요. 하이네는 공산주의의 지배라는 과도기적 단계를 옳다고 여기고 인정했을 거라고 생각합니다. 하지만 지금 전속력으로 돌진하고 있는 공산주의라는 마차를, 자기까지 나서서 함께 끌고 싶다는 마음은 결코 들지 않았을 겁니다.

시인이란 장관보다, 엔지니어보다, 대중 연설가보다 나은 존재도 덜한 존재도 아닙니다. 하지만 그들과는 완전히 다른 성격을 가진 어떤 존재인 것도 맞습니다. 도끼는 도끼의 일을 합니다. 도끼로 장작을 팰 수도 있고 사람의 머리를 벨 수도 있습니다. 하지만 시계나 기압계는 다른 목적을 가진 사물이라서, 그런 것으로 장작을 패거나 사람의 머리를 베려고 하면 아무런 쓸모도 없을 뿐 아니라 금방 망가지고 맙니다. 이 편지는 인류의 특별한 도구가 될 수 있는 시인의 과업과 역할을 일일이 열거하고 설명할 자리는 아니라고 생각합니다. 시인은 인간의 육체에서 모종의 신경과 같은 존재일겁니다. 섬세한 부름이나 욕구에 민감하게 반응하는 기관, 일깨우고 경고하고 환기시키는 기관. 하지만 시인은 포스터를 작성하고 그것을 벽에 못질하는 기관은 아닙니다. 시인은 시장에서 호객을 하기에 적당한 존재도 아닙니다. 시인의 능력은 커다란 목소리가 아니기 때문이죠. 그런 능력이라면 히틀러가 훨씬 더 뛰어납니다. 하지만 시인은 좀 다른 종류의 책무를 지닙니다. 시인의 가치, 시인의 진정이란 스스로를 결코 팔아넘기지 않으며 다른 목적으로 이용당하는 것을 결코 허용하지 않는 의지에 있습니다. 시인은 자신이 느끼는 시적 소명에 충실하지 못할 바에는 차라리 고통과 죽음을 선택하는 사람입니다.

칼 마르크스는 예를 들어 고대 그리스의 문학과 예술에 대해서는 참으로 조예가 깊은 사람이었습니다. 그런 그가 자신의 저작 중 어떤 지점에서 뭔가 완벽하지 못했다면, 그것은 남보다 더 나은 지식에도 불구하고 예술을 인간에게 속한 신체 기관이 아닌 '이데올로기적 상부구조'의 일부로만 바라볼 줄 알았기 때문입니다.

오해하지 마시기 바랍니다. 내가 이런 말을 하는 것은, 그대들 공산주의자에게 시인을 조심하라고 경고하기 위해서입니다. 그대들에게 기꺼이 협력하는 시인들, 선전과 투쟁에 능숙한 시인들 말입니다. 공산주의는 시적인 성격이 극히 미미한 세계입니다. 이미 칼 마르크스 시대부터 그랬고, 오늘날은 그 성향이 더더욱 심합니다. 모든 유물론적 거대 권력들이 공통적으로 보여 준 경향과 마찬가지로, 공산주의 또한 시를 극히 위험한 입장으로 몰고 가 버릴 것입니다. 공산주의는 무형의 가치에 큰 의미를 부여하지 않을 것이고, 어떤 슬픔도 아쉬움도 느끼지 않은 채 냉정하고 담담하게 수많은 아름다운 것들을 밟아 죽일 것입니다. 공산주의는 전반적인 혁명과 신질서를 가져올 것입니다. 그리하여 새로운 사회를 위한 새 집이 건설될 것이고, 파편과 폐기물들이 사방에 가득 널려 있게 될 것입니다. 우리 예술가들은 거기서 막일꾼으로 일하게 되지만, 그것은 우리에게 맞는 역할이 아닙니다. 사람들은 우리를, 우리의 예민한 정서를 비웃을 것입니다. 그리고 우리를 과거 부르주아 시대보다 훨씬 더 하찮게 대우할 것입니다.

그러나 새로이 건설된 인류의 집 안에서도 매우 빠른 시기에 불만이 발생하게 됩니다. 기근에 대한 두려움이 사라지자마자 어떤 사실이 드러나게 될 것입니다. 미래의 인류, 즉 대중 인류조차도 영혼을 갖고 있으며, 이 영혼이 굶주림과 욕망, 충동과 강요의 유형을 내면에 형성한다는 것, 영혼의 충동, 갈망, 요구 그리고 꿈이 인간의 사고와 행동과 추구의 내용 상당 부분을 차지한다는 사실입니다. 만약 그런 상황에서 예술가, 시인, 이해하는 자, 위로하는 자, 길을 보여 주는 자와 같은 영혼의 안내자들이 있다면, 그건 인류를 위해서 참으로 다행한 일이겠지요.

이 순간 그대들의 사명은 명확한 인식입니다. 당신들 공산주의자는 명확한 프로그램을 완수해야 하고 그것을 위해서 모든 노력을 기울여야 합니다. 이 순간 그대들의 사명은 우리 시인의 사명보다 더욱 명확하고 더욱 절박하고 더욱 심각합니다. 그런 상황은 언젠가 다시 변할 것입니다. 지금까지 자주 변해 왔듯이 말입니다.

어쩌면 그대들은, 전쟁을 주도한다는 명분으로, 몇몇 시인을 때려죽이게 될지도 모릅니다. 적을 위해서 군가를 작사했다는 등의 이유로 말이죠. 그런데 어쩌면, 시간이 좀 지나고 나면, 그자는 시인도 뭣도 아니었고 그냥 선전 문구나 끄적이는 작자로 판명될 가능성이 있습니다. 만약 그대들이, 시인이란 노예라서 혹은 재능을 팔아먹는 자들이므로, 당대의 지배 계층이 마음대로 갖다 활용할 수 있는 도구일 뿐이라고 생각한다면 참으로 안타깝게도 그것은 착각입니다. 그대들이 이런 생각을 갖고 있으므로 시인이란 존재를 완전히 잘못 이해할 수밖에 없고, 결국 그대들 주변에 시인이라면서 들러붙는 것은 하찮은 부류들뿐입니다. 혹시 나중에라도 그대들이 이런 문제에 관심을 갖게 될 것을 대비하여 진짜 예술가나 시인을 알아보는 방법을 알려 주고 싶습니다. 시인의 가장 큰 특징은 자유에 대한 미칠 듯한 갈망입니다. 그래서 만약 외부의 어떤 압력 때문에, 오직 자신이 원하는 바대로 작업할 수 없다면, 즉시 글쓰기를 멈추어 버리는 그런 사람입니다. 그들은 빵을 위해서도, 높은 지위를 위해서도 일하지 않습니다. 권력에 의해서 이용당하느니 차라리 맞아 죽기를 선택하는 사람입니다. 이 기준을 적용한다면 그대들은 진짜 시인을 가려낼 수 있을 것입니다.

(1931)

# 짧게 쓴 자서전 중에서

　　　　　　　　나는 근대가 저물어 가면서 중
세의 시간이 다시 회귀하기 직전의 시대에, 목성의 부드러운 빛에 감
싸인 사수자리의 품 안에서 태어났다. 7월의 어느 따뜻한 초저녁이었
다. 내가 태어나던 그 순간의 바로 그 온도를 나는 일생 동안 무의식중
에 사랑하고 추구해 왔다. 그 온도가 충족되지 못하면 고통스럽고 힘
들었다. 추운 나라에서는 결코 살수 없었다. 내가 자발적으로 떠났던
모든 여행은 남쪽을 향하고 있었다. 내 부모님은 독실한 신자였다. 나
는 부모님을 사랑했는데, 만약 너무 이른 시절부터 네 번째 계명을 주
입당하지 않았더라면 아마 훨씬 더 많이 사랑했을 것이다. 계명은, 그
것이 아무리 훌륭하고 옳은 말이라 해도, 항상 나에게 치명적으로 나
쁜 영향만 미쳤다. 나는 선천적으로는 양처럼 순하고 비누 거품처럼
여린 성품이었는데도, 유독 계명의 가르침에 대해서만은 완강하게 반
항하곤 했다. 그 경향은 청소년기에 특히 심했다. "너희는 ……을 하
라"라는 계명의 문구만 들으면 그 자리에서 마음이 완전히 차갑게 돌

272

아서면서 그 어떤 말을 들어도 돌아서지 않았다. 이런 성향은 내가 학창 시절에 계명에 대해서 엄청나게 부정적인 인상을 받았던 탓이라고 생각할 수 있다. 세계사라고 불리는 그 흥미 넘치는 과목을 가르치면서 교사들은, 세계를 지배하고 움직이고 변화시킨 인물들은 항상 스스로 자신만의 법칙을 만들어 그것에 따라 움직인 사람들이지, 전해 내려오는 계율을 그대로 답습하기만 한 사람들은 아니라고 말했다. 교사들은 그런 인물들이야말로 존경할 만한 위인이라고 말했던 것이다. 그런데 그것은, 교사들이 가르친 다른 모든 수업과 마찬가지로 완전히 새빨간 거짓말이었다. 만약 우리 중 누군가가, 선한 의도든 악한 의도든, 대담한 용기를 내어 어떤 계명을 반대하거나 혹은 그냥 단순히 어리석은 인습이나 만연한 풍조에 저항하기라도 하면, 그는 칭찬을 받거나 하나의 모범으로 추앙되기는커녕 벌을 받고 조롱당하는가 하면 비겁한 교사들의 억압에 희생되어 버렸다. 다행히도 나는 학교에 입학하기 전부터 가장 소중하게 지켜야 할 삶의 가치가 무엇인지 알고 있었다. 나는 깨어 있는, 예민하고 섬세한 감각을 지니고 있었다. 나는 그 감각을 믿었고, 감각을 통해 많은 즐거움을 느낄 수 있었다. 시간이 흐른 후 내가 형이상학의 유혹에 꼼짝없이 굴복하고 말았을 때, 그리하여 내 감각을 소홀히 대하고 심지어 고문하기까지 했던 시기에도 이미 예민하게 다듬어진 감각의 능력, 특히 시각과 청각에 관련된 것은 변함없이 내 안에 남아서 비록 추상적일지라도 내 정신세계에 생생하게 영향을 미쳐 왔다. 그러므로 나는, 이미 말했듯이 학교에 입학하기 한참 전부터 삶을 이해하는 모종의 장비를 장착한 상태였던 것이다. 나는 내 고향 도시, 양계장, 숲, 과수원, 수공업자들의 작업장을 잘 알고 있었다. 나무와 새와 나비에 대해서 알고 있었고, 노래를 부를 줄 알았으며 치아 사이로 휘파람을 불 줄 알았고 그 밖에도 삶에서 소중한 여러 가지 일들을 잘 알고 있었다. 그리고 학교에서 배우는 과목들도 쉽고 재미있게 따라갈 수 있었다. 특히 라틴어는 참으로 재미있어서, 독일어로 시를 쓸 줄 알게 되는 것과 거의 같은 시기에 라틴어 시도 쓸 수 있었다. 내가 외교적인 기만과 거짓말을 배운 것은 2학년 때의 일이다. 한 교사와 보조 교사로부터 이 능력을 전수받기 전까지 나는 어린아이다운 천진난만함과 솔직함으로 인해 연속적인 불행을 겪어야만 했다. 그 두 명의 교사 덕분에 나는 학교가 학생에게서 바라는 것이 정직과 진실이 아니라는 사실을 명확히 깨우칠 수 있었다. 그들은 교실에서 일어난 어떤 사소한 비행을 내가 저지른 짓이라고 마음대로 규정했다. 하지만 나는 정말이지 그 일과는 아무런 관련이 없었다. 나에게서 범인이라는 자백을 받아 내지 못하자, 그런 하찮은 사건 때문에 심문을 벌였다. 그들의 고문과 매질에도 불구하고 내 입에서는 범죄를 인정하는 자백은 나오지 않았지만, 교사 집단의 품격에 관한 내 믿음은 마음에서 완전히 사라지고 말았다. 시간이 흐른 다음에 다행히도 올바르고 존경스러운 교사들도 알게 되기는 했지만, 그래도 내가 당한 피해가 사라지는 것은 아니었다. 그 일로 나는 교사들뿐 아니라 그 어떤 형태의 권위에 대해서도 비틀리고 왜곡된 인상을 갖게 되었다. 학교에 들어가서 처음 7, 8년까지 나는 모범생이었다. 적어도 학급에서 항상 가장 성적이 좋은 학생에 속했다. 하나의 인격으로 성장하기 위해서 그 누구도 피해갈 수 없는 싸움이 시작된 이후부터 나와 학교의 갈등은 하나하나 늘어났다. 이십여 년이 흐른 뒤에야 나는 그 싸움의 성격을 이해할 수 있었지만, 그 당시에는 그냥 내 의지와 무관하게 갈등과 마찰에 둘러싸여 버린 형국이었고, 그것은 오직 불행일 뿐이었다.

갈등의 내용을 설명하자면, 열세 살 이후부터 나는 시인이 되든가, 아니면 아무것도 되지 않겠다고 결심하고 있었다. 그런데 시간이 흐를수록 이 분명한 결심을 점점 불편하게 만드는 다른 사실들을 알게 된 것이다. 사람은 교사가 될 수 있고 목사, 의사, 수공업자, 상인, 집배원이 될 수 있다. 음악가가 될 수 있고 화가나 건축가도 될 수 있다. 이 세상의 모든 직업은 그것이 되기 위한 방법이란 것이 있었고, 전제 조건이 있었으며, 그 일을 배우기 위한 학교와 초보자를 위한 강좌가 있었다. 그런데 시인이 되기 위한 길만은 없는 것이다! 시인이라는 직업은 금지된 일도 아니고 심지어는 영예롭다고 간주되기까지 하는데도 말이다. 게다가 성공을 거두고 이름이 알려진 유명 시인이란 자들은 유감스럽게도 대개 죽은 사람들이었다. 시인이 되는 것, 그것은 불가능한 일이었다. 시인이 되고자 원하는 것, 그것은 웃음거리이며 치욕이라는 것을 나는 곧 알게 되었다. 이런 상황이 무엇을 말하는지 나는 금방 파악했다. 원래부터 시인인 것은 허용되지만, 시인이 되려고 해서는 안 된다. 시를 좋아하거나 스스로의 시적 재능을 자각하는 학생은 교사들에게 의혹의 대상이 되었다. 그런 학생은 수상쩍은 존재, 혹은 조롱감일 뿐이었다. 최악의 모욕을 당하는 일도 흔했다. 시인은 영웅과 같은 취급을 받았다. 강하고, 멋지고, 기개 높고, 끊임없이 무언가를 추

구하는 그런 비일상적인 인물. 역사 속에서 그들은 훌륭했다. 교과서의 페이지마다 그들을 칭송하기 바빴다. 하지만 오늘의 현실에서 그들은 미움받는 존재였다. 아마도 교사들의 임무는, 학생이 자유롭고 뛰어난 인간으로 성장하여 위대한 일을 하게 될 가능성을 최대한 미리 저지하는 것이 분명했다. 그리하여 나와 내 머나먼 목표 사이에는 아득한 심연이 가로놓이게 되었다. 내게는 모든 것이 불확실했고, 모든 것이 무가치했다. 오직 단 하나, 아무리 어렵더라도, 아무리 조롱을 받더라도 반드시 시인이 되고 싶다는 결심만은 분명했다. 그 결심, 혹은 더욱 정확히는 그 숙명이 성공을 거두게 되기까지의 외적인 내용은 다음과 같다. 열세 살 때, 위와 같은 갈등이 막 시작됐을 무렵 나는 집에서나 학교에서나 더 이상 희망 없는 아이로 낙인찍히는 바람에 다른 도시에 있는 라틴어 학교로 추방하듯이 보내졌다. 일 년 뒤, 나는 한 신학교의 학생으로서 히브리어 알파벳 쓰기를 배웠고, 히브리어의 발음 변별 기호가 무엇인지 알게 될 무렵에 갑작스런 내부의 격정에 사로잡혀 수도원 학교에서 탈출했고, 그 결과 엄중한 감금형을 받은 뒤 신학교에서 퇴학당했다.

이후 한동안 나는 김나지움에서 학업을 이어 나가려고 노력했지만, 그곳에서의 소득도 감금과 퇴학이 전부였다. 그런 다음 수습 점원으로 들어갔지만 3일 만에 달아나 며칠 밤낮을 모습을 감추어 버린 바람에 부모님이 크게 걱정하셨다. 나는 일년 반 동안 아버지의 조수로 일했고, 일년 반 동안 기계공의 작업장과 시계탑용 대형 시계를 만드는 공장에서 실습생으로 일했다.

간단히 말해서 4년 이상, 사람들이 나에게 시키려고 했던 일들이 하나도 성과를 보지 못했다. 어떤 학교도 나를 학생으로 데리고 있으려 하지 않았고, 어떤 수습 일자리에서도 나는 오래 버티지 못했다. 나를 쓸모 있는 인간으로 만들어 보겠다는 모든 노력이 실패로 돌아갔다. 단순한 실패가 아니라 달아나거나 쫓겨나는 등의 치욕스러운 결말을 맞은 적도 많았다. 그러나 매번 나는 재능이 있고 또 어느 정도 의지가 강하다는 평을 들었다! 게다가 사실 나는 제법 부지런한 편이기도 했다. 나는 무위라는 높은 덕목을 늘 경탄하며 우러러보았다. 그러나 나 자신은 결코 무위의 대가가 되지는 못했다. 학교에서 완전히 쫓겨난 열다섯 살에, 나는 단단히 마음먹고 열성적인 독학을 시작했다. 할아버지가 물려준 엄청난 분량의 장서를 아버지가 그대로 갖고 있었다는 것은 내게는 큰 행운이자 기쁨이었다. 큰 방 전체가 옛날 책으로 가득했는데, 그중에는 18세기 독일 문학과 철학 전체가 포함되어 있었다. 열여섯 살에서 스무 살 사이에 나는 수없이 많은 습작 시를 썼을 뿐 아니라 전 세계 문학의 절반가량을 읽었으며 예술사, 어학, 철학 공부에 끈기 있게 매달렸다. 대학을 마쳤다고 해도 될 만큼의 노력과 분량이었다.

그런 후 마침내 스스로 밥벌이를 하고자 서점 점원으로 들어갔다. 어쨌든 예전에 기계공의 작업장에서 힘들게 다루던 쇠 나사나 톱니보다는 책과 더 친근한 것이 사실이었으니까. 새로운 문학 중에서도 가장 새로운 문학의 한가운데서 자유롭게 헤엄치고 그 속에 완전히 빠질 수 있는 그 시간이 처음에는 황홀해서 미칠 것만 같았다. 그러나 얼마 뒤 나는 오직 현재적인 것, 오직 새롭고 가장 새로운 것만이 전부인 그런 정신은 견딜 수 없이 무의미하다는 것을 깨달았다. 정신적인 삶이란 있었던 것, 지나간 것, 오래되고 원초적인 것과의 지속적인 관계가 성립될 때만이 가능하기 때문이다. 새로움에 흠뻑 젖어 있던 최초의 황홀함이 사라지자, 다시 오래된 낡음으로 돌아가고자 하는 갈망이 나를 사로잡았다. 나는 서점에서 고서점으로 일자리를 바꿈으로써 그 갈망을 해결했다. 그러나 생계를 위해서 꼭 필요한 시간 동안만 내 삶을 서점 일에 바쳤다. 스물여섯에 최초의 문학적 성공을 거두자 나는 고서점 일을 그만두었다.

그토록 많은 격정과 희생을 치르고 난 뒤 나는 목표에 도달했다. 그토록 불가능하게 보였음에도 불구하고 나는 시인이 되었다. 그토록 힘들고 어려운 싸움이었지만 나는 세상과의 대결에서 승리를 거둔 것 같았다. 거의 파멸하기 직전까지 갔던 학창 시절과 습작 시절의 쓰라린 경험은 웃으면서 잊어버릴 수 있게 되었다. 그때까지 나에게 절망하기만 했던 친지와 친구들도 다정한 미소를 보여 주었다. 나는 승리했다. 내가 아무리 바보 같고 한심한 행동을 해도 사람들은 그것을 매혹적인 것으로 받아들였으며, 나 자신이 스스로에게 매혹되어 있는 것조차도 매혹적이라고 생각했다. 그제야 나는 수년 동안 내가 얼마나 끔찍한 고독과 금욕, 그리고 위태로움 속에서 살았는지 깨달았다. 사람들로부터 인정받는다는 쾌적한 기분이 참으로 좋았다. 나는 만족한 인간으로 살기 시작했다.

이렇게 내 외적인 삶은 꽤 오랫동안 순탄한 길을 걸었다. 아내와 아이들과 집과 정원이 생겼다. 나는 책을 썼고, 괜찮은 시인으로 평가받

왔다. 세계와 평화로운 관계를 유지하며, 나는 그렇게 살았다……

그러다가 1914년[제1차 세계 대전] 여름이 되었다. 외적으로나 내적으로, 갑자기 모든 것이 변해 버린 듯했다. 우리가 지금까지 향유한 무난한 행복이 불안하기 짝이 없는 토대 위에 서 있었음이 드러났다. 그리고 불행이 왔다. 위대한 교육이 시작된 것이다. 소위 위대한 시대의 날이 밝아 왔다. 내가 그 시대를 다른 사람들보다 더욱 준비된 상태로, 더욱 합당하게, 더욱 훌륭하게 맞이했다고 말하지는 못하겠다. 내가 다른 사람들과 달랐던 점은 오직 한 가지, 당시 수많은 다른 이들이 얻었던 위안과 감격을 전혀 얻지 못했다는 것이다. 그것을 계기로 나는 다시 나 자신으로 되돌아왔다. 다시 세계와의 불화가 시작되었다. 나는 다시금 과거의 학교에 들어간 셈이었고, 그래서 다시금 자신과 주변 환경에 대한 만족감을 상실했다. 이런 체험을 통해 나는 비로소 삶의 문지방을 넘어 그 속으로 들어갈 수 있었다.

# 헤세의 편지 중에서

## 1

누구든 성숙하고 충만해지기
위해서는 자신을 최대한 완성하는 것만이 유일한 방법입니다. 그러므
로 '너 자신이 되라'는 이 법칙은 적어도 젊은이들에게는 모범이자 이
상인 셈이죠. 진리와 발전을 이루는 다른 길은 없기 때문입니다.

도덕을 비롯하여 기타 여러 가지 많은 장애물이 이 길을 힘겹게 만
듭니다. 또한 세상은 우리가 독자적이지 못한, 약하고 순응하는 존재
가 되기를 원하므로 평균 이상의 개인적 정신을 타고난 이들에게 삶은
어떤 의미에서 전투입니다. 모든 개인은 능력과 욕망이 다 다르기 때
문에, 어느 정도만큼 인습에 맞추어서 살 것인지, 아니면 인습을 완전
히 거부할 것인지를 각자가 스스로 결정해야 합니다. 사회적 관습이나
가족 국가 공동체의 요구를 무시해 버리려는 자는, 그 행위의 위험까
지도 스스로 감수해야 함을 분명히 인식하고 있어야 해요. 한 개인이
감당할 수 있는 위험의 한도가 얼마만큼인지, 그것에 대한 객관적인

기준은 없습니다. 그러므로 개인은 스스로 원한 과잉, 스스로 원한 초과분에 대해 스스로 벌금을 지불해야 합니다. 아무것도 지불하지 않은 자는 독자적인 삶은 물론이고 순응하는 삶에서조차 멀리 전진할수가 없습니다.

2

'내 삶의 방식이나 인생관이 과연 옳은 것일까?'

우리는 이런 질문을 할 필요가 없습니다. 왜냐하면 그것은 해답이 없는 질문이니까요. 모든 삶의 방식은 옳기 때문입니다. 우리가 살아가는 모든 방식은 삶의 한 부분에 해당합니다. 그러므로 질문은 이렇게 이루어져야 합니다. '나는 어쨌든 나 자신이고, 다른 수많은 타인들은 전혀 고민할 필요가 없을 것이 분명한 욕망과 문제들을 내 안에 지고 가야 한다. 그럼에도 불구하고 삶을 견뎌낼 수 있으려면, 삶이 어느 정도 아름다워지려면 나는 무엇을 해야 하는가?' 그리고 진심으로 내면의 소리에 귀 기울인다면, 다음과 같은 대답을 들을 수 있을 것입니다. '너는 어쨌든 너 자신이니, 다른 이들이 너와 다르다고 하여 그들의 다름을 부러워해서는 안 되며 경멸해서도 안 된다. 그리고 너 자신의 "옳음"에 대해서 의문을 가져서도 안 된다. 대신 네 영혼과 그 영혼이 갈망하는 것을, 네 육체와 네 이름, 네 고향을 받아들였듯이 그렇게 받아들여야 한다. 그것이 설사 이 세계 전체에 맞서는 일이 된다 할지라도, 이미 주어진 것을 인정하듯이, 피할 수 없는 운명을 받아들이듯이, 그렇게 받아들이고 옹호해야만 한다.'

더 이상은 나도 모릅니다. 나는 삶을 쉽게 살 수 있는 지혜를 알지 못합니다. 삶은 쉽지 않습니다. 단 한 번도 쉬운 적이 없었습니다. 하지만 삶이 쉬운가 그렇지 않은가, 그것은 우리의 관심사가 아닙니다. 우리는 삶에 절망해야 합니다. 하지만 누구나 선택의 자유가 있습니다. 절망하지 않는 자는, 건강하고 유능해 보이는 사람들, 어려움 없는, 영혼도 없는 사람들과 마찬가지로 살게 됩니다. 우리가 해야 할 일은 우리의 천성을 유일한 옳음으로 인정하고, 우리의 영혼에게 전적인 선택권을 허용하는 것입니다.

이런 조언을 하고는 있지만 사실 나는 말의 가치를 믿지는 않습니다. 당신은 내 말을 더도 덜도 말고, 오직 당신의 천성이 허락하는 만큼만 받아들이게 될 겁니다. 우리는 스스로를 변화시킬 수 없습니다. 하지만 우리가 삶을 인정하면 인정할수록, 외부에서 우리에게 일어나는 일과 내면의 우리 자신이 일치하면 할수록, 우리는 그만큼 더 강해집니다.

## 3

당신이란 개인의 비밀은 오직 당신만이 발견할 수 있습니다. 그 어떤 경우에도 당신은 대중의 일원이 되지는 않을 것입니다. 지금 당신이 그토록 찾아 헤매는 행위 자체가 벌써 당신의 개인적 성향이 평균 이상임을 입증합니다. 그러나 내 눈에는, 자신을 찾겠다는 당신의 노력이 지나치게 과격해 보입니다. 아무것도 발견하지 못하면서 찾기만 하는 행위가 일생 동안 지속될 수도 있습니다. 찾는 일과 발견하는 일은 서로 별개니까요. 우리가 극심하게 애를 써서 찾는다고 더 쉽게 발견하는 것은 아닙니다. 도리어 그 반대입니다.

내 삶은 힘들었습니다. 하지만 나는 힘들게 찾아 헤매지는 않았습니다. 타고난 분명한 기질 덕분에 나는 아주 이른 나이부터 내가 예술가가 되고 싶어 한다는 것을, 그래야만 한다는 것을 알았습니다. 그런데 예술가가 되는 길은 오직 가시밭길 그 자체였습니다. 찾는 일과 발견하는 일 사이의 길은 직선 도로가 아닙니다. 그 길을 찾으려면 의지와 이성만으로는 부족합니다. 사람은 귀를 기울일 줄 알아야 하고, 가만히 들을 줄 알아야 하고, 기다릴 줄 알아야 하며, 꿈꿀 줄 알아야 합니다. 그리고 예감을 열어 놓아야 합니다. 더 이상의 것은 나는 알지 못합니다.


4

자신의 길을 가는 자는 누구나 영웅입니다. 그 일을 정말로 행하고, 자신의 타고난 능력대로 살아가는 자는 누구나 영웅입니다. 설사 그러다가 바보 같은 실수를 저지르기도 하고 때로는 후퇴하는 경우도 있겠지만, 그래도 그는 입으로만 아름다운 이상을 말하면서 실제로는 자신을 바쳐서 이상을 실행할 자신은 없는 수많은 다른 인간들보다 훨씬 더 나은 삶을 사는 것입니다.

세상을 관찰하다 보면 예상치 못한 현상을 목격하게 됩니다. 훌륭한 사상이나 이상적인 생각 등이 항상 고상하고 뛰어난 사람들의 전유물만은 아니라는 사실을. 예를 들어서 어떤 사람이 시대에 뒤떨어지고 쇠락한 신을 위해서 숭고한 싸움을 벌이다 죽을 수 있습니다. 그는 아마도 돈키호테처럼 보일지도 모릅니다. 그러나 돈키호테야말로 철저하게 영웅이었으며 철저하게 고결했던 사람입니다. 반대로 아주 영리하고 책도 많이 읽었으며 말솜씨도 뛰어난 사람이 있어서, 매혹적인 사상을 멋지게 펼치는 책을 쓰거나 웅변으로 이상을 전파할 수도 있습니다. 하지만 그는 자신의 이상을 실현하기 위해 조금이라도 희생을 해야 할 상황이 다가오자 달아나 버립니다. 그는 그저 그런 떠버리에 불과한 것이죠.

이 세상에는 우리들이 할 수 있는 참으로 많은 역할들이 있습니다. 그러나 그중에서도 높이 서 있는 상대편을 서로가 더 높이 존중해 주고 각자 자기편인 동료들보다 더 많이 사랑하는 일, 그것이야말로 어쩌면 유일하게 아름답고도 옳은 일일지도 모릅니다.


## 5

사회와 공동체라는 용어와 개념은 이 시대의 신성이 되어 버렸습니다. 그건 지금 모든 개인이 길을 잃고 홀로 버려진 듯한 느낌을 갖기 때문이죠. 시간이 흐른 뒤 이 시대는, 공동체를 종교적으로 과대평가하는 경향과 개인적 소명으로부터 달아나 사회적 과업으로 정당하게 '탈주'하는 경향으로 특징지어질 것입니다. 공동체의 선에 부합하는 모든 것은 개인의 일보다 무조건 더 좋고 당연히 더 신성하다는 의견에 나는 동의하지 않습니다. 사회적 기질과 의무는 우리가 갖고 있는 기질과 의무 중 하나입니다. 인간의 매우 중요한 요소이기는 하지만, 유일한 요소는 아니며 가장 고귀한 요소 역시 아닙니다. '가장 고귀한' 의무라는 건 그 어디에도 없으니까요. 과거 문화에서는 신을 경건하게 섬기는 자가 사회적으로도 당연히 고귀한 미덕을 지닌 자였습니다. 비록 그가 실제로는 오직 자신의 개인적인 믿음에 기반을 두고 신에게 모든 정성을 기울이는 것이지만 말입니다. 이것은 고대 중국을 비롯하여 모든 나라와 문화권에서 마찬가지였습니다. 덕이 높고, 훌륭하고, 바람직하며, 완벽에 가까운 인간은, 장군이든 은둔자든 상관없이, 항상 신과 직접적인 관계를 맺을 줄 아는 자들이었죠. 자신의 자리에서 스스로 무르익어 미덕의 최대치에 가능한 한 가까워지는 것, 그리하여 마침내 특별한 의도 없이도 저절로 타인들과 공동체 그리고 국가 전체에 소중하고도 의미 있는 영향을 미치는 것, 이것이 인간으로 존재하는 이유이고 과업이었습니다.

6

인간에게는 이제 오직 하나의 희망만이 남아 있는 듯합니다. 이 세계나 타인은 결코 변화시킬 수 없지만, 그래도 최소한 자기 자신은 어느 정도나마 변화시킬 수 있다는 것 말입니다. 그 일을 행하는 자들에게 세계의 구원이 비밀스러운 방식으로 달려 있습니다.

7

결코 해답을 구할 수 없을 질문에 골몰하는 일을 이제 그만 두십시오. 해답이 없는 질문이란 신 혹은 세계정신의 존재에 관한 것, 우주의

의미와 섭리에 관한 것, 세계와 생명의 탄생에 관한 것 등입니다. 그런 문제에 관해서 생각하고 토론을 벌이면 지적으로 즐겁고 무척 흥미롭기야 하겠지만, 생각과 토론이 우리 삶의 문제들을 풀어 주지는 않습니다.

그대가 이 세상에 온 이유는 아무도 알지 못합니다……

그대의 생명과 그대의 능력, 성숙과 완성으로 최대한 이끌어 주는 감각과 정신의 재능, 이 모든 것 안에 그대가 태어난 의미가 들어 있습니다. 그대가 그것들을 잘 발휘하면 할수록 그대는 더욱 행복할 것입니다. 많은 수의 사람들이 그보다 덜한 개성과 재능을 타고 났으며…… 대부분의 사람들은 아예 독자적인 삶이나 독자적인 사고 자체가 불가능하고 일생 동안 군중의 일원으로 살고 행동한다는 것, 이런 사실을 그대는 이미 알고 있습니다. 우리는 그 사실을 변화시킬 수 없습니다. 인류는 앞으로도 계속해서 그런 상태일 것입니다. 아니 반대로, 인구가 급격하게 증가할수록, 과학 기술이 발전하면 할수록, 인간은 더더욱 단순하면서 다들 똑같은 모양을 가진 군중 집단이 될 것입니다. 군중인 인간에게 삶의 소명이란 최대한 무난하게 사회의 일원으로 편입하고 적응하는 일, 개인으로서의 책임이 개입할 부분을 최소한으로 축소하는 일입니다.

우리와 같은 사람들은 다릅니다. 개별자로서의 개성과 삶을 소명으로 여기고 감당할 능력이 있는 소수에 속하며, 군중과 달리 섬세한 감각과 뛰어난 사고력을 지니고 있습니다. 이런 능력은 우리에게 큰 행운일 수 있습니다. 우리는 더 자세히, 더 예민하게, 더 풍부한 뉘앙스로 보고, 듣고, 느끼고, 생각합니다. 하지만 그런 우리 역시 고독하고 위태롭습니다. 우리는 책임질 일이 없는 군중으로서의 행복을 포기해야 하니까요. 우리들 각자는 스스로에 대해, 스스로의 재능에 대해, 가능성과 특성을 명확히 해야 할 의무가 있습니다. 자기 자신을 완성하는 일에 삶이 복무하도록 만들어야 합니다. 우리가 이렇게 한다면, 그것은 동시에 인류를 위해 공헌하는 결과가 됩니다. 우리가 가는 길 위에서 문화(종교, 예술, 문학, 철학 등)의 모든 가치도 탄생하는 것이니까요. 자주 폄하되는 '개인주의'도 그 길 위에서는 공동체에 봉사하는 역할을 하며, 이기주의라는 악평 또한 벗어 버릴 수 있습니다.

# 수영 선수가 될 뻔한 하루

　　　　　　　　　　　　　　　한 시인이 20년, 30년 동안 노력을 기울였고, 그 결과 주변에 다수의 친구들과 다수의 적을 갖게 되었다면, 그것은 그가 산더미 같은 영예를 잔뜩 누리고, 항상 그의 원고를 예절 바른 유감의 표현과 함께 돌려보내기만 하던 바로 그 편집자들이 나중에는 고등학교 교사들을 동원하여 그에 관한 기나긴 평론을 쓰게 만든다는 의미뿐만은 아니다. 그것은 일반 대중들의 목소리를 시인 자신이 직접 듣게 되었다는 것 또한 의미한다. 매일 아침 시인에게는 편지와 소포가 한가득 배달된다. 그 안에는 시인의 오랜 노력이 헛되지 않았음을 말해 주는 증명들이 들어 있다. 수많은 젊은 시인들이 그에게 자신들의 원고나 첫 책을 읽어 달라고 보내오는 것이다. 함께 일하자고 끈질기게 조르다가 다음번에는 그의 시들을 다시 끈질기게 되돌려 보내기나 하는 바로 그 편집자들이, 이번에는 심지어 전보까지 보내서 새로이 결성된 국제 연맹에 관해서, 혹은 항공 스포츠의 미래에 관해서 그의 문예학적 견해를 한마디 들려 달라고 재촉한다. 젊은 여성 독자들로부터는 사진을 한 장 보내 달라는 부탁이 쇄도하고, 나이든 여성 독자들은 그들 삶의 비밀스러운 이야기를, 그리고 그들이 접신론이나 크리스천 사이언스에 빠져들게 된 연유를 그에게 고백해 온다. 또한 백과사전을 구입하라는 요청도 집요하다. 그의 귀한 이름도 사전에 실려 있기 때문이다. 한마디로 해서, 시인에게 매일 아침 도착하는 그런 우편물이야말로, 그의 생애와 그의 작업이 헛되지 않았음에 대한 증명 바로 그것이다. 이것은 모든 시인들에게 마찬가지이다.

하지만 시인도 간혹은, 이제 막 일어나 하루의 첫 번째 커피와 빵을 먹는 자리에서부터 공동체가 보내오는 이런저런 존경의 인사를 받고 다음번 책의 집필에 관한 독자들의 소망이나 조언 등을 대하는 일이 내키지 않을 때가 있다. 내게는 어제가 바로 그런 날이었다. 그래서 나는 그날따라 유난히 분량이 엄청나게 많았던 우편물들을 살펴보는 일은 나중으로 미룬 채, 모자를 쓰고 밖으로 나가 잠시 산책을 했다. 계단을 내려가 이웃인 H 씨의 문 앞을 지나갔다. 지금쯤이면 그는 분명 은행에서 숫자 계산에 여념이 없을 것이다. H 씨는 은행 직원이니까. 하지만 그의 진짜 야심은 아주 다른 우주를 향한다. 사실 그가 정말로 열정을 바치는 일은 운동이다. 신문에서 읽고 또 그와 대화를 나누면서 알게 되었는데, 최근에 그는 스스로 창안한 특수 분야에서 커다란 성공을 거두기도 했다. H 씨는 수영 선수이다. 그는 나에게, 스포츠의 수영 종목이 너무나 제한적이라서 선수로서의 활동 가능성이 참 희박하다고 하소연하곤 했다. 그는 취리히 호수를 약 십여 분 만에 가로질렀다. 그것이 종단인지 횡단인지는 잊어버렸지만, 어쨌든 그래도 믿을 수 없이 빠른 속도인 것만은 분명하므로 나는 매우 놀라고 감탄했다. 하지만 그는 음울한 표정으로 말하기를, 아무리 그래도 수영 종목에서는 별로 할 일이 없다는 것이다. 수영 분야는 훈련 기술이 발달하여, 눈 깜짝할 사이에도 선수들이 아주 먼 지점에 도달해 버리곤 한다. 이런 실정이니 1킬로미터도 1분 이내의 기록이 나올 것이고, 심지어 그 정도의 기록이라고 해도 더 좋은 기록에 의해 뒤집어지는 것은 시간문제일 것이다. 그러니 수영 전문가의 눈으로 보면 선수가 호수의 이쪽 편을 떠나는 것과 거의 동시에 맞은편 호숫가에 도달하지 않는 한 신기록이 나오기는 어렵다고 했다.

그러나 내 이웃인 H 씨는 평범한 수영 선수는 아니다. 그는 천재이다. 그는 하루하루 새로운 수영 기술을 창안해 냈다. 그의 말에 따르면, 지금까지 선수들은 매우 훌륭하고 착실하게 수영을 해 왔다. 그런데 지난번에 있었던 지브롤터 해협과 아프리카 간의 아동 청소년 수영 대회에서 입증됐듯이, 수영이란 스포츠는 원래 아무런 경계나 장애가 없는 종목이다. 그런데도 이제껏 수영은 무조건 최단 거리로, 오직 물 표면에서만 동작이 이루어졌다. 그래서 뛰어난 잠수부이기도 한 H 씨는 새로운 스포츠를 만들어 냈다. 호수의 표면이 아니라 밑바닥에서, 산등성이를 걷는 여행자처럼 물밑 구릉과 푹 파인 계곡 등 지형을 모두 따라가면서 잠영을 하는 것이다. 바로 며칠 전에 그는 보덴 호수를 이런 방식으로, 바닥면에서 20센티미터의 거리를 일정하게 유지한 채 잠영했다. 그의 성공에 전 세계는 미친 듯이 열광했다.

'그래도 우리 시인들이 더 나아' 하고 나는 마음속으로 생각했다. 다른 수영 선수들도 열심히 훈련하면 언젠가는 H 씨의 신기술을 습득할 수 있을 것이고 그러면 그의 명성은 퇴색하고 만다. 그때 수영은 또다시 새로운 기법을 고안해 내기 위해서 머리를 짜내야 할 것이다. 하지만 우리 시인들에게는 모든 것이 열려 있는 셈이다. 전 세계가 시인들의 눈앞에, 아무도 발 디디지 않은 미지의 대륙처럼 드넓게 펼쳐져 있지 않은가! 비록 호머 이후 2천5백 년이 흐르면서 문학의 진보가 있기는 했으나, 그 진보라는 것조차도 논쟁의 여지가 많으며, 또한 실제로 진보가 이루어졌다 해도 그 얼마나 미미한가! 이 생각을 하자 나는 기분이 좋아졌고, 그래서 가벼운 발걸음으로 집으로 돌아왔다. 원래는 즉시 일을 시작할 생각이었다. 그런데 책상 위에는 아침에 도착한 우편물 더미가 여전히 놓여 있지 않은가. 더구나 오늘 도착한 우편물의 양은 평소의 서너 배는 족히 넘어 보인다! 상쾌한 기분은 전부 사라져 버렸고, 나는 짜증을 억누르며 앉아서 우선 편지들을 열고 읽어 보았다. 그런데 신기하여라, 오늘은 정말로 행운의 날이었다. 편지마다 어쩌면 이리도 기쁘기 짝이 없는 내용들인지. 모든 편지가 예외 없이 "존경하는 대가님에게"라는 말로 시작되고, 속에 적힌 말들도 전부 듣기 좋은 아부의 표현들 천지였다. 내가 사는 고장의 대학은, 사업체의 사장도 아니고 그렇다고 유명 테너 가수도 아닌 나에게, 명예박사 학위를 주겠다고 제안해 왔다. 예전에는 내가 보내는 시들을 모조리 돌려보내기만 하던 유명 신문인 「슈바인푸르트 차이퉁」은, 제발 나에게 글을 써 달라고 거의 애원조로 부탁하고 있다. 어떤 분야를 어떤 형태로 쓰는지 상관하지 않겠으며, 편집부와 독자들은 내 글 한 줄 한 줄을 무조건 환영하겠다는 것이다. 편지를 여는 족족 다들 이런 식이었다. 시립 극장의 여가수 이다 양은 친절하게도 나를 자동차 드라이브에 초대했다. 도르트문트의 사진작가 한 명과 카를스루에의 사진작가 한 명은 각각 편지에서, 나를 촬영하고 싶으니 이곳 방문을 하루만 허락해 달라고 통사정한다. 아무런 비용 없이 새 자동차 한 대를 제공해 줄 테니 3개월 동안 시범 운행해 보라는 제안도 있다. 접신론을 포교하는 나이든 여성 독자도 없고 개량-조로아스터교 신자의 편지도 없다. 로마 비극이나 혁명 드라마를 써서 읽어 달라며 보내온 고등학생들도 없다. 어떻게 이런 일이 있을 수 있는가. 오늘은 특별한 날이 분명하다. 내 쉰 살 생일에도, 그리고 예순 살 생일에도 이와 비슷한 행운조차 없었는데 말이다.

하지만 편지는 다 읽기에 너무 많았다. 그래서 나머지 편지는 나중에 일을 마친 다음에 마저 읽기로 했다. 그런데 아주 예쁘게 포장된 납작하고 작은 소포 하나가 내 호기심을 자극했다. 그건 생김새로 보아 책이나 원고는 아님이 분명했다. 그러므로 그 안에 든 물건은 오직 기쁨을 가져다주는 사물일 수밖에 없었다. 나는 소포를 포장한 끈을 자르고 포장을 벗겨 냈다. 분홍색 얇은 종이가 나타나면서 수줍은 향기가 코끝을 스쳤다. 속에 든 것은 한없이 부드럽고 여린 느낌이었다. 나는 조심스럽게 속 포장을 풀었다. 기념비처럼 장엄하게 모습을 드러낸 것은 착 달라붙는 매끄러운 천으로 만든 물건이었다. 어리둥절해진 나는 그것을 의자 위에 잘 펴 놓고 보았다. 그것은 비단과 같은 광채의 검은 트리코트 천 수영복이 아닌가. 수영복의 가슴 부분에는 커다란 붉은 하트 장식을 실로 꿰매 붙였고 가장자리는 십자수로 장식했다. 그리고 하트 안에는 검은 실로 '단 한 명뿐인 잠영 선수, 위대한 하인리히에게'라는 글자가 수놓아져 있었다.

이런 젠장. 그제야 나는 사태를 파악했다. 오늘 내가 받은 유난히 커다란 우편물 뭉치는 나에게 온 것이 아니라, 이웃에 사는 수영 선수 H 씨, 지금은 은행에서 한창 연필을 깎고 있을 테지만 내일은 사표를 던지고, 전 세계에서 자신에게 매일매일 쏟아지는 수많은 제안 중 하나를 좇아 베를린으로, 아메리카로, 파리나 런던으로 가 버릴 사람에게 온 것이다.

화도 나고, 어느 정도는 서글픈 심정이 되어 나는 다시 밖으로 나와 선착장을 향해 어슬렁거리며 걸어갔다. 취리히 호수가 거기 있었다. 나는 거기 서서 호수의 크기를 가늠해 보면서, 내가 지금 수영으로 종목을 바꾸는 것이 과연 가능할지, 정말로 진지하게 생각해 보았다. 비록 지금 와서 세계 신기록은 세우지 못한다 할지라도 나는 아직도 나름 건장한 몸을 갖고 있으며, 어린 시절 한때는 수영 실력도 꽤 좋았다. 주에서 개최하는 노인 수영 대회 정도에서는 그런대로 괜찮은 결과를 낼 수도 있을 것 같았다. 그런데 호수의 물이 얼마나 기분 나쁘게 차갑고 끔찍해 보이던지. 수영의 대가 H 씨가 여기서부터 반대편 기슭까지의 상당한 거리를 10여 분 만에 헤엄쳐서 건넜다는 사실이 새삼스럽게 떠올랐다. 그러자 내 시의 세계에 아직도 수많은 과제와 목표가 마르지 않는 샘처럼 나를 기다리고 있음이 생각났고, 나는 참으로 감사하고도 기쁜 마음이 되었다.

　나는 이웃 H 씨에게 사죄의 말과 함께 그의 우편물을 돌려줄 것이다. 그러면서 그의 다음번 수영 쇼의 입장권 한 장을 예의 바르게 부탁해 볼 것이다. 만약 그럴 기회가 있다면 그가 유명 언론에 글을 쓸 때 가능하면 내 말도 좀 해 달라고, 내 시를 신문에 실을 수 있도록 편집부에 한마디 해 달라고 부탁 정도는 해 볼 것이다. 하지만 수영 선수가 되는 일은 잉어랑 꼬치고기에게 넘겨주고 나는 계속해서 시인의 일을 하고 싶다. 사실은 며칠 전부터 쓰고 있는 시에 온통 정신을 빼앗기고 있는 실정이다. 그것은 봄에 관한 시이다. 정확히는 끈적끈적한 어린 순이 나무에서 막 돋아날 때 사방에 풍기는, 이루 말할 수 없이 독특한 냄새에 관한 시다. 그 냄새가 젊은이와 늙은이에게 미치는 놀랍도록 다양한 효과들을 묘사하고 싶다. 그리고 매우 어렵고 거의 불가능해 보이기는 하지만, 그 효과를 인간의 심장이 파릇하게 움트는 시기에 비유하여 어느 정도는 그럴듯하게 글로 표현하고 싶다. 그렇다. 나 자신의 수공업인 시를 태만히 다루고 싶지 않다. 내 생의 과업을 외면하는 자가 되지는 않을 것이다.

(1928)

# 『황야의 늑대』 중에서

만족, 고통 없음, 그럭저럭 견딜 만큼 굴욕스러운 나날들이 주는 아름다움이 있다. 고통도 쾌락도 감히 튀어나와 비명을 지르지 못하고, 모든 것들이 소곤거리면서 발끝으로 살금살금 걸어 다니는 상태. 단지 문제라면 내가 그런 만족감을 결코 참을 수 없다는 것, 조금만 시간이 지나면 그 상태가 숨 막힐 듯 증오스럽고 역겨워진다는 것, 그리하여 절망에 가득 차서 다른 기후를 향해 달아나야만 한다는 것이다. 가급적 희열의 감정이 느껴지는 곳으로, 하지만 경우에 따라서는 고통의 길로 가야 할 때도 있다. 한동안 어떤 희열도 어떤 고통도 없이, 오직 사람들이 그럭저럭 편하다고 말하는 적당히 온화하고 무미건조한 공기를 들이마시고 나면, 내 마음 깊은 곳 어린아이의 영혼에는 찬바람이 일며 마음은 길을 잃은 듯 무겁고도 아프다. 감사의 노래를 부르던 녹두성이 거문고를 비실비실 졸고 있는 만족의 신을 향해, 그의 맥없이 흡족해하는 얼굴에 집어던져 버리고 싶어진다. 이런 쾌적한 실내 온도에서 살아가느니 차라리 가슴

속에서 악마의 고통이 활활 타오르는 편이 낫다. 그렇게 내 안에서 강렬한 감정, 존재를 흔들어 대는 충격을 그리워하는 욕망이 뜨겁게 들끓는다. 평이하고, 단조롭고, 틀에 박히고, 거세된 삶에 대한 분노는 뭔가를 때려 부수고 싶다는 격렬한 욕구로 폭발한다. 눈에 보이는 어떤 상점을, 성당을, 혹은 나 자신을 파괴하고 싶어 견딜 수 없다. 생각 없이 무모한 짓을 저질러 버리고 싶다. 드높이 숭배받는 우상의 머리통에서 근엄한 가발을 벗겨 버리고 싶고, 폭동의 욕구에 몸이 근질거리는 학생 몇 명에게 그들이 고대하는 함부르크행 기차표를 쥐어 주고 싶고, 어린 소녀를 유혹하고 싶고, 시민 세계를 수호한다는 뻣뻣한 얼굴들을 꺾어 버리고 싶다. 지금 내가 누리는 이 만족감, 이 건강함, 이 편안함, 시민적인 이 점잖음과 이 낙천성, 모든 종류의 중용과 통상과 평균치들의 피둥피둥한 재배와 번성을 향한 미움과 증오 그리고 저주야말로 내 마음의 가장 솔직한 심정이다.

(1926/1927)

# 『요양객』 중에서

대다수의 인간이 심각하게 받아들이는 고통이나 충격은 쉽게 체념하고 받아들이면서도 사소한 거슬림이나 자극에 금방 화를 내고 자기감정이 아주 약간만 모욕받아도 예민하고 격렬하게 반응하는 사람의 정서를, 정신과 의사들은 병적이라고 진단한다. 그런데 지금 세상에는 아무리 오래 모욕을 당해도 알아차리지조차 못하는 사람, 듣기 참혹한 음악, 꼴불견인 건축물, 썩어 가는 공기에 대해서는 불평 한마디 없이 참아 내는 사람이 건강하고 정상이라는 소리를 듣는다. 그런데 그 사람이 카드놀이를 하다가 약간의 돈을 잃었을 경우, 상황은 급변한다. 그는 탁자 위에 버티고 앉아 고래고래 소리를 질러 댄다. 나는 이런 상황을 주점에서 이미 여러 번 목격했다. 평판이 좋고 점잖다고 존경받는 사람이 카드놀이에서 졌다고 말도 안 되는 난동을 피우는 모습을, 특히 함께 게임을 하던 사람에게 진 액수를 빚져야만 할 때, 그의 분노는 극에 달하여 미친 듯이 발광하면서 입에서는 온갖 더러운 욕설이 터져 나온다. 그런 광경을 볼 때마다 나는 가장 가까운 의사에게 달려가 이 병든 자를 잡아가라고 신고하고 싶은 마음을 힘겹게 억눌러야 했다. 인간을 평가하는 척도는 참으로 다양하다. 하지만 그 척도 중 어느 한 가지만 골라서, 그것이 학문이든 아니면 당대의 공공 윤리든 간에, 성스러운 지위를 부여하는 일은, 나는 하지 못한다.

(1923)

# 나무

나무는 언제나 나에게 가장 강렬한 설교자였다. 나무들이 숲이나 산에서 크고 작은 무리를 이루고 서 있을 때, 나는 그들을 숭배한다. 하지만 나무들이 각자 떨어져 오직 한 그루로 서 있을 때, 나는 그들을 더욱 숭배한다. 그럴 때 그들은 고독한 사람과 같다. 어떤 약점 때문에 몰래 도망쳐 온 은둔자가 아니라, 베토벤이나 니체처럼, 위대한 단독인 그런 고독의 인물 말이다. 나무의 높은 우듬지에는 세계가 술렁이고, 뿌리는 영원 안에서 고요하다. 하지만 나무들은 그러면서도 자신이라는 존재를 상실하는 것이 아니라, 생명의 온 기운을 다해서 한 가지를 일관되게 추구하고 있다. 자신 안에 있는 고유한 법칙 이룩하기, 자신의 원래 모습 구축하기, 그리하여 궁극적으로 자신 나타내기. 한 그루의 아름답고 강한 나무보다 더 신성하고 더 이상적인 것은 없다. 톱에 잘린 나무가 죽음의 상처를 입은 맨살을 햇빛 아래 드러낼 때, 절단된 몸통이 보여 주는 환한 내부는 마치 묘비명처럼 나무의 모든 역사를 고스란히 기록하고 있다. 나

무의 나이테와 울퉁불퉁한 옹이는 나무의 투쟁, 나무의 고통, 나무의 질병과 행운 그리고 성장을 솔직하게 말한다. 간신히 버티면서 살아남은 좁다란 해와 무성하게 우거졌던 널찍한 해, 혹독한 공격과 폭풍우를 견디어 낸 해가 거기에 있다. 좁고 촘촘한 나이테를 가진 나무일수록 강하고 고급스러운 목재라는 것을, 높은 산에서 끊임없는 고난을 버티면서 자란 나무일수록 부서지지 않고 단단하며 품질이 좋다는 것을, 농부의 아이라면 누구나 알고 있다.

나무는 신성한 존재이다. 나무와 대화할 줄 알고, 나무의 목소리에 귀 기울일 줄 아는 자는 진실을 듣는다. 나무는 교훈이나 방법을 설교하지 않는다. 나무는 개별의 것에 신경 쓰지 않고, 생명의 근원에 관련된 대원칙을 설교한다.

한 그루의 나무는 말한다. 내 안에는 하나의 핵이, 하나의 불꽃이, 하나의 사상이 숨겨져 있다. 나는 영생하는 생명이다. 영원의 어머니가 나에게 감행했던 시도와 계획은 단 한 번뿐인 일이었다. 내 형상은 단 한 번의 탄생이며, 내 피부를 흐르는 무늬도 단 한 번의 일이다. 내 우듬지 가장 작은 나뭇잎도 내 몸통의 가장 작은 흉터도 오직 단 한 번 일어난 사건이다. 나의 할 일은 명백하게 새겨진 이 단 한 번의 것들로 영원을 형성하고 영원을 나타내는 것이다.

한 그루의 나무는 말한다. 내 힘은 믿음이다. 나는 나를 있게 한 아버지를 모르며, 매년 내게서 태어나는 수천의 자식들을 모른다. 나는 마지막 날까지 오직 내 씨앗의 비밀을 살아갈 뿐이며, 그 밖의 일은 조금도 근심하지 않는다. 나는 신이 내 안에 있음을 믿는다. 나는 내 임무가 성스럽다는 것을 믿는다. 이런 믿음으로 나는 살아간다.

우리가 슬플 때, 삶이 견디기 힘들어질 때, 그때 한 그루의 나무는 우리에게 이렇게 말한다. 슬퍼하지 마라! 애통하지 마라! 나를 보아라! 삶은 쉽지 않다, 삶은 어렵지 않다. 그런 것은 모두 아이의 생각이다. 네 안의 신이 목소리를 내도록 만들어라. 그리하면 생각들은 침묵하게 되리라. 네 삶의 길이 너를 어머니와 고향으로부터 멀어지게 하므로 너는 슬프다. 그러나 모든 발걸음과 모든 하루는 너를 다시금 어머니에게로 다가가게 할 것이다. 고향은 이곳에 혹은 저곳에 있는 것이 아니다. 고향은 네 안에 있다. 그렇지 않다면, 고향은 어디에도 없다.

저녁 바람 속, 나무들의 술렁이는 소리를 듣고 있노라면, 내 가슴은 방랑을 동경하며 찢어질 듯 아프다. 나무들의 소리에 오랫동안 가만히 귀 기울이고 있노라면, 동경의 본질과 의미가 무엇인지도 알게 된다. 그것은 겉으로 보이듯이 당장의 고통을 피해 달아나고자 함이 아니라, 고향에 대한 그리움, 어머니의 기억에 대한 그리움, 삶의 새로운 은유에 대한 그리움이다. 그리움은 집으로 향한다. 모든 길이 집으로 향한다. 모든 발걸음이 탄생이고, 모든 발걸음이 죽음이며, 모든 무덤은 어머니다.

우리가 스스로의 생각 때문에 불안에 빠지는 저녁마다, 그렇게 나무는 술렁인다. 우리보다 훨씬 더 오랜 삶을 살아가는 나무는, 생각이 길고 호흡은 느리며 고요하다. 우리가 나무에게 귀 기울이지 않는 한, 나무는 우리보다 지혜롭다. 하지만 우리가 나무의 목소리를 들을 줄 알게 되면, 그때 어린아이처럼 부족하고 조급하고 경솔했던 우리의 생각은 무엇과도 비할 바 없는 큰 기쁨을 얻는다. 나무의 소리를 듣게 된 자들은 이제 더 이상 나무가 되기를 열망하지 않는다. 자기 자신 이외의 그 어떤 것도 되기를 열망하지 않는다. 그것이 고향이다. 그리고 그것이 바로 행복이다.

# 두 번째 고향

                             삶을 편하고 쉽게 사는 법을, 나는 아쉽게도 영영 터득하지 못했다. 살면서 내가 반드시 지키고 싶은 단 하나의 신조가 있는데, 그것은 삶을 아름답게 살자는 것이다. 거주지를 스스로 고를 수 있게 된 이후로 나는 항상 매우 아름다운 환경에서 살아왔다. 즉 내 집의 창문 밖으로는 언제나 독특하고 숨 막히는 풍광이 드넓게 펼쳐져 있었다는 의미이다. 그렇지만 그 어디도 이곳 테신만큼 아름다운 곳은 없었다. 지금까지 이곳 테신만큼 내가 이사를 원하지 않고 오래도록 계속 거주지로 삼았던 고장은 한 번도 없었다. 11년 동안이나 나는 이곳에 살고 있다. 그리고 이곳을 떠날 생각은 지금으로선 전혀 없다. 나는 1907년에 테신의 자연을 처음으로 진지하게 접하게 되었고, 그 이후로 테신은 운명이 미리 정해 놓은 새로운 고향처럼, 혹은 간절히 열망하던 망명지처럼 내 마음을 계속 사로잡고 있다. 내가 쓰는 상당수의 글에서 테신이 등장한다. 몇몇 글에서는 아예 주인공이기도 하다. 특히 『방랑』이란 작품은 책 전체가 테신의 자연에게 바치는 찬가라고 해도 좋을 정도이다.

몇 년 전부터 나는 루가노 인근에 약간의 땅과 작은 집 한 채를 구입하여 이곳에서 내 생을 마치고 싶다는 소망을 갖고 있다. 나는 테신의 기후와 자연뿐 아니라, 테신 사람들이 정말 좋기 때문이다. 이곳에서 내가 테신 사람들과 어울려 살았던 11년의 세월 동안, 단 한 번도 나쁜 말이 오간 적이 없다.

나는 기회가 있을 때마다 여러 번 밝혔다. 시인이란 여러 가지 면에서 볼 때, 세상에서 가장 욕심이 적은 인간에 속한다. 하지만 또 어떤 측면에서는 욕심이 아주 많은 사람이기도 하여, 자신이 원하는 것을 포기할 바에야 차라리 죽고 싶다고 생각할 정도다. 예를 들어서 나는 주변 환경이 본질에 있어서나 외형에 있어서 내 감각과 의식이 요구하는 최소한의 수준을 충족시켜 주지 못하는 삶은 상상할 수조차 없다. 기능과 필요를 최우선으로 지어진 현대적 도시의 삭막한 건물에서 나무 무늬 벽지를 바른 벽에 둘러싸여, 삶인 척 흉내 내고 있는 가짜 삶을 산다는 것은, 나에겐 도저히 불가능한 일이다. 만약 그렇게 살아야 한다면 나는 아마 오래 버티지 못할 것이다. 그런데 이곳 테신에서 내 눈을 즐겁게 하는 천지의 사물들은 기분 좋고 아름다울 뿐만 아니라 수천 년 동안 전통으로 이어져 내려오는 것들이다. 너도밤나무나 월계수나무 아래 놓인 돌 벤치와 아무것도 씌우지 않은 돌 테이블, 작은 항아리나 점토 사발에 가득 담아 내오는 붉은 포도주, 그리고 거기에 곁들이는 빵과 염소젖 치즈. 이 모든 광경은 고대 로마 호라티우스의 시대에도 거의 다르지 않았다. (1930)

# 나비의 아름다움

눈에 보이는 모든 것들은 표현
이다. 모든 자연은 이미지이고 언어이고 색채의 상형 문자이다. 현대
의 우리는 고도로 발달한 과학 지식에도 불구하고 사물을 있는 그대
로 들여다볼 준비가 되어 있지 않으며, 그런 교육을 받지도 못한다. 우
리는 자연과 불화하고 자연과 다툼을 벌이고 있다. 다른 시대에는, 아
마도 기계 문명이 지상을 정복해 버리기 이전 시대의 사람들은 자연이
보여 주는 신비한 표정을 느끼고 이해할 수 있었으리라. 지금 우리보다
더 쉽고도 순수하게 자연의 언어를 해독할 줄 알았을 것이다. 하지만
그들의 느낌은 센티멘털한 감상은 결코 아니었다. 인간이 자연을 대할
때 센티멘털한 감상을 갖기 시작한 것은 아주 최근에 들어와서의 일
이다. 아마도 자연 앞에서 양심의 가책을 느끼기 때문일 것이다.

 자연의 언어가 갖는 의미, 자연의 생명력이 보여 주는 다양한 모습
을 마주할 때의 기쁨, 자연의 다양한 표현을 어떻게든 이해해 보고 싶
다는 갈망, 더 정확히는 자연의 언어에 화답하고 싶다는 갈망은 인류

가 탄생한 이래 줄곧 존재해 왔다. 인간은 무수히 다양한 모습들 뒤에 감추어진 성스러운 조화를, 모든 태어난 것들의 근원에서 원초의 어머니를, 모든 피조물들의 이면에서 창조자의 모습을 짐작한다. 세계의 새벽을, 태고의 비밀을 희구하는 인간의 이런 신비한 욕구야말로 과거에나 지금이나 예술이 존재할 수밖에 없는 이유이다. 이렇듯 다양한 형태를 아우르는 통일과 조화에 대한 그리움을 자연 숭배라고 부른다면, 오늘 우리는 그런 자연 숭배로부터 너무도 멀리 와 버린 듯하다. 지금 사람들은 자연을 향한 갈망을 지나치게 천진난만한 것으로 여기고, 누가 그런 말을 하면 농담으로 웃어넘기고 만다. 하지만 우리를 포함한 이 시대의 인간들이 전부 자연에 대한 경외심이 없고 자연을 경건하게 대할 줄 모른다고 판단한다면, 그건 아마도 착각일 것이다. 그냥 이 시대에 인간과 자연과의 관계가 불편해진 것이라고 해야 한다. 순수하게 자연의 신화를 노래하기가 불가능해졌고, 과거 모든 시대의 사람들이 그래 왔듯이 자연의 창조자를 의인화하여 아버지라고 부르는 것이 불가능해졌다. 지금 우리는 과거에 경건함을 표현하던 방식이 종종 지나치게 피상적이고 형식적이었다고 느낀다. 또한 현대의 물리학이 필연적으로, 그리고 급격하게 철학적 경향을 띠는 것이 결국 경건함의 과정이라고 믿어 버리기도 한다.

우리는 경건하고 겸손하거나 아니면 건방지고 오만하게 군다. 자연의 영혼을 믿는 고대 신앙을 코웃음 칠 수도 있고 감탄할 수도 있다. 자연을 대하는 우리의 이런 실제 태도는, 설사 자연이 단순한 착취의 대상에 불과한 경우라도, 곧 자신을 낳은 어머니를 대하는 아이의 태도이다. 인간을 축복과 지혜로 이끌 수 있는 희소한 몇몇 원초의 길이 있다. 현대의 새로운 어떤 길도 그 역할을 하지 못한다. 원초의 길 중에서 가장 쉽고도 단순한 길은 자연에 대한 경탄이며, 모종의 예감에 사로잡힌 채 자연의 언어에 귀 기울이는 길이다.

"경탄하기 위해서 나는 존재한다!" 괴테의 시 한 구절이다. 경탄과 함께 길이 시작되고, 경탄과 함께 끝난다. 하지만 그것은 그냥 사라지는 허무한 길이 아니다. 나는 이끼를, 한 조각의 수정을, 한 송이의 꽃을, 황금빛 풍뎅이를 보고 경탄하거나, 혹은 흰 구름이 흘러가는 하늘, 초연하고 무심한 파도가 거대한 호흡으로 일렁이는 바다, 규칙적인 물결 모양이 투명하게 비쳐 보이는 나비의 날개에 찬미를 바친다. 날개의 테두리를 채우고 있는 아름다운 색채와 가장자리의 단면, 그것이 그려 내고 있는 무수한 문자의 문양, 그리고 한없이 달콤하고 황홀하게 퍼져 나가는 색채의 신비롭고도 은은한 농담과 혼합을 오래오래 들여다본다. 내가 눈으로 혹은 육신의 다른 감각으로 자연의 한 부분을 체험할 때, 내가 자연에 매혹당하여 황홀한 기분을 느낄 때, 그리고 자연의 존재와 자연의 계시에 나를 온전히 내맡길 때, 바로 그런 순간에 나는 채워지지 않는 인간의 탐욕으로 눈 먼 이 세계를 떠난다. 이 세계를 잊는다. 그런 순간에 나는 생각도 명령도 하지 않고, 생산도 약탈도 않으며, 투쟁도 조직도 하지 않는다. 괴테가 그랬듯이, 그 순간 나는 오직 '경탄하기' 말고는 아무 일도 하지 않는다. 오직 경탄의 행위를 통해서 나는 괴테뿐만 아니라 모든 시대의 모든 시인들과 모든 현자들의 형제가 된다. 아니, 내가 경탄한 것들, 내가 체험한 그 살아 있는 세계의 형

제가 된다. 나비의 형제, 풍뎅이의 형제, 구름의 형제, 강물과 산의 형제가 된다. 경탄의 길 위에 있던 나는 그 순간 분열의 세계를 떠나 조화의 세계로 들어섰기 때문이다. 그 세계에서 사물과 피조물은 서로에게 이렇게 말한다. 타트 트밤 아시(Tat twam asi, 이것이 바로 너다)

자연과 무난한 관계를 유지했던 과거의 시대를, 우리는 아픈 마음으로 돌아본다. 질투심도 느낀다. 하지만 그렇다고 하여 이 시대를 지나치게 심각하게 비판할 생각은 없다. 그리고 학교에서 지혜를 얻는 가장 쉬운 길을 가르치지 않는다고 불평하려는 것도 아니다. 우리는 학교에서 경탄 대신 그 반대의 것을, 황홀 대신 계산과 측정을, 매혹 대신 실용을, 조화와 일치를 향한 끌림 대신 각각 분리된 하나하나의 단자에 대한 집착을 배운다. 학교는 지혜를 배우는 곳이 아니라 지식을 배우는 곳이기 때문이다. 하지만 학교의 공부는 학교에서 직접 배우지 않는 것, 경험할 수 있는 능력, 감동할 수 있는 능력, 즉 괴테의 경탄을 이미 전제로 하고 있다. 학교가 가질 수 있는 가장 숭고한 목표는 괴테와 같은 진정한 현자에 이르는 사다리가 되어 주는 것, 바로 그것이다.

(1935)

# 불꽃놀이

내 친구들과 적들이 모두 하나같이 입을 모아 나에 대해서 비난하는 말이 있다. 내가 웬만한 일에 기뻐할 줄 모르고, 오늘날 인류의 자랑스러운 문명을 도무지 믿지 않는다는 것이다. 나는 기술을 믿지 않으며, 진보의 사상을 믿지 않으며, 이 시대가 훌륭하다고도 위대하다고도 생각하지 않고, 이 시대의 소위 '주도적인 이념' 따위도 믿지 않는다. 나는 오직 '자연'이라고 불리는 것 앞에서 무한한 경외심을 가질 뿐이다.

그렇긴 하지만 자연을 모방한 인류의 발명품 중에서도 내가 매우 감탄하고 좋아하는 것이 많으며 심지어는 자연의 원래 모습 자체만큼이나, 아니 그보다 더 사랑하는 것들도 있다. 예를 들어 자동차 경주라면 나를 내 방에서 단 1미터도 나오게 할 수 없지만, 귓가에 들려오는 한 줄기 음악이라면, 진정한 건축물을 보기 위해서라면, 혹은 시인이 낭독하는 시 한 구절은 나를 쉽게 방에서 끌어낼 수 있다. 나는 그러한 사물을 창안하고 만들어 낸 인간의 정신을 높이 칭송한다. 내가 싫어하고 불신하는 것들은 오직 '유용성'에 초점을 둔 발명품이라고, 그렇게 나는 생각한다. 소위 유용하다는 성과물에는 항상 불쾌한 앙금이 고여 있다. 그런 것들은 늘 앙상하고 옹졸하며 호흡이 짧다. 인간의 용도를 충족시킨다는 문화 현상들은 허영과 탐욕에 부합하고 자극적이기 때문에 사람들을 금방 끌어들이지만, 그것들이 지나간 자리에는 예외 없이 추악함과 전쟁, 죽음, 그리고 은폐된 재앙의 기다란 꼬리가 남는다. 문명의 이면은 전 지구를 뒤덮은 찌꺼기와 쓰레기 더미이다. 유용한 발명품 덕분에 멋진 세계 박람회를 개최하고 고급스러운 자동차 전시회도 열었지만, 그것은 핏기 없는 얼굴과 형편없는 저임금으로 노동하는 수많은 광부들을 양산했으며 질병과 황폐화를 가져왔다. 증기선과 터빈<sup>turbine</sup>을 얻은 덕분에 지구의 풍경과 인간의 모습은 무참히 파괴되었고, 대신 노동자의 얼굴을, 기업가의 얼굴을, 그리고 영혼의 위축을 얻었다. 그런 문명의 대가로 인간은 파업과 전쟁 같은 처절하고 끔찍할 뿐인 일을 겪어야만 했다. 하지만 반대의 경우도 있다. 인간은 바이올린을 발명하였고, 어떤 음악가는 피가로의 아리아를 작곡했다. 우리가 그 대가로 특별히 지불해야 하는 것도 없다. 모차르트와 뫼리케는 세계에 그다지 많은 것을 요구하지 않았다. 그들은 햇빛과 마찬가지로 누구나 저렴하게 얻을 수 있다. 반면에 기술자들을 부르는 가격은 나날이 비싸지기만 한다.

이미 말했듯이, 나는 특정 발명품에는 크나큰 존경을 보낸다! 특히 실용을 목적으로 하지 않는 것들, 무위의 것들, 유희와 낭비의 것들을 나는 어린 시절부터 열정적으로 사랑해 왔다. 거기에는 음악이나 문학

뿐만 아니라 다른 많은 종류의 예술이 해당한다. 비실용적인 예술일수록, 실질적인 필요에 덜 부합하면 할수록, 정신적인 사치와 무위, 천진난만함의 성격이 많으면 많을수록 더욱 더 내 마음에 들었다.

　그런데 나는 종종, 인간이 자주 하는 행동과 인간의 원래 참모습은 전혀 다르며, 인간은 겉으로 보이듯이 그처럼 편리와 유용성에만 완전히 미쳐 있는 것은 아니고, 그처럼 게걸스럽고 계산적인 존재만은 아니라는 사실을 깨닫는 경험을 한 적이 있는데, 그것은 참으로 묘하면서도 기분 좋은 일이었다. 그리고 최근에 또다시 그런 생각을 확인해 주는 매혹적인 증거를 발견할 수 있었다. 호숫가에 자리 잡은 이 작은 도시에서 큰 불꽃놀이가 열렸다. 불꽃놀이는 꽤 긴 휴식 시간을 포함하여 약 한 시간 가까이 계속되었다. 내가 확인해 본 바에 따르면 그 행사에는 수천 프랑켄이란 돈이 들었다. 나는 환호했다. 시청과 관광 협회, 시의회가 함께 뜻을 모아 나를 비롯한 많은 사람들을 즐겁게 해 줄 일, 하지만 오직 손익만 따지는 전문가나 실리 추구자라면 누구나 놀라서 기절할 만한 그런 일을 실행하려 했다. 당국자들은 이곳에 머무는 휴양객과 주민들 그리고 자신들까지 모두 한판 재미있게 놀아 볼 계획을 짠 것이다. 그들은 세상에서 가장 아름다운 방식으로, 가장 유용하지 않은 방식으로, 가장 빠르고 가장 경박하고도 재미있게, 수천 프랑켄이란 여분의 돈을 공중에 터트려 버리기로 결심한 것이다. 그리고 그들은 아주 훌륭하게 성공을 거두었다고 말해야겠다. 정말 멋진 장관이었다. 불꽃놀이는 전쟁과 살상을 비유하는 귀를 찢는 대포 소리로 시작했다. 막강한 무력 도구들로 장난스럽게 음악적 효과를 낸 것인데, 어느 영리한 사람이 그런 도구의 적절한 활용을 마침내 발견한 셈이다. 불꽃놀이가 진행되었다. 대포를 쏘는 대신 폭음이 터지고, 수류탄이 아니라 폭죽 로켓이 날아가고, 유산탄 대신에 불꽃 알갱이들이 떨어져 내리고, 부상자들의 신음이 아니라 환호성이 터져 나왔다. 한마디로, 엄청난 비용을 들여서 화약을 아낌없이 펑펑 터트리면서, 하지만 그 누구에게도 해를 주지 않고 모두를 즐겁게 하면서, 축제처럼 신나고 흥겨운 찬란한 색채의 한판 모의 전쟁이 휩쓸고 지나간 것이다. 그것은 환희 그 자체였다.

게다가 이 전쟁은 사전에 매우 신중하게 잘 계획하고 현명하게 계산까지 마친 다음 전투를 치렀으므로 일반 전쟁처럼 멍청하고 아둔한 사태는 벌어지지 않았다. 실제로 수류탄을 사용하는 전쟁, 실제로 장군들이 지휘하는 전쟁도 사실 처음에는 더할 나위 없이 똑똑한 두뇌들이 사전에 계획을 짜고 준비를 하겠지만 실제 전투는 그렇게 예상대로 진행되지 않는다는 것이 문제다. 그래서 결국은 치밀하게 기술적으로 계산해 둔 시나리오대로 움직이지 않고 그 누구도 예상하지 못했으며 그 누구도 좋아하지 않을 추악한 결과로 흘러가 버리는 것이다. 하지만 이곳에서 벌어진 화려한 작은 전쟁에서는 만사가 미리 생각한 대로 진행되었다. 서막과 발단이 있고, 전개와 고조가 있으며, 정체와 유예가 있다가, 곧 이어서 모든 갈등이 한꺼번에 풀리는 찬란한 종말의 대단원이 열렸다. 장군들이 아무리 머리를 짜내어도 항상 조야하고 맹목적인 바보짓으로 끝나는 전쟁과 달리, 불꽃놀이 전쟁은 순수한 정신의 유희, 온전히 관념적인 사건이었다.

이런 질문을 할 수가 있다. 어떻게 하면 인간이 그처럼 큰돈을 그처럼 짧은 시간에, 최대한의 사람들에게 즐거움을 주는 동시에 부정적인 결과는 아무것도 남기지 않으면서, 허공으로 완전히 날려 버릴 수 있는지. 그 의문은 멋지게 남김없이 해소되었다. 대형 폭죽 로켓이 수천의 작은 불꽃 다발들로 나뉘면서, 엄청난 금액이 순식간에 기쁨에 떨며 산산이 공중분해 되었다. 이러한 매 순간순간은 불꽃놀이의 취지와 들어맞았고, 마법의 악보에 따라 연주되는 교향곡처럼 정교한 프로그램이 하나하나 풀려 나왔다. 우리 관객들은 매 순간순간 커다란 즐거움과 흥분을 맛보았다. 그것은 수준 높은 예술을 감상할 때와 같은 기분이었다. 삶의 공간이 성스럽고 영감이 넘치는 무대로 변했다. 우리는 그토록 빠르게 사라지고 꺼져 가는 찰나의 아름다움에 서글픈 미소를 바치며, 이 값비싸고 낭비적인 공연에 용감한 동의를 보냈다. 아마 우리 중에는 불쌍한 삐딱이들도 몇 명 있었을 것이다. 그래서 이렇게 생각했을 것이다. 보기 좋긴 하지만 이렇게 일회성으로 끝나 버리고 말 행사를 벌이는 대신에 거기 처들이는 돈의 10분의 1, 아니 20분의 1만 자기에게 준다면 얼마나 좋을까 하고. 하지만 이런 불만을 가진 사람은 소수의 예외에 불과했다. 그날 축제의 저녁 관객들 대다수는 그런 사소한 문제에 신경 쓰는 분위기가 아니었다. 다들 눈을 크게 뜨고 고개를 일제히 뒤로 젖히고 서서 넋을 잃었다. 그들은 웃었고 침묵했으며 사로잡히고 매혹당했다. 어느 순간에는 그 아름다움에 심지어 충격을 받기도 했다. 치밀하게 디자인된 불꽃의 아름다움과 공공연한 무용(無用)성에, 화약의 엄청난 낭비에, 조명과 영감과 계산의 압도적인 낭비에, 아무것도 남기지 않을 이 모든 현상을 위한 말도 안 되는 어마어마한 지출에, 오직 짧은 한순간의 재미를 위해 공중에 날려 보내는 한없이 사치스러운 장난감 도구에 충격을 받았다. 이렇게 말하는 것이 허락된다면, 나는 그날 매혹당한 관객들 대다수가 경험한 감정이, 경건함과 유사한 종류였다고 생각한다. 일요일에 교회로 모인 신자들과 성직자가 모두 한마음으로 느끼는 바로 그 감정 말이다.

내 친구들과 적들이 믿고 있는 대로 내가 정말로 불평꾼이라면, 불꽃놀이의 열광적인 파사드 뒤편에서 뭔가 구린 냄새를 탐지하는 것은 그리 어렵지 않을 것이다. 호텔 소유주들과 시의회가 이 행사를 거행한 이유가 단순히 돈이 남아돌아서가 아니라, 도리어 그 반대로 이런 간접적인 획책을 써서 더 많은 돈을 벌고자 함이라는 추측도 충분히 가능하다. 공중에 날려 버린 돈의 상당 부분이 앞으로 도래할 전쟁을 참을성 있고 신중하게 준비 중인 곳, 예를 들면 폭약 제조사 등으로 갈 것이라는 의견도 있을 수 있다. 멋지고 근사한 불꽃놀이 행사를 폄하하려고 작정하기만 한다면 아주 뛰어난 두뇌까지 필요하지는 않다는 소리다. 하지만 나는 그렇게 하지 않으려고 한다. 거대한 황금빛 꽃받침에서 터져 나온 초록색과 붉은색 무수한 별똥별들이 피시식 소리와 함께 폭우처럼 쏟아져 내리는 광경에 순수하게 감동받았기 때문이다. 밤하늘을 절반이나 채우며 크게 만개했다가 순식간에 완전히 소멸해 버리는 거대한 불꽃으로 인해 행복을 느꼈기 때문이다. 그 순간의 감동으로 인해 내 가슴은 아직도 떨린다. 형용할 수 없이 아름다웠다. 섬광과 함께 탄생한 무수한 붉은 불꽃들이 곱디고운 눈송이로 느리게 낙하하다가 부드러운 베일인 듯 밤하늘을 스치고 그대로 꺼져 버렸다. 그리고 그 베일 뒤편에서 다른 질료로 형성된 진짜 별들이 모습을 드러내는 순간은, 한 번도 본 일이 없는 참으로 대단한 장관이었다! 또한 뾰쪽하고 차가운 주둥이를 가진 괴상한 폭죽 로켓도 내 마음에 들었다. 반 시간 동안 하늘을 완전히 장악하고 자신의 중대함을 선포하려는 목적을 갖고, 환상적일 만큼 힘차고 사납게 하늘로 돌진해 올라가는 로켓들. 그러고는 비행 포물선의 최고점에 이르기가 무섭게 난데없이 끔찍하고 짧은 폭음과 함께 사라져 버린다. 그 모습은 큰 축제에 참가하기로 결심한 신사가 정장을 차려입고 훈장이란 훈장은 모두 가슴에 달고는 축제가 열리는 강당에 들어섰다가, 그 안에 첫 발을 디디는 순간 갑작스러운 반감에 사로잡혀 버린 나머지 입술을 꾹 다물고 뒤돌아서서 나와 집으로 돌아가는 길에 혼잣말로 이렇게 중얼거리는 상황을 연상시켰다. "그래, 너희들이 나를 마음대로……"

(1930)

# 부치지 못한 편지
(어느 여가수에게)

오라토리오나 가곡 발표회에서 그리고 음악회나 혹은 라디오 방송에서 당신이 노래 부르는 것을 나는 여러 번 들었습니다. 내 여자 친구인 일로나, 물론 당신과는 분명 완전히 극과 극처럼 대조되는 스타일의 여자이긴 했지만, 그녀 일로나의 죽음 이후로 내가 그토록 큰 기쁨과 감동으로 몰두하여 들은 음악은 당신의 노래뿐이었습니다. 그런 의미에서라도 오늘 저녁의 음악회가 끝난 지금 내가 당신에게 이 편지를 쓰는 것을 허락해 주시기 바랍니다. 그런데 오늘 음악회는 사실 예전의 음악회들처럼 내 마음에 썩 만족스럽지는 않았습니다. 전반적인 프로그램이 당신의 품격에는 어울리지 않는 곡들이었습니다. 그러나 당신은 내가 그다지 환영하지 않은, 그냥 막 골라 놓은 것처럼 보이는 프로그램을 그 어떤 비평가도 트집 잡기 힘든 완벽한 수준으로, 냉정하고 차분하게, 평정심과 기품을 잃지 않고 불렀습니다. 아름답게 타고난 데다 완벽하게 교육받았고 지금도 훈련을 게을리하지 않는 천상의 고귀한 목소리와, 진실하고 합리적인 인간이 갖는 품위와 간결함이 서로 상응했기 때문에 나온 결과였습니다. 가수에게 이보다 더한 찬사는, 내 믿음에 의하면, 바치기가 힘들며 또 그래서도 안 될 것입니다. 신문의 문화면에서 흔히 칭송하는 여가수의 덕목들, 인상, 분위기, 영혼, 정감, 진심 등 최상급의 칭찬과 함께 들먹여지는 이런 요소들을 나는 늘 의심스럽고 이해할 수 없다고 생각해 왔습니다. 그런 것은 여가수의 아름다운 외모나 공들인 치장만큼이나 중요하지 않습니다. 나는 여가수의 노래를 들을 때, 분명히 말해서 영혼이나 진심, 감수성, 선한 심성 등을 기대하지도 요구하지도 않습니다. 이런 것들은 가곡이나 아리아에, 즉 시와 음악으로 이루어진 예술 작품 자체 안에 충분히 들어 있으며 창작자가 작품을 만들 때 이미 불어넣었다고 봅니다. 그러므로 더 이상의 분량이 첨가될 필요도 없고 그래 봐야 효력도 없다고 생각합니다. 괴테의 글에 슈베르트 혹은 휴고 볼프가 곡을 붙였다면 그 작품에는 이미 심성, 영혼, 감정 등이 전혀 부족하지 않을 것이라고 확신하므로, 거기에 여가수가 자신의 개인적인 기질을 더한다고 하여 나는 고마워하지 않을 것입니다. 나는 가수가 자신이 부르는 노래와 얼마나 친밀한지, 가수가 그 노래에 얼마나 감동받았는지를 듣기 위해 음악회에 가는 것이 아닙니다. 나는 악보에 적혀 있는 바로 그것이, 최대한 정확하고 완벽하게 재현되기를 원합니다. 그것은 감정이 더해진다고 상승하지 않고, 이해력이 떨어진다고 해서 약해지지도 않아야 합니다. 바로 이것만이 우리가 가수에게서 바라는 유일한 요구입니다. 이것은 결코 만만한 수준이 아닙니다. 엄청나게 큰 요구이며, 이 요구를 채워 줄 수 있는 가수는 극히 소수입니다. 이런 경지에 이르려면 신으로부터 부여받은 천상의 목소리 외에도 최고로 세심한 교육을 받고 꾸준히 연습해야 할 뿐만 아니라 작품의 음악성을 완벽하게 포착할 줄 아는 훌륭한 지성을 갖추어야 합니다. 특히 작품을 전체로서 파악하는 능력이 있어야 합니다. 케이크 속에 박힌 건포도를 한 알 한 알 주워 모아(대가들의 노래를 들을 때면 늘 감사하게 되는 지점인 그 건포도이긴 하지만), 전체는 포기해 버린 채 과도한 분량으로 내놓아서는 안 됩니다. 거칠게 예를 들어 보자면 이렇습니다. 나는 아직 풋내기인 젊은 여가수들이 '이탈리아 가곡집'*의 노래 「내 님은 펜나에 살았네」를 부르는 것을 여러 번 들었습니다. 가수들은 한마디로 그 노래의 가사와 곡을 전혀 이해하지 못했으면서, 마지막 소절에서 "첸!" 하고 기세등등하게 소리를 내지르는 것이 효력 있다는 기술 하나만을 터득한 상태였지요. 그들의 노래는 형편없었습니다만 청중들 중에서 음악을 잘 모르는 자들은 매번 그들의 "첸" 소리에 속아 넘어간 나머지 박수갈채를 보내곤 했답니다.

내가 말한 그런 요구는 지극히 자연스럽고 당연합니다. 하지만 실제 현장에서는 전혀 당연하지 않습니다. 가수도 청중도 당연하게 여기지 않고, 심지어는 비평가들 중에서 일부는 그것을 모릅니다. 하지만 어느 여가수가 무대에 등장하여, 겉보기에는 단순한 이런 요구를 정말로 완전히 충족시킨다면, 즉 악보의 내용을 그대로 충실히 부른다면, 그 무엇도 놓치거나 더하지 않고 어떤 실수도 없이 모든 음과 박자를

..............

* 오스트리아 작곡가 휴고 볼프가 이탈리아의 전래시에 곡을 붙여 1892년 발표한 가곡집.

정확히 재현한다면, 그러면 우리는 마치 기적을 본 사람들처럼 환희에 겨워 감사와 감격으로 가슴이 벅차고, 만족감이 온몸으로 부드럽게 퍼져 나감을 느낍니다. 그것은 우리가 사랑하는 작품을 직접 읽거나 직접 연주하면서 느끼는 감격, 혹은 자신의 기억으로 불러내 올 때의 감동과 같습니다. 즉 작품과 우리 사이에 아무런 매개자가 없는 것과 마찬가지인 그런 감동입니다.

  예술 작품에 그 무엇도 빼지도 더하지도 않는, 의지나 지성이라고 할 수는 있지만 그 순간만은 하나의 개별 개성이라고는 말하기 힘든 그런 매개자를 통해 우리가 선사받는 희귀한 행복감이, 바로 당신과 같은 예술가들 덕분입니다. 그런데 그런 예술가들은 기악 연주자들보다 성악 가수들에게서 더욱 찾아보기 힘듭니다. 그렇기 때문에 실제로 그런 드문 재능의 가수를 만나면 더더욱 큰 기쁨을 느낍니다. 성악곡을 감상하는 데는 이와는 다른 종류이지만 충분히 강도 높은 기쁨도 물론 있습니다. 강렬하거나 유혹적인 예술가의 개성에 사로잡히고 거기 압도당하고 매혹되는 기쁨입니다. 하지만 그것은 순수한 기쁨이 아닙니다. 그런 종류의 기쁨에는 흑마법과 같은 요소가 스며 있습니다. 포도주가 아닌 화주의 기쁨이며, 그리하여 최후에는 불쾌감이 남습니다. 순수하지 못한 음악 감상은 우리를 유혹하고 우리를 이중으로 타락시킵니다. 작품에 대한 우리의 관심과 사랑을 가수 개인에게로 돌려 버리고, 가수에게 호감이 간다는 이유로 평소라면 도저히 들을 수 없는 작품마저도 긍정적으로 평가하게 만듦으로써 우리의 판단을 왜곡시키는 것입니다. 아무리 형편없고 속 보이는 대중 작품이라 해도 아름다운 세이렌의 목소리가 부른다면 거기에는 마력이 깃들게 되니까요. 그러나 순수하고 객관적이며 절제된 예술은 반대로 우리의 판단을 더욱 강하고 투명하게 지켜 줍니다. 세이렌의 목소리가 노래할 때, 상황에 따라서 우리는 평범한 음악도 아름답게 느낄 수 있습니다. 하지만 존경하는 가수인 당신이 노래한다면, 예외적인 일이지만 당신의 프로그램이 의심스러운 곡목들을 포함하고 있을 경우에는, 아무리 공연이 훌륭하다 해도 나는 음악을 인정해 버리는 유혹에 빠지지는 못합니다. 대신 수치심 비슷한 불편한 감정에 빠져 버리고 말아요. 차라리 당신 앞에 무릎이라도 꿇고 애원하고 싶은 심정이 됩니다. 제발 그대의 예술을 오직 완벽한 음악, 오직 그대의 품격에 맞는 음악을 위해서만 사용해 달라고 말입니다.

　내가 이 감사와 사랑의 편지를 정말로 부친다면, 그대는 분명 이런 답장을 보내오겠지요. 전문가도 아닌 나 같은 사람이 음악의 질에 대해서 이러쿵저러쿵 하는 논평에는 큰 가치를 두지 않겠다고 말입니다. 내가 당신의 프로그램을 비판하는 것을 듣기 싫다고 아예 거부할 수도 있습니다. 맞아요. 하지만 이 편지는 발송되지는 않을 것입니다. 이것은 그냥 나 혼자서 하는 대화이며 고독한 독백일 뿐입니다. 나 자신의 음악적 취향과 견해가 과연 어디에서 유래한 것인지, 어떤 의미가 있는지 그런 생각을 스스로 정리해 보고 싶은 겁니다. 예술에 대한 내 의견을 내놓거나 그에 관해서 생각할 일이 생기면, 나는 예술가이긴 하지만 예술 비평가나 미학자로서가 아니라 도덕적 입장에서 판단하게 됩니다. 내가 예술의 영역에서 기피하고 불신해야 할 것들, 반대로

326

숭배하고 사랑해야 하는 것들을 구분하는 기준은 미학과 가치에 있어서의 객관적인 규범과 개념이 아니라 일종의 양심입니다. 미학보다는 도덕에 더 가까운 천성이지요. 그래서 나는 취향이라는 말 대신에 양심이란 단어를 고른 겁니다. 양심은 주관적이고 나 스스로에게만 해당하는 의무입니다. 세계를 향해서 내가 사랑하는 예술은 이러저러한 종류라고 떠들 생각은 추호도 없습니다. 마찬가지로 내가 그다지 대단치 않다고 여기는 예술이라 해도 공개적으로 폄하하고 싶은 마음은 전혀 없습니다. 오페라 극장과 연극 무대에서 매일 공연되는 인기 작품들은 거의 대부분 내 마음을 끌지 못합니다. 하지만 그럼에도 나는 그런 작품들이 세계 예술계 전체, 예술 세계 전체에 퍼져나가고 계속 존속하는 것에 기꺼이 동의합니다. 축복의 유토피아에는 오직 백마법만 허용되고 흑마법은 사라져야 한다고, 그곳에서 기만과 현혹은 깡그리 박멸되어야 한다고는 믿지 않기 때문입니다. 나는 그런 유토피아를 추구하지 않습니다. 나에게 속해 있으며 나로부터 영향을 받는 세계의 극히 미미한 이 영역에서 나는 홀로 나의 유토피아를 만드는 것이죠. 그것이 내가 할 일입니다……. 내가 사랑하고 숭배하는 것에는 대중들의 공감을 전혀 불러일으키지 못하는 그런 종류의 예술가와 작품이 있습니다. 반면에 내가 좋아하지 않으며 내 양심에도 내 취향에도 부합하지 않는 것들에는 뛰어난 명성을 가진 이름과 제목들이 즐비합니다. 둘 사이의 경계는 당연히 선명하지 않습니다. 그리고 약간의 유연성이 있기도 합니다. 오랫동안 본능적으로 싫어해 오던 작가인데도 우연히 내 세계관과 맞는 그의 작품을 발견하고는 깜짝 놀라면서 스스로 부끄러워한 적이 간혹 있기 때문입니다. 그런가 하면 공인된 위대한 작가, 심지어 신성불가침에 가까운 대가라 해도 어떤 작품에서는 실책과 허영, 경솔함, 또는 뭔가를 보여 주려는 욕심이 과다하게 드러나는 흔적을 발견하고 잠시나마 충격을 받은 적도 몇 번 있습니다. 나 자신도 예술가이고 내 작품들 또한 그런 미심쩍은 구석이나 순수하게 쓰고자 원했던 내용 속에 불쑥 끼어들어 간 칙칙한 흠집이 많다는 것을 알기에, 대가들의 책에서 그런 단점을 발견하면 참으로 충격적이긴 하지만 그렇다고 하여 그들에 대한 평가 자체를 완전히 바꾸지는 않습니다. 정말로 완벽하고 순수하며 정말로 경건한, 한 인간의 차원을 넘어서서 오직 작품에만 온전히 몰두하고 복무하는 그런 대가가 과연 존재하는가, 이 질문은 내가 대답할 영역이 아닙니다. 완벽한 '작품'이 존재한다는 것만으로 나로서는 충분합니다. 객관화된 영감이 예술의 대가를 매개로 하여 간혹 한 번씩 눈부신 크리스털 결정으로 탄생한다는 것, 그리하여 인간에게 시금석의 역할을 해 준다는 것만으로 충분합니다.

이미 말했듯이 내가 음악을 판단하는 기준은 미학적이고 객관적인 '올바름'도 아니고, 어떤 의미에서든 표준이나 시대정신에 부합하려는 의지도 아닙니다. 나 역시 한 명의 작가로서 문학이라는 하나의 예술 분야에 대해서라면 순수하게 미학적인 판단을 내릴 수 있습니다. 문학의 수단과 작업 형태와 가능성에 대해서 잘 알고 있으며, 내 작가적 역량이 미치는 만큼은 충분한 이해도 갖추고 있으니까요. 그런데 다른 분야의 예술, 특히 음악에 관해서는 자의식보다는 본능적인 영혼으로 반응하는 부분이 더 큽니다. 그것은 지성의 활동이 아니라 건강을 위해, 모종의 청결과 원활한 소화에 대한 갈망, 신선한 공기와 기온, 영양에 대한 갈망으로 반응하는 것입니다. 그런 환경에서 영혼은 건강하고 행복을 느끼므로 쾌적함이 행동으로, 평안함이 창작 욕구로 더 쉽게 진행될 수 있습니다. 나에게 예술 감상은 무감각한 도취 상태도 아니고 교양을 수집하는 일도 아닙니다. 그것은 공기이고 음식입니다. 혐오스러운 음악, 너무 달콤하고 너무 설탕 범벅이거나 후추가 너무 많이 뿌려진 음악을 들으면 나는 예술의 본질을 깊이 꿰뚫어보는 비평가로서 그 음악이 싫은 것이 아니라, 그냥 본능적으로 그것이 싫기 때문에 싫어하게 됩니다. 그런데 나중에 이성으로 찬찬히 생각해 보아도 처음의 그 본능이 옳았다는 것이 입증되는 경우가 많습니다. 영혼의 건강법인 그런 본능 없이 예술가는 살지 못합니다. 모든 예술가는 다 자신만의 건강법을 갖고 있습니다. 음악 이야기로 되돌아가기로 하죠. 예술가이자 개인주의자로서 내가 가진, 살짝 청교도적으로 보일 수 있는 예술 윤리와 예술 위생은 영혼이 섭취하는 영양분을 예민하게 느낄 뿐 아니라 인간 집단의 모든 방종, 특히 집단 영혼이나 집단 광기를 적지 않은 수준으로 혐오하기도 합니다. 그래요, 이것은 내 윤리관 중에서 가장 논쟁적인 부분입니다. 여기에는 개인과 집단, 개별자와 군중, 예술가와 관객 사이에 벌어지는 모든 갈등이 집약되어 있으니까요. 그동안 모범적이고 표준적인 사람들에 의해 그토록 자주 비난받은 내 예민함과 본능이 어떤 특정 영역, 구체적으로 정치 영역에서 소름끼치게도 올바르게 판명나지 않았더라면, 이후 나이든 남자로서 나는 스스로 개인주의자라는 고백을 두 번 다시 반복할 용기를 내지는 못할 것입니다. 나는 자주 목격했습니다. 커다란 강당 한가득 들어찬 사람들이, 도시 전체를 가득 메운 사람들이, 한 나라 전체의 모든 사람들이 전부 동일한 광기에 도취되어 있는 광경을. 그 광기 아래 수많은 개인들은 하나의 집단, 하나의 균등한 군중으로 통일되며, 모든 개인의 등불은 꺼지고 다들 한마음 한뜻이 된 것을 감격해 합니다. 모든 취향의 물줄기는 하나로 합류되고, 수백, 수천, 수백만의 군중이 하나의 감정으로 고조되어 자기를 내던지고자 하는 탈자아의 열망으로 떱니다. 처음에는 감동의 눈물을 흘리면서 소리 지르고 고함치는 형제애를 연출하다가, 종국에는 전쟁과 광기 그리고 유혈로 막을 내리고 마는 영웅주의가 사람들을 사로잡습니다. 개인주의자이자 예술가로서의 내 본능은 공동의 고통, 공동의 자긍심, 공동의 증오, 공동의 명예에 도취될 줄 아는 인간의 능력을 경계하라고 항상 강력한 경고를 보내 왔습니다. 만약 어떤 방에서, 강당에서, 마을에서, 도시나 나라에서 위와 같은 후끈한 감정이 고조되는 흔적을 느낀다면, 내 마음은 순식간에 차가운 불신으로 가득찰 것입니다. 나는 등줄기에 소름을 느낍니다. 바로 내 옆에서 많은 사람들이 감동과 열광의 눈물을 그렁거리며 환호의 함성을 지르고 서로 얼싸안고 있는 와중에, 이미 내 눈앞에서는 흘러내린 피가 땅을 적시고 도시는 화염에 휩싸입니다.

정치 이야기는 이만하면 충분하겠지요. 그런데 정치가 예술과 무슨 상관일까요? 이런저런 상관을 맺고 있을 뿐 아니라, 둘 사이에는 많은 공통점이 있습니다. 예를 들자면 정치의 가장 강력하고 음침한 활동

수단인 집단 광기는 예술의 가장 강력하고 불순한 수단이기도 한데, 음악회장이나 연극 무대에서 매일 저녁 다량으로 배출되고 있는 실정입니다. 관객들의 박수갈채를 받으며 성공적으로 이루어지는 훌륭한 공연은 그 자체가 군중 도취의 연습장이니까요. 전통적인 박수 소리에 더해서 발을 구르고 브라보의 함성을 내지르며 더욱 고조되었다가 마침내 저절로 사그라들기만 한다면 그런 군중 도취는 그야 말로 행운의 수준입니다. 공연의 관객들 상당수는 오직 그런 집단적인 도취에 휩쓸리고 싶기 때문에 그곳에 왔지만, 자신들 스스로는 이 사실을 전혀 알아차리지 못합니다. 인간의 육신이 뿜어내는 열기, 예술의 자극, 지휘자와 거장의 이름에서 흥분이 야기되면서 실내의 온도는 올라갑니다. 거기 빠져든 모든 이들은 '자신을 초월하여' 위로 들어 올려진다는 느낌을 받게 되죠. 그 말은 곧, 이성을 비롯한 내면의 주저하게 만드는 방해물들이 잠시 동안이나마 제거되고 그 자리에 휘발성의, 하지만 격렬한 열락의 감정이 들어차는 바람에 다들 한꺼번에 거대한 덩어리를 이루고 미친 듯이 빙빙 돌며 춤추는 날파리 떼로 돌변한다는 의미입니다. 나 또한 이런 열락의 춤사위에 굴복한 적이 몇 번 있습니다. 적어도 젊은 시절에는 말이죠. 군중 속에 섞여서 함께 감동받고 함께 박수치고 환호하다가 이제 다들 일어서서 집으로 돌아갈 차비를 하는 가운데서도 5백 명 혹은 1천 명의 다른 이들과 함께 어울려 자꾸만 광란의 반응을 반복했던 기억이 있습니다. 그것은 이미 시한이 다한 인위적 장치를 다시 작동시켜 도취가 사라지고 냉정과 각성이 도래하는 순간을 최대한 뒤로 밀쳐 보려는 안간힘이었습니다. 하지만 내 인생에서 그런 경험은 많지는 않았습니다. 그리고 그런 도취와 환각의 체험이 뒤에 남기는 것은 항상 우리가 양심의 가책이라고 부르는 것, 씁쓸하고 괴로운 비애뿐이었습니다.

(1947)

# 『싯다르타』 중에서

고빈다는 더 이상 친구 싯다르타의 얼굴을 보고 있지 않았다. 그가 보는 것은 다른 얼굴들, 강물처럼 하염없이 흘러가는 수많은 얼굴들이었다. 수백 수천의 얼굴들, 왔다가 다시 멀어지는 얼굴들, 그러나 사라지는 것이 아니라 끊임없이 모양을 새롭게 바꾸며 그대로 거기 머무는 듯이 보이는 얼굴들, 결국은 모두 싯다르타의 것인 그런 얼굴들. 그는 물고기의 얼굴을 보았다. 한없는 고통으로 크게 벌어진 입, 흐릿한 눈동자로 죽어 가는 한 마리 잉어 ─ 그는 갓 태어난 한 아이의 얼굴을 보았다. 울음을 터트리느라 찡그린 붉고 주름투성이의 얼굴 ─ 그는 살인자의 얼굴을 보았다. 사람의 몸 깊숙이 칼날을 찔러 넣고 있는 얼굴을 ─ 그 광경과 동시에, 그 살인자가 사슬에 묶여 무릎을 꿇고 앉아 있는 것을, 형리가 단 한 번의 도끼질로 범죄자의 목을 잘라내는 것을 보았다 ─ 그는 알몸의 남자와 여자들이 격렬한 사랑의 체위로 싸우듯이 뒤엉켜 있는 모습을 보았다 ─ 그는 말없이 사지를 뻗은, 차갑고 공허한 시체들을 보았다―그는 짐승들의 머리를 보았다, 수퇘지, 악어, 코끼리, 황소 그리고 새들의 머리를―그는 신들을 보았다. 크리슈나를 보았고 아그니를 보았다―그는 이 모든 형상과 모든 얼굴들이 수천 겹의 인연으로 서로 얽혀 있는 것을 보았다. 누구나 다 다른 존재를 돕고, 다른 존재를 사랑하며, 다른 존재를 증오하고, 다른 존재를 파괴하고, 새로이 다른 존재를 낳았다. 모든 형상은 다 죽음에의 갈망이고, 덧없음에 대한 고통스럽고 열광적인 고백이었다. 그러나 누구도 죽지 않았고, 끊임없이 다른 형상으로 변화할 뿐이었다. 계속해서 다른 형상으로 새로이 태어났으며, 매번 새로운 얼굴을 얻었는데, 하나의 얼굴과 다른 얼굴 사이에 시간은 전혀 개입되지 않는 듯했다―이 모든 형상과 얼굴들은 가만히 멈추어 있다가 흩어졌으며, 다시 생겨나고, 보이지 않는 곳으로 떠내려갔다가, 서로에게로 뒤섞여 흘러들어 갔다. 이 모든 것 위로는 시종일관 어떤 존재 없는 존재가, 그럼에도 분명히 거기 실재하는 어떤 무엇이, 엷은 유리나 얼음처럼 덮여 있었다. 마치 투명한 피부나 껍질, 윤곽, 혹은 물의 가면처럼. 그 가면은 미소 짓고 있었다. 가면은 미소 짓는 싯다르타의 얼굴이었다. 바로 그 순간 고빈다의 입술이 닿아 있는 싯다르타의 얼굴. 이제 고빈다는 알았다. 가면의 미소, 흘러가는 형상들을 하나로 덮으며 수천 번의 탄생과 수천 번의 죽음을 아우르는 동시성의 미소, 즉 싯다르타의 미소는 바로 고타마의 미소, 붓다의 미소임을 알아보았다. 고빈다 자신이 이미 수백 번이나 경외심을 갖고 우러러보았던, 고요하고 고귀하며, 헤아릴 수 없이 불가해한, 아마도 자비로울, 아마도 냉소적일, 수천의 모습을 가진, 그 지혜로운 붓다의 미소임을 알아보았다. 이제 고빈다는 알았다, 깨달음을 완성한 자들은 어떻게 미소 짓는지를.

더 이상의 것은 알지 못한다. 시간이 존재하는지, 이 직관이 순식간의 일인지 아니면 그 사이에 수백 년이 흘렀는지. 더 이상의 것은 알지 못한다. 싯다르타는 존재하는지, 고타마는 존재하는지, 그리고 나와 너는 과연 존재하는지. 내면의 가장 깊은 곳을 신의 화살에 관통당하고 그 상처를 달콤하게 핥듯이, 내면의 가장 깊은 곳으로부터 매혹당하고 와해되어, 고빈다는 방금 자신이 입을 맞춘 싯다르타의 고요한 얼굴 위로, 방금 세상의 모든 형상들과 모든 윤회와 모든 존재함이 흘러갔던 장소인 싯다르타의 얼굴 위로 허리를 굽힌 채 한동안 그 자리에 그대로 서 있었다. 표면 아래 아득한 심연에서 요동치던 수천의 겹들은 모두 닫혀 버렸으나 싯다르타의 얼굴에는 아무런 변화가 없었다. 여전히 고요히 미소 지을 뿐이었다. 온화하고 부드러운 미소, 아마도 자비로울, 아마도 냉소적일, 초월한 자가 지었던 바로 그런 미소.

깊이 허리 숙인 고빈다의 두 눈에서 알 수 없는 눈물이 솟아나 그의 늙은 얼굴을 적시며 흘러내렸다. 마음을 흔드는 열렬한 사랑의 감정이, 한없이 겸허한 숭배의 감정이 그의 내면에서 뜨거운 불길로 타올랐다. 미동 없이 앉아 있는 싯다르타를 향해, 그는 머리가 땅에 닿을 정도로 깊이 허리 숙여 절을 했다. 싯다르타의 미소는 고빈다가 한때 사랑했던 모든 것, 그의 삶에서 단 한 번이라도 소중했으며 신성했던 모든 것을 다시 기억하게 만들었다.

THE MOMENTS

HESSE

LOVED

후기

"그의 집 앞에서는 그냥 조용히
지나가리라
그 누구의 집도 아닌 것처럼"

# 한 사람이 늙고,
## 그의 일을 모두 행하였다면

　어느 한 작가에 대해서 안다고 생각하기란 쉽다. 그 작가가 일생 동안 부지런히 작품을 발표했으며, 더구나 편지와 일기, 산문 등으로 자신의 생각을 직접적인 목소리로 자주 발언한 작가라면 더더욱 그렇다. 누구나 헤르만 헤세에 대해서 안다고 생각한다. 아마도 어쩌면 한국의 독자들 중에는 헤세를 주로 청소년에게 적합한 교양 소설의 저자로 생각하는 사람도 있을 것이다. 하지만 어떤 틀 속에 묶기에 작가 헤르만 헤세는 훨씬 더 다양하고 풍부한 모습을 갖추었으며, 시민사회적인 규범에 갇히기를 매우 직접적으로 거부하며 때로는 극단적일 정도로 개인주의와 개성을 강조해 온 작가이다. 그는 자신이 개인주의자라고 여러 번 고백하며, 그 어떤 정해진 길도 거부하고 길 없는 길을 가는 독자적인 쾌락에 대해서, 오직 자신의 기질에 충실한 방식으로 행복을 찾는 삶에 대해서 고집스러울 만큼 즐겨 이야기한다. 심지어 그는 일기에 스스로를 "이론으로는 모든 인간을 사랑하는 성인이지만, 실제로는 그 무엇도 개의치 않을 이기주의자"라고 자조적인 묘사를 한 적도

있다. 하지만 또한 예술론에 있어서는 자유로운 분방함이나 개성보다
는 객관적이고 엄격한 윤리적 기준을 적용하고 있었다. 정치적으로는
매우 과격한 자유주의자로서, 개인을 억압하는 파시즘(좌이든 우이든)
에 대해서는 분노를 표현하고 저항하는 용기가 있으며, 아름다움에 감
동하고 자신을 맡길 줄도 알지만 동시에 지독한 고독력을 가진 인간이
기도 했다. 그의 고독력은 작가로서 헤세를 드높이 올려 주었을 테지
만, 그를 사랑한 여인들에게는 항상 행복한 결말을 안겨 준 것은 아니
었다. 하지만 이것은 아마도 거의 대부분의 기질적 예술가에게는 공통
적인 현상일 것이다. 이번 헤세 산문집 작업을 하면서 그동안 알지 못
하던 헤세의 여러 가지 일면을 발견하는 즐거운 경험을 할 수 있었다.

　헤세는 뛰어난 자연의 관찰자였다. '관찰'한다는 것은 작가로서의
당연한 자질이라고 할 수 있겠지만 헤세의 글에서 보이는 그의 관찰
은 상상력과 분리되지 않고, 모노톤의 묘사가 아니며, 자연과 자신을
생명의 실핏줄로 연결하는 한 방법이기도 하다. 그가 자연을 진심으
로 사랑했기 때문에 가능한 일이라고 생각한다. 그는 시인이 사랑하
는 여인을 묘사하고, 사랑의 열정을 찬미하는 이상으로 자연을 묘사
하고 찬미했다. 그는 독일 남부의 소도시 칼브에서 보낸 어린 시절, 자
연에 대한 남다른 친화력과 애정을 키워 왔으며 스스로 삶의 거주지
를 결정할 수 있게 된 이후로는 항상 보덴 호수나 스위스 테신 주의 몬
테뇰라 등 자연과 가까운 장소에서 살아왔다. 물론 헤세의 자연이란
것은 편의 시설이 갖추어진 집과 자동차를 누리면서 스위스의 아름다
운 자연과 시골의 소박함도 만끽하겠다는, 그런 의미는 아니다. 헤세는

1904년 여덟 살 연상의 스위스 사진작가 마리아 베르누이와 결혼하여 보덴 호반의 작은 마을 가이엔호펜에서 살게 되는데 가이엔호펜은 이런 곳이었다.

"내가 칼브에서 작업하고 있는 동안 내 신부는 시골집들을 보러 다녔고 보덴 호수의 독일 측 호수 기슭에서 비어 있는 낡은 농가를 하나 발견했다. 좀 원시적이고 좀 피폐하기는 하지만, 정말 조용하고 매혹적인 곳이었다. (…) 가스나 전기는 이 지역 전체에 아예 들어오지 않았다. 그리고 마을에 진입하는 것 자체가 그리 쉽지 않았고, 마을을 떠나는 일도 마찬가지였다. 교통수단이라고는 증기선뿐인데, 워낙 드물게 다닐 뿐 아니라 호수가 얼거나 태풍이라도 불면 아예 운항이 불가능했다. 그럴 때는 한 대 있는 역마차를 이용할 수밖에 없었다."

— 「의사들에 대한 기억」 중에서(1960)

"가이엔호펜은 아주 작고 아름다운 마을입니다. 철도도 없고, 상점도 없고, 이런저런 산업 시설도 없습니다. (…) 뿐만 아니라 수도도 없어서 우리는 우물에서 물을 길어 와야 합니다. 기술자도 없어서 집 안에서 뭔가가 고장 나면 웬만한 것은 직접 고쳐야 해요. 정육점도 없어서 고기나 소시지는 배를 타고 호수를 건너가 가까운 도시에서 직접 사 와야 합니다. 그 대신 이곳에는 고요함과 공기, 그리고 물이 있지요. 멋진 동물들과 싱싱한 과일, 착한 사람들도 있습니다.

(…) 이곳에서 나는 농가 한 채를 빌려서 살고 있는데, 집세가 일 년에 15마르크예요. 페터 카멘친트여 만세! 그가 없었더라면 나는 결혼도 못했을 것이고 이곳으로 이사 오지도 못했을 겁니다. 그 책으로 2천5백 마르크를 벌었으니 2년 동안은 살 수 있는 액수입니다. 최소한 이곳에서는 말이죠."

                                    - 1904, 9, 11, 슈테판 츠바이크에게 보낸 편지


이 가이엔호펜에서 헤세와 마리아의 세 아들이 태어났다.

그는 또한 여행과 방랑의 작가이기도 했다. 하지만 현대의 산업이 되어 버린 '관광 여행'의 유형을 매우 혐오하기도 했다. 유행을 따르는 여행, 과시를 위한 여행, 도시인의 피상적인 자연 감상 여행, 교양을 쌓고 견문을 넓히려는, 한마디로 아는 척하기 위한 지식인 흉내 여행 등등 말이다. 그는 자연이나 도시를 자신의 발로 직접 걸어서 사귀게 되는 과정을 중시했다. 여기저기 다니며 많은 것을 보기보다는, 소박하고 이름 없는 그곳의 자연과 삶에 마음이 떨리고 감동하게 되기를 원했다. 그의 산문을 보면 헤세가 언제 어디서든 자연과의 교감 그 자체를 참으로 사랑하고 중시했음을, 그의 글을 있게 한 원초적인 동력이 바로 그것이었음을 충분히 알 수 있다. 자연이 아닌 도시로 여행을 할 때도 그는 역사나 예술품, 인문적 지식에 치중하여 관찰하려는 일반적인 교양 여행자와는 좀 달랐다. 그에게 여행이란 생활과 작업 공간에서 벗어나는 자유, 휴식, 인류의 보편성을 표현한 놀라운 예술품을 감상하고 그것들로부터 얻는 위안 이외에도 "해명의 필요가 없는 경탄을 느

끼기 위하여, 한동안이라도 책임감을 벗어던지고 순수한 방관자로 살기 위"함인 것이다.

"이 작별의 순간 나는 더욱 깊은 애정으로 고향의 것들을 다시 한 번 더 사랑한다. 내일이면 나는 다른 지붕을, 다른 오두막을 사랑하게 되리라. 사랑의 편지에서 흔히 쓰이는 문구와는 달리, 나는 내 마음을 이곳에 두고 떠나지 않는다. 절대로 아니다, 나는 마음을 갖고 길을 떠난다. 산 너머 저 먼 땅에 가서 살 때도 나는 마음이 필요하다. 나는 유목민이지 농민이 아니기 때문이다. 나는 불충과 변덕 그리고 환상의 숭배자이다. 세상의 어느 작은 부분에 내 사랑을 못 박아 두면서 자랑스러워하지 않으리라. 우리가 사랑하는 모든 대상은 오직 은유일 뿐이다. 우리의 사랑이 정주하게 된다면, 우리의 사랑이 성실과 미덕으로 바뀐다면, 그러면 나는 그 사랑을 의심하리라."

— 「농가」 중에서

1911년 그는 친구인 화가 한스 스투르체네거와 함께 3개월 동안의 아시아 여행길에 올랐다. 제네바를 출발하여 수에즈 운하를 지나 아덴을 거쳐 실론의 콜롬보, 캔디, 페낭, 쿠알라룸푸르, 싱가포르, 잠비, 팔레이앙, 팔렘방을 방문했다. 헤세의 부모님과 외할아버지는 모두 경건파 개신교도로 인도에서 선교사로 일했다. 헤세는 이 여행으로 집안에서 이론으로만 들었던 인도 정신의 전통을 실제 눈으로 목격하려는 의도를 가지고 있었다. 실제로 목격한 아시아는 처음에는 그동안의 환상을 깨어 버리는 것이었지만, 시간이 지날수록 점점 더 강렬하게 그를 사로잡는 결과를 낳았다. 그리하여 마침내 헤세는 선교사였던 조상과는 정반대로 아시아로부터 종교적인 영감을 얻게 되었고, 이후 『싯다르타』와 『인도에서』, 『동양 여행』, 그리고 『유리알 유희』까지 이어지는, 동양과 서양 간의 동등한 정신적 대화와 교류의 문학을 완성하게 되었다. 이 산문집에도 그가 동양 여행에서 남긴 글들이 들어 있다. 이 여행 이전에도 헤세는 젊은 시절부터 인도, 중국 문화에 무척 관심이 많아서, 유럽에서 번역된 관련 서적을 대부분 읽고 있었다.

그의 여행과 방랑의 또 다른 장소는 스스로 제2의 고향이라고 말하며 이 산문집에서도 자주 등장하는 고장인 스위스의 테신 주이다. 스위스 남부의 테신은 이탈리아어권 스위스에 속하며 위치도 이탈리아에 둘러싸인 형태이고 알프스산맥의 남쪽 면에 위치한다. 가이엔호펜 생활을 정리하고 도시 베른에서 살던 헤세는 1916년부터 종종 고독과 휴식이 필요할 때면 테신으로 가서 혼자만의 시간을 갖곤 했다. 1919년에는 베른의 가족을 떠나 테신 주 루가노 호숫가의 한 마을인 몬테뇰라로 혼자 이사했다. 몬테뇰라에서 카사 카무치라고 하는 바로크 양식의 사냥 궁전을 발견하고, 그 안에 아파트를 임대한 것이다. 이곳에서 헤세 자신이 그린 그림이 삽화로 들어간 아름다운 산문집 『방랑』이 나왔다. 『방랑』은 테신이란 땅에 바치는 헤세 자신의 경의의 표시이기도 했다. 이 산문집에 실린 「나무」, 「마을」, 「농가」는 『방랑』에 수록되었던 작품이다.

유감스럽게도 헤세의 이러한 자연에의 친화와 유난한 고독욕은, 그의 두 번째 아내가 3년간의 결혼 생활을 청산하고자 이혼 소송을 제기할 때 훌륭한 근거가 되어 주었다. 바젤의 주 법원은 이들의 결혼이 '회복 불가능한 파괴 상태'라고 진단했다. "이 부부는 결혼식 이후로 바젤의 한 호텔에서 몇 주일을 지낸 것을 제외하면 한 번도 같은 집에서 산 적이 없다. 그 이유는 심각한 성격 차이 때문이다. 피고는 예술가로서는 뛰어난 천성을 가졌으나 기분에 심하게 좌우되며, 은둔 생활에 집착하고 다른 사람과 화합할 줄을 모른다. 사회와 관광 여행을 증오한다. 피고는 자신의 이런 유별난 성향을 책에 직접 상세히 묘사해 놓기도 했다. (…) 작품 속에서 피고는 스스로를 은둔자이며 별종이라고, 신경증과 불면증 환자에 정신 질환자라고 칭했다. 그에 비하면 고소인은 젊은데다가 생의 활력으로 넘치며, 친구들과 활발히 교제하면서 따뜻한 가정을 꾸리고 싶어 한다."

평생 자연과 방랑을 사랑한 헤세는 틀에 박힌 시민 계급의 규범에서 벗어나고자 하는 개인주의자였지만, 두 번의 세계 대전이 일어나는 동안 자연에 파묻혀 은둔한 것만은 아니었다. 1차 대전에 자원했으나 시력 때문에 복무 불능 판정을 받아서 베른에서 전쟁 포로와 독일인 억류자들을 위한 신문을 발간했다. 전쟁을 비판하는 논지의 정치적 논문, 호소문, 공개서한 등을 발표하는 바람에 독일 국민의 반감을 샀고 독일 출판사로부터도 배척당했다. 1933년 1월 30일 독일에서 히틀러가 제국 수상 자리에 오르자 헤세는 "차라리 파시스트에게 맞아 죽으리라/파시스트가 되느니/차라리 공산주의자에게 맞아 죽으리라/

공산주의자가 되느니"라고 시작하는 「거부」라는 시를 썼다.

1939년에 전쟁이 발발하자, 헤세는 독일에서 '달갑지 않은' 작가로 확실히 분류되어 버렸다. 이미 출간된 그의 저작들은 압수되고 더 이상 인쇄할 수 없게 되었고 그가 벌어들이는 수입도 최저 생계비를 밑도는 수준이었다. 그래도 헤세는 독일에 있는 피셔 출판사의 존립을 돕고 페터 주어캄프 등 출판사의 주요 인물들이 정부의 문화 정책에 대항할 힘을 실어 주기 위해서 1939년 피셔와의 계약을 연장했다. 피셔 출판사가 시작한 헤세 전집은 그래서 스위스 출판사에서 먼저 나왔으며 『유리알 유희』도 피셔가 나치의 출간 승인을 얻지 못하는 바람에 스위스에서 출간 되었다. 1944년에는 그동안 헤세의 작품을 출간해 온 피셔 출판사의 페터 주어캄프가 게슈타포에게 체포되어 강제 수용소에 수감되기도 했다. 헤세의 작품이 독일에서 다시 출간되기 시작한 것은 전쟁이 끝난 1946년부터였다.

1946년은 헤세에게 큰 영광의 해였다. 그해 8월 헤세는 괴테 상을 받았고, 11월에는 노벨문학상의 수상자로 결정되었다는 소식을 들었다. 또한 12월에는 독일에서 영국군정당국으로부터 출판 허가를 얻은 주어캄프가 『유리알 유희』를 포함한 헤세 전집을 출간할 수 있었고 전집은 큰 성공을 거두었다. 피셔 출판사에서 독립하여 자신의 출판사를 차린 주어캄프는 이후 헤세의 작품을 전담하여 출판하게 된다. 당시 헤세와 함께 자신의 출판권을 주어캄프에 위임한 작가로는 베르톨트 브레히트, 막스 프리쉬 등이 있다.

나이가 들어 갈수록 헤세는 점점 더 자기 안으로 침잠하여 혼자만의 고독에 잠기는 시간이 길어졌다. 하지만 노벨 문학상을 수상한 작가에 대한 대중의 관심이 너무도 지대하여 그는 예전 같은 은둔 생활을 누릴 수 없었다. 몬테놀라 헤세의 집은 이미 관광 가이드들이 안내하는 교외 소풍의 주요 코스가 되어 있었다. 루가노에 휴가를 오는 사람은 누구나 한번쯤 노벨상 수상자와 그가 사는 집을, 비록 먼 거리에서나마 한번쯤 보기를 원했다. 한 학급 학생들 전체가 그곳으로 소풍을 와서 집 주변에서 떠들면서 그의 포도밭을 헤치고 다니다가 호기심으로 집 정원으로 들어오기까지 했다. 그래서 헤세는 정원 대문 앞에 '방문객을 받지 않습니다'라는 팻말을 써 붙였다. '헤세 관광'을 왔던 사람들은 실망했고, 몇몇은 그 팻말에 "싫다면 할 수 없지!", "그럼 당신이 오든가!"라는 메시지를 남겨 놓기도 했다. "받지 않습니다"의 중간 글자를 지워서 "받습니다"로 만들어 놓은 사람도 있었다. 어떤 사람은 "토마스 만도 인사를 받아 주는데"라고 심술궂게 써 놓기도 했다. 집 울타리에 와서 기웃거리는 사람들 중에서 이해심이 높은 이들을 위하여 헤세는 종이에 고대 중국의 시를 적어서 붙여 두었다.

한 사람이 늙고, 그의 일을 모두 행하였다면
고요 속에서 죽음과 벗할 순간이 다가왔음이라
그는 더 이상 인간이 그립지 않도다. 그는 인간을 알고, 이미 충분히
보아 왔으니
이제 그리운 것은 오직 고요일 뿐.
그런 사람을 찾아가고, 그런 사람에게 말을 걸며, 그런 사람을 말로

괴롭히는 일은

점잖음이 아니니

그의 집 앞에서는 그냥 조용히 지나가리라

그 누구의 집도 아닌 것처럼


1962년 8월 8일, 헤세는 한 편의 시를 완성하여 아내 니논의 탁자에 놓아 두었고, 오후에는 『게르트루드』의 프랑스판 번역자가 와서 대화를 나누었다. 밤에는 니논과 함께 모차르트의 피아노 소나타를 들었고 밤 열 시에 니논은 자신의 침실로 갔다. 다음날 아침 여덟 시에 니논은 헤세의 침실로 연결되는 문이 여전히 닫힌 것을 보았는데, 그건 매우 예외적인 일이었다. 방해를 받으면 헤세가 예민하게 구는 것을 알기에, 니논은 책을 읽으면서 그가 일어나기를 기다렸다. 열 시가 되었다. 마침내 니논은 문을 열고 침대로 다가가 조용히 그를 불렀다. 헤세는 미동도 하지 않았다. 그의 입가에는 약간의 피가 말라붙어 있었고 그의 목덜미는 아직도 따스했다. 하지만 숨소리는 들리지 않았다. 니논은 전화기로 달려가 의사에게 전화했고, 15분 뒤에 의사가 간호사와 함께 도착했으나 할 수 있는 일은 헤세의 사망 확인이 전부였다. 헤세는 1962년 8월 9일 목요일 7시에서 9시 사이, 잠을 자던 중에 뇌출혈을 일으켰고, 그대로 조용히 죽음에 이른 것으로 추정되었다. 그가 생전에 소망하던 죽음이었다.


역자는 이 산문 선집을 작업하면서 가능하면 한 가지 주제에 편중

하지 않고 다양한 산문들을 모아 보려고 했다. 산문집 『방랑』에 나온 산문들은 가장 유명하고 한국에도 여러 번 소개되었으므로 헤세 독자라고 한다면 누구나 한번쯤 읽어 보았을 것들이지만, 그럼에도 그 아름다운 문장들의 강렬한 효과와 더불어 가장 '헤세적'인 특성을 갖춘 작품이라고 생각하여 「나무」, 「농가」, 「마을」 세 편을 수록했다. 그밖에도 자연의 아름다움과 진정한 음미, 여행, 방랑에 관한 헤세의 산문들은 모두 빼어난 수준이어서 그중 일부를 고르는 데 어려움이 있었다. 헤세의 편지 글 중에서는 그의 독자적이고 고집스러운 정신세계를 강하게 나타내는 내용들을 골라서 발췌했다. 그의 어린 시절을 말해 주는 「짧게 쓴 자서전」의 일부와 청년 시절의 사랑의 에피소드, 사랑과 열정의 기이한 일면을 다룬 글들도 독자들이 흥미롭게 읽을 것으로 기대했다. 여행과 무위에 대하여 상세하게 설명하고 있는 두 편의 글은 헤세의 사고가 직접적으로 들어 있어서 좀 길지만 그를 아는 데 도움이 될 것이라고 생각했다. 그의 인도 여행 산문집인 『인도에서』에 수록된 몇 편의 산문들도 있다. 백여 년 전에 처음으로 동양을 목격한 유럽 작가의 인상을 흥미롭게 여겼기 때문이다. 우화나 단편소설 형태의 글들도 몇 편 있다. 「어느 공산주의자에게 보내는 편지」에서 헤세는 국가 사회주의를 대체할 만한 정치 이념으로 공산주의에 관심을 기울였고 그것이 정의를 대변한다고 생각하여 호감을 가졌으나, 폭력에 대한 혐오와 서로 다른 문학관 때문에 그들과 같은 길을 갈 수는 없다는 입장을 분명히 밝히고 있다. 헤세는 음악에도 관심과 조예가 있었는데, 여기 수록된 글 중에도 음악을 다루는 작품들이 있다. 특히

「부치지 못한 편지」는 매우 독특하고도 설득력 있는 헤세의 음악론이자 예술론이다. 그리고 마지막으로, 원래 이 산문집에는 그의 소설 작품들은 넣지 않으려는 것이 편집부의 기획이었으나 역자가 특히 좋아하는 헤세의 소설 장면 몇 개가 들어가 버렸다. 특히 『클라인과 바그너』 마지막의 자살 장면은, 『싯다르타』의 마지막 장면과 더불어 동양과 서양의 철학과 미학이 어우러진 헤세 문학의 어떤 정수를 가장 잘 느낄 수 있을 것으로 생각하여 함께 수록하였다.

배수아

# 사진 출처

51쪽    구비오의 팔라초 데이 콘솔리(집정관의 궁전) ⓒ Gentian Polovina

64쪽    칼브에 있는 헤세 생가 Axb from de/Wikimedia Commons.

81쪽    중국 도자기 ⓒ chinaface_photo

161쪽   스케이트 타는 소년들 ⓒ brizzle born and bred

171쪽   가로수길을 걷는 남자의 뒷모습 ⓒ Mario Mencacci

179쪽   창문으로 쏟아지는 햇살 ⓒ johnlishamer.com

197쪽   시계, 벽면, 책장 ⓒ zendt66

217쪽   할머니와 고양이 ⓒ Łukasz Richter

227쪽   눈 덮인 마을 ⓒ threepinner

289쪽   해변을 걷는 청년 ⓒ saicode

297쪽   헤세가 사용하던 타이프라이터 Thomoesch/Wikimedia Commons.


* 일부 저작권자가 불분명한 도판의 경우, 저작권자가 확인되는 대로 별도의 허락을 받도록 하겠습니다.